염원

염원

望み

시즈쿠이 슈스케 장편소설

이연승 옮김

블루홀6

염원 望み

1판 1쇄 인쇄 2019년 5월 27일 **1판 1쇄 발행** 2019년 5월 30일

지은이 시즈쿠이 슈스케 **옮긴이** 이연승
책임편집 민현주 **디자인** 디자인비따 **제작** 송승욱 **발행인** 송호준

발행처 블루홀식스 **출판등록** 2016년 4월 5일 제 2016-000100호
주소 경기도 파주시 회동길 483-1 **전화** 031-955-9777 **팩스** 031-955-9779
이메일 blueholesix@naver.com

ISBN 979-11-89571-05-4 03830

일러두기
본문의 주는 전부 독자의 이해를 돕기 위한 옮긴이주입니다.

I

세월이 흘러 중후한 멋이 더해진 밝은색 벽돌의 외관. 남유럽풍의 화사한 디자인으로 통일된 천장 높은 현관에 빛이 가득 들어차 있다.

널찍한 거실과 부엌에서는 뉴욕의 고급 호텔을 연상시키는 우아한 화려함이 느껴지고 그곳에는 최신형의 편리한 아일랜드 키친까지 딸려 있다. 침실에 가면 발리섬 리조트 호텔 같은 동양풍의 안락한 공간이 펼쳐진다.

큼지막한 창이 달린 넓은 욕실에서는 따뜻한 물에 몸을 담근 채 바깥 풍경을 즐길 수 있다. 물론 밖에서는 안이 보이지 않아 사생활이 보호되는 것은 말할 것도 없다.

"그리고 계단은 나선계단이 좋을 것 같아요. 고급스러운 느낌의."

집을 의뢰한 다네무라 부부 중 부인 쪽이 조금 전 아일랜드 키친에 관심을 보일 때처럼 덧붙였다.

"괜찮겠네요."

이시카와 가즈토는 펜을 내려놓고 짧게 깎은 턱수염을 쓰다듬었다. 줄곧 펜을 쥐고 있지만 메모는 거의 하지 않았다.

9월 초순이 지나 해가 하늘에 걸려 있을 때는 아직 무덥지만 저녁이 가까워지면 사무실 안에 있어도 바깥 공기가 쾌적해진 것을 느낄 수 있다. 가즈토는 에어컨 리모컨을 집어 온도를 조금 높였다.

해가 진 창가 쪽 책상에서는 조수 우메모토 가쓰히코가 말없이 설계용 모형을 만들고 있다.

"너무 꿈같은 조건들을 제시해도 전부 살릴 수 없을 테고 선생님도 곤란하실 거야."

옆에 앉은 남편이 쓴웃음을 지으며 아내를 나무라더니 가즈토에게 동의를 구하듯 눈짓했다.

"주문식 주택이라는 게 원래 그런 거 아니야?"

아내는 놀란 표정으로 대답했다.

"현관은 남유럽풍에 거실은 뉴욕풍, 침실은 발리풍이라니. 그렇게 뒤죽박죽되어 버리면 어떤 집을 지어야 좋을지 헷갈리실 수도 있다는 말이야."

"왜? 그러면 안 돼?"

아내가 불만스럽게 입술을 내밀었다. 아무래도 꿈에 그리던 내 집을 현실에서 가질 수 있게 되자 아내의 마음이 남편보다 한발 앞서는 듯했다.

"음, 선생님. 저는 말이죠." 남편이 가즈토에게 눈길을 향했다. "기본적으로 세세한 부분은 선생님께 맡기는 게 더 좋은 결과물이 나올 것 같습니다. 각 방의 콘셉트가 각기 다른 것보다는 통일감이 있는 게 낫다고 생각하고, 뭐 더 솔직히 말씀드리면 외관 같은 건 예스럽고 소박한 느낌이 제 취향이기는 합니다."

"예스러운 느낌으로 통일하면 거실 같은 곳은 정말 있기 싫을 것 같아. 난 친정집이 오래된 농가라 그런 건 질렸어. 방마다 다양한 분위기를 즐기는 게 뭐가 문제야? 오히려 그런 살짝 사치스러운 이상을 멋지게 실현하는 게 주문식 주택의 장점이라고 생각하는데."

"아니, 그러니까 이런 걸 다 집어넣으면 결국 죽도 밥도 안 된다니까. 안 그렇습니까, 선생님?"

"선생님이 말씀 좀 해 주세요. 제가 틀렸나요?"

부부의 이런 마음의 온도 차는 주문식 주택을 만들어 온 20년 동안 이미 수없이 접했다. 그저 절차 중 하나를 거치는 것처럼 "아뇨, 아뇨" 하고 중재만 하면 된다.

"두 분 다 일리 있는 말씀입니다." 가즈토가 이야기를 정리했다. "물론 이런 곳에 이러이러한 예산을 들여 예스러운 분위기의 집을 만들어 달라고 하시면 저만의 감각으로 그럴싸하게 만들어 드릴 수 있습니다. 사모님이 말씀하신 조건을 전부 집어넣은 집을 만들기도 그리 어렵지 않고요. 하지만 그렇게만 만들면 틀림없이 실패하고 맙니다. 다시 말해 집을 만드는 데 필요한 요소는 건축가의 감각만으로 부족하고 의뢰인분들의 꿈과 희망만으로도 충분하지 않다는 뜻이죠."

"그 두 가지가 다 필요하다는 말씀인가요?"

남편의 말에 가즈토는 고개를 가로저었다. "아뇨, 그 두 가지를 합쳐도 부족합니다."

"그 말씀은……?"

"집을 지을 때 무엇보다 우선 고려해야 하는 건 그곳에 살 분들의 라이프 스타일과 가족의 형태 같은 겁니다."

"가족의 형태……?"

탁자 너머에서 어깨를 나란히 하고 앉은 부부는 이해가 잘 안 되는 표정으로 서로를 마주 봤다.

"그렇습니다." 가즈토는 계속 설명했다. "예를 들어 사모님께서 조금 전 말씀하신 욕실에 창문을 만들어 바깥 풍경을 즐기는 것에 관해서입니다. 저도 그런 요구를 자주 받았고 실제로 그런 욕실을 만든 적도 많지만 집에 사는 분들의 욕실을 쓰는 방식을 고려하지 않으면 좋은 결과물이 나오지 않는다는 뜻입니다. 아무리 전망 좋은 곳에 욕조를 두고 창문을 달아도 가족분들이 거의 밤에만 욕실을 쓴다면 전망을 만끽하는 건 욕실 청소를 할 때 정도이니 그보다 우스꽝스러운 이야기가 없겠죠."

"아, 그래. 바로 그겁니다." 남편이 맞장구쳤다. "저희는 밤에만 욕실을 쓰고, 특히 저는 목욕을 오래 하는 편도 아니라 그런 욕실이 아니어도 전혀 상관이 없습니다."

"난 느긋하게 반신욕 같은 것도 즐기고 싶어." 아내가 되받아쳤다.

"하지만 당신도 밤에만 욕실을 쓰잖아."

"꼭 그렇지도 않아."

"뭐야. 아침에 내가 일하러 가면 당신은 우아하게 아침 목욕을 즐기는 건가?" 남편이 빈정거리더니 가즈토를 향해 웃어 보였다. "정말 이런 쓸데없는 사치에 한정된 예산을 들여야 하는 겁니까?"

"아뇨. 욕실은 물론 중요한 공간이니 창밖에 작은 정원을 만들고 조명을 비춰서 밤에도 즐길 수 있게 만들 수 있습니다만." 가즈토는 쓴 웃음 지으며 한 치의 양보도 없는 부부의 대화를 들었다. "그런데 큰 창이 있으면 아무래도 겨울에 냉기가 들어오기 마련입니다. 가족분들의 목욕 시간 사이에 틈이 있으면 모처럼 덥힌 욕실이 식을 수도 있죠. 살아 보니 그 점이 옥에 티라고 말씀하시는 분들도 계십니다."

"아, 저희 가족은 다들 원하는 시간에 욕실을 쓰고 저도 항상 늦은 시간에 씻습니다. 자기 전에 몸을 살짝 덥히는 느낌이라고 할까요. 욕조 물이 식는 것도 문제지만 욕실 자체가 식어 버리면 물을 다시 데울 때 감기에 걸릴 수도 있겠네요."

"일찍 씻으면 되지." 아내가 언짢아하며 말을 보탰다. "일찍 좀 씻으라고 하는데 늘 맥주니 따끈한 청주니 한잔한다고 늦어지니."

"그건 어쩔 수 없어." 남편이 웃어넘겼다. "그 낙으로 살아가니."

"맞습니다." 가즈토가 끼어들었다. "그런 식으로 자신이 중요하게 여기는 건 그대로 이어 가시는 게 좋습니다. 집에 맞춰 라이프 스타일을 바꾸는 건 좋지 않죠. 집에 삶을 맞추는 건 이미 지어진 집에 들어가서 사시는 거나 마찬가지입니다."

"것 봐." 남편이 의기양양한 표정을 지었다. "그렇다니까."

"다만 밤에 즐기는 술 한 잔이 남편분께 삶의 행복인 것처럼 부인께서는 목욕 시간이 하루 중 한숨 돌릴 수 있는 시간이라 소중하겠죠?"

"맞아요." 아내는 힘차게 고개를 끄덕이고 내 편이 돼 달라는 눈빛으로 가즈토를 봤다. "저도 똑같아요."

"그렇다면 평범한 욕실로는 부족하겠군요. 전망 좋은 창을 내는 것도 방법 중 하나이기는 합니다만……. 음, 휴식을 위한 공간으로 욕실을 사용하실 생각이시라면 가령 아로마 향초를 둘 공간을 욕실 귀퉁이에 작게 마련하는 것으로 충분할지도 모릅니다."

"아아, 아로마⋯⋯." 단번에 아내의 목소리가 부드러워졌다. "그것도 괜찮겠어요."

"그게 좋겠네. 그쪽이 싸게 먹히기도 하고. 그렇게 절약한 돈을 다른 곳으로 돌리는 게 현명하지 않겠어?"

"그래." 아내도 순순히 고개를 끄덕였다.

"그래서 이런 문제도 하나의 사례입니다." 가즈토가 말을 이었다. "집을 지을 때 가장 중요한 건 집에서 살 부부나 가족이 지금 어떤 삶을 살고 있는가, 그리고 앞으로 어떤 삶을 살 것인가 하는 점이죠. 주문식 주택이라는 건 말하자면 집이란 게 가족의 형태 그 자체가 되는 거라서요. 집을 보면 그곳에 사는 가족 모두의 생활양식과 취미, 성격까지 다 알 수 있죠. 집을 건축가의 작품이라고 하는데 실은 그렇지 않습니다. 집은 그곳에 사는 이들을 비추는 거울 같은 거죠. 아무리 같은 땅에 같은 예산으로 같은 건축가가 집을 지어도 사는 사람이 다르면 필연적으로 다른 집이 만들어집니다. 팔기 위해서 짓는 주택의 경우, 형태가 같은 건물이 여러 채 늘어서지만 저희 사고방식에서는 그런 건 있을 수 없는 일입니다."

"흐음." 남편은 가즈토의 이야기를 들으며 생각이 바뀐 것처럼 쓴웃음을 지었다. "뭔가 철학적이군요⋯⋯. 집을 짓는 게 쉬운 문제가 아니라는 건 알았지만 역시 섣불리 생각해서는 안 되겠어요. 중요한 문제네요."

"좋은 집을 짓는다는 건 쉽지 않은 문제지요." 가즈토는 미소로 화답했다. "집을 짓는 게 가족과 나 자신의 삶을 돌아보는 계기가 됐다는 분들도 많습니다. 그야말로 철학적인 문제죠."

"뭔가 까마득한 이야기에요." 아내가 한숨 섞어 말했다.

"그렇다고 꼭 조심스러워지실 필요는 없습니다. 가족분들께 어울리는 집이 만들어지면 여러분의 삶이 지금보다 나아지리라는 건 확실히 보장해 드릴 수 있으니까요. 이건 그저 장삿속으로 하는 말이 아니라 일단 마음먹으셨으면 꼭 한번 도전해 보셨으면 하는 마음에서 드리는 말입니다."

"선생님처럼 무조건 수락하지 않고 사소한 부분까지 확실히 말씀해 주시면 더 신뢰할 수 있죠." 남편이 진지하게 말했다. "어차피 집은 이미 짓기로 마음먹었고 홈페이지만 보고 충동적으로 상담하러 찾아뵀었는데요, 선생님의 이야기를 들으니 꼭 선생님께 부탁드리고 싶어졌습니다."

"또 자기 마음대로 정한다." 아내의 농담 섞인 말에서도 특별히 반대하는 기운은 느껴지지 않았다.

"감사합니다."

가즈토는 선뜻 인사하고 희미한 미소를 덧붙였다.

"혹시 괜찮으시다면 저희 집을 보러 가지 않겠습니까?"

그 뒤로 잠시 다네무라 부부의 인생관과 지금껏 살던 주거 환경 등에 대한 잡담을 나눴다. 그런 이야기를 통해 발상의 큰 틀을 짜고 집 짓기의 토대인 주제와 개념을 파악하는 게 가즈토의 업무 방식이다. 다 정해지면 다음으로 세세한 부분을 살펴보다가 마지막으로 가지고 있는 신발이 총 몇 켤레인지, 옷은 몇 벌인지 등의 이야기를 듣고 수납공간을 디자인하는 과정에 이른다.

다만 하루 안에 그렇게 구체적인 이야기까지 듣지 못하니 한 시간쯤 뒤에 이야기가 적당히 일단락되자 가즈토는 그들에게 자택 견학을 제안했다.

"그래도 괜찮을까요?"

"물론입니다. 다른 의뢰인분들의 집이면 사전에 양해를 구해야겠지만 저희 집은 그럴 필요도 없죠. 원래 의뢰하러 오시는 분들께 대체로 보여 드립니다."

"그럼 부탁 좀 드리겠습니다."

"네, 네." 가즈토는 몸을 일으켰다. "다카야마 건축에서 전화 오면 집으로 와 주게." 그는 우메모토에게 일러두고 사무실을 나섰다.

대략 8평 남짓 되는 단출한 사무실 건물 옆에 가즈토의 집이 있다. 75평 부지에 집과 별채를 지었고 별채를 사무실로 쓰는 형태다.

도쿄와 인접한 사이타마현 도자와시의 완만한 구릉지에 집과 사무실이 있다. 주변에는 건축 업체가 지은 일본식과 서양식의 비슷비슷한 주택들이 늘어서 있다. 도쿄 기치조지나 샤쿠지이 일대로 가면 가즈토가 설계한 집도 그리 눈에 띄지 않을지 모르지만 이 일대에서는 역시 콘크리트와 석재를 합친 현대적 디자인이 객관적으로도 이채롭게 보인다. 가즈토가 배치를 고려해 심은 침엽수와 채진목 등 시원해 보이는 수풀도 저택의 세련된 외관에 한몫하고 있다. 어느 건축가에게 의뢰할지 고민하며 이곳을 찾은 의뢰인들에게 강렬한 인상을 안길 터였다.

"이야, 멋진 집이네요."

"건평으로 30평 조금 더 되니 크기 면에서는 대략 이 정도를 상상하시면 될 겁니다. 이 집은 10년 전에 지었으니 지금은 좀 더 괜찮게 만들 수 있을 테고요."

가즈토는 집 외관을 우러르며 감탄하는 부부에게 가볍게 말했다.

"자, 괘념치 마시고 안에 들어가셔도 됩니다."

현관문을 열어 부부를 안으로 들였다.

"그럼 실례하겠습니다……. 와, 피서지에 있는 별장 같아요."

"지금 시간대에는 별로 밝지 않지만 낮에는 위쪽에서 빛이 잘 들어옵니다."

가즈토는 학교에서 돌아온 아이들이 벗어 둔 신발을 슬쩍 옆으로 치우며 설명했다.

"멋지네요."

연신 감탄의 목소리를 높이며 현관을 둘러보는 부부에게 가즈토는 "자, 들어가시죠" 하고 문턱에 슬리퍼를 가지런히 놓았다.

"이쪽이 거실입니다."

12.5평 넓이의 거실로 부부를 안내했다. 아일랜드 키친에 딸린 이탈리아산 식탁에서 아내 기요미가 일을 하고 있다. 식탁 다리 옆에는 미니어처 닥스훈트인 쿠키가 잠들어 있었다.

"실례합니다."

"어머, 어서 오세요."

부부의 인사 소리를 듣고 기요미가 부랴부랴 안경을 벗었다.

"괜찮아." 가즈토는 차를 끓여 올 것처럼 몸을 일으키는 기요미를 부드럽게 제지했다.

"아, 신경 쓰지 않으셔도 됩니다." 부부도 배려하며 말했다.

"그런가요……. 신경 못 써 드려서 죄송해요. 그럼 천천히 둘러보고 가세요."

기요미는 가볍게 미소 지으며 말하고 다시 앞에 둔 교정지로 시선을 떨궜다.

"아내는 따로 출판 쪽 일을 해서 마감일 같은 게 있어서요."

기요미는 전에 건축 관련 잡지 편집자로 일했고 가즈토와도 그 인연으로 알게 됐지만 지금은 회사를 그만두고 프리랜서 교정자로 부지런히 활동하고 있다. 들이는 노력에 비해 수입이 적다고 자주 한탄하지만 집에서 하는 일이라는 점 하나만으로도 배부른 소리를 할 수 없고 일과 삶의 밸런스를 적절히 조절할 수도 있는 모양이었다.

"와, 아일랜드 키친." 다네무라 부인이 독일산 스테인리스 싱크대를 발견하고 안에 들어갔다. "멋져요!"

"부인께서도 아일랜드 키친을 생각하고 계신가 봐. 실제로 써 보니 어떤지 알려 주겠어?" 가즈토는 아내 옆에 서서 물었다.

"아, 네." 기요미는 샤프를 내려놓고 고개를 들었다. "편해요. 수납공간이 더 있으면 좋겠다는 생각은 하지만."

"아이들이 어릴 때는 괜찮았죠." 가즈토가 보충하며 덧붙였다. "지금은 큰아들이 고1이고 딸이 중3이라 식기가 늘어난 데다 학교에 갈 때 도시락을 싸 주기도 해서 도시락통도 몇 종류 필요하다더군요." 그가 한마디를 더했다. "늘 아내가 그런 불만을 털어놓습니다."

다네무라 부부가 웃음을 터뜨렸다.

"하지만 아이들이 성장하는 것도 고려하기는 해야겠죠." 남편이 얼굴에 미소를 반쯤 남기고 말했다. "저희 애들은 아직 어리지만 애들은 순식간에 크니까요."

"정말로 그렇습니다." 가즈토가 대답했다. "불과 얼마 전만 해도 아들이 요만한 꼬맹이였는데 지금은 다 큰 척하면서 '엄마 아빠랑 상관없는 일이야', '내 맘이야' 같은 말을 아무렇지 않게 하더군요."

"하하하."

"아무튼 그건 그렇고, 집을 지을 때 아이들의 성장은 항상 염두에 둬야 할 중요한 문제입니다. 저희는 부엌 수납 같은 건 아내가 어떻게든 하고 있지만 아이들 방은 처음부터 성장에 맞춰 바꿀 수 있도록 해 두었습니다."

"오, 어떤 식으로요?"

"직접 보여 드리죠." 가즈토는 거실 한편에 있는 계단으로 발걸음을 옮겼다. "저희 집은 나선계단은 아닙니다."

그런 말로 부부의 웃음을 끌어내며 이야기를 이끌었다.

"하지만 계단을 거실에 붙이는 동시에 천장을 없애서 거실과 2층을 연결했습니다. 어차피 가족들밖에 없는 공간인데 집 안을 차음성이 뛰어난 벽으로 구분 짓는 건 별로 좋지 않다고 생각해서요. 벽이란 건 공간을 사용하는 이들의 기분 전환을 위한 것에 불과하고 집 안을 꽉 막힌 밀실로 만들 필요는 없다고 봅니다. 그래서 아이들 방에는 처음부터 벽에 구멍을 뚫었고 출입구도 아코디언식 커튼으로 만들어 소리가 통하게 했습니다. 거실에서 부르면 들릴 정도의 거리감이라는 게 중요합니다."

2층에 올라가자 관상용 식물을 둔 널찍한 공간이 펼쳐져 있고 그곳을 지나면 발코니로 나갈 수도 있다. 옆에 있는 아들 다다시의 방에서 음악 소리가 들렸다.

"저 발코니는 아이들 방과도 이어집니다. 이곳에서 화분에 물을 주거나 할 때 지금처럼 아이들 방에서 음악이나 대화 소리가 들리죠. 그럼 우리 아이가 지금 음악을 듣고 친구랑 통화하고 있다는 걸 알 수 있습니다."

"그렇군요."

가즈토는 아이들 방 출입구로 향하면서 포스터로 가로막힌 벽의 둥근 구멍을 가리켰다.

"보이시죠? 이 벽에는 구멍이 뚫려 있습니다. 전에는 밤에 구멍을 통해 아이들이 잘 자고 있는지 확인했지만 역시 애들이 크니까 프라이버시니 뭐니 하면서 막아 버리더군요."

부부의 웃음소리를 들으며 가즈토는 출입구 옆 쪽 벽을 톡톡 두드렸다.

"들어간다."

그렇게 말하고 아코디언식 커튼을 젖힌 순간 안에서 혀를 차는 소리가 들렸다. 방 안을 들여다보자 다다시가 스마트폰을 손에 들고 침대에 누워 있었다.

"자, 들어오시죠."

가즈토는 아랑곳하지 않고 방 안에 들어가 부부에게 손짓했다.

"실례합니다……. 이야, 멋진 방이네요."

"안녕하세요."

다네무라 부인이 싱긋 웃으며 인사하자 다다시는 시선을 피하며 고개를 꾸벅 숙이더니 "안녕하세요" 하고 짧게 대답했다.

앳된 기운이 있는 얼굴과 어울리지 않는 저음의 목소리다. 변성기가 오고 3년 가까이 흘렀지만 아직 익숙하지 않다고 해야 할까. 잘 와닿지 않는 기분이었다.

또 그 앳된 얼굴에 파란 멍이 두어 개 보이는 것도 익숙하지 않은 느낌을 더했다. 친구와 싸움이라도 했는지 지난 주말에 외박하고 왔을 때 멍이 들어서 왔다. 가즈토와 기요미가 무슨 일인지 물어도 얼버무리기만 했다.

가즈토 역시 중고생 시절 부모가 눈엣가시였고 다다시와 비슷하게 행동한 기억이 있는 만큼 강하게 뭐라고는 못 하지만 이렇게 일 이야기가 진척돼 손님들이 방에 찾아올 때쯤은 조금 더 싹싹하게 굴어 줬으면 하는 바람은 있었다. 다다시가 중학생 때는 이렇게 노골적으로 싫어하지는 않았다. 무릎을 다쳐 동아리 활동을 그만둔 뒤로 성격이 비뚤어졌는지 손님들이 와도 제대로 인사하지 않고 어떨 때는 눈에 띄게 인상을 팍 쓰고 방을 나간 적도 있었다.

"초등학교 저학년 때는 옆방 사이의 칸막이도 치워서 딸과 함께 방을 쓰게 했죠. 공부는 거실에서 시키고 이곳은 잠만 자는 곳 같은 느낌이랄까요. 초등학생 때는 공부를 늘 거실에서 했습니다."

"어릴 때부터 혼자 방을 쓰는 게 좋지 않다고들 하더군요."

"좋지 않습니다. 저는 초등학생 때 아이들 방은 잠만 자는 공간으로 확실히 정해 두는 게 좋다고 봅니다. 저희 집은 공부용 책상도 아이들이 중학생이 된 뒤에야 방 안에 뒀습니다. 뭐 이 애는 그렇게 해서 공부를 좋아하는 아이로 자란 것도 아니라 설득력은 떨어지지만요."

가즈토가 농담 섞어 말하자 다네무라 부부가 가볍게 미소 지었다.

"이 나무 벽이 좋네요. 꼭 펜션 안에 있는 방처럼 마음이 안정돼요."

부부는 얼굴에서 웃음기를 지운 뒤에도 방 안을 둘러보며 연신 감탄의 목소리를 높였다.

"다다시, 이런 방에서 지내는 게 어떠냐?"

가즈토는 부부의 대화를 무시하고 줄곧 스마트폰만 만지작거리는 다다시에게 말을 걸었다.

"음…… 뭐 그냥 보통."

쌀쌀한 대답이 오히려 귀여워 보였는지 부부가 또다시 미소 지었다.

"이런 방이 보통이라. 되게 엄격하구나." 부부 중 남편이 말했다. 시선이 침대 옆에 있는 축구공에 머물러 있다. "축구 하니?"

그러자 다다시는 가볍게 고개를 흔들었다. 입이 "아뇨" 하고 움직였지만 목소리는 들리지 않았다.

"바로 얼마 전까지 했었는데요." 어쩔 수 없이 가즈토가 옆에서 거들었다. "다리를 다쳐서 그만뒀습니다."

"어머, 딱해라."

그래도 다다시의 표정에는 거의 변화가 없고 그냥 내버려 두라는 듯이 보여 축구 이야기는 결국 용두사미로 끝났다. 눈과 입가에 든 파란 멍이 부부의 눈에 어떻게 비쳤는지 모르지만 그들도 자세한 이야기를 물으면 분위기가 안 좋아질 거라 생각했는지 굳이 이에 대해 언급하지 않았다.

"자, 그럼 딸 방도 보시겠습니까?"

다네무라 부부에게 딸이 있다고 하니 딸 미야비의 방이 더 참고가 될 게 분명했다.

그리고 다다시와 비교해 미야비는 다소 붙임성이 있다. 아니나 다를까 가즈토와 부부의 인기척을 눈치챘는지 입구를 두드리자 미야비는 곧장 아코디언식 커튼을 걷어 주었다.

"방 좀 볼게."

"안녕하세요." 미야비는 낮을 가리듯 표정이 살짝 굳었지만 부부에게 예의 바르게 고개를 숙였다.

"공부하는 중이었니? 미안하구나."

책상 위에 펼쳐진 참고서와 노트를 보며 말하자 미야비는 "아뇨" 하고 조심스레 고개를 흔들었다. 마른 몸에 목도 가냘프다. 빠르게 움직이는 눈은 어릴 때부터 생각보다 주변을 더 자세히 둘러볼 때가 있었고 지금도 넌지시 부부의 모습을 관찰하는 것처럼 보였다.

"이야, 이 방도 멋지네요."

"정말이네."

미야비의 방은 직사각형에 가까운 다다시의 방과 달리 L자 모양의 변칙적 구조에 로프트를 더해 강조 효과를 줬다.

"이쪽은 조금 전에 본 아들 방보다는 좁지만 애들한테 어떤 방이 더 좋은지 묻자 둘 다 이곳을 고르더군요."

"오……. 어떻게 정한 건가요?" 다네무라 부인이 흥미진진하다는 듯이 물었다.

"제가 가위바위보로 정하라고 했지만 이 애 고집이 의외로 세서 결국 아들이 양보했습니다."

"오, 자상한 오빠를 둬서 좋겠네."

미야비는 희미하게 미소 지으며 고개를 끄덕였다.

"지내기는 어떠니?"

"좋아요."

미야비의 싹싹한 모습을 보고 기분이 좋아졌는지 부인은 책상을 보며 질문을 바꿨다.

"중3이니 고등학교 입시 시험?"

"네."

"그렇구나. 힘들겠네. 이 근처면 어디가 좋으려나?"

"지원해 보고 싶은 곳은 도시마 여학원이에요."

"어머, 그렇게 들어가기 어려운 곳을."

부인이 눈을 휘둥그레 뜨자 미야비는 겸손하게 손사래를 쳤다.

"하지만 모의고사를 봐서 어려울 것 같으면 다시 생각해 보려고요."

"그렇구나. 힘들겠다. 힘내렴."

"네." 부인의 격려에 미야비는 소극적인 미소로 답했다.

중학교 시절 축구만큼 공부에는 관심이 없었던 다다시는 지역 하위권 현립 고등학교에 간신히 들어갔지만, 미야비는 열심히 학원에 다니며 어려운 사립 고등학교 입시를 준비하고 있다.

원래는 중학교도 도시마 여학원에 들어가기를 희망했지만 허약한 몸으로 매일 만원 전철을 타고 다니기 힘들 거라며 기요미가 반대했다. 아내의 말을 듣고 나니 가즈토도 무책임하게 괜찮다고 할 수 없다. 가즈토 역시 만원 전철에 시달리지 않는 만큼 현재 생활에 스트레스가 덜한 것을 실감하고 있다.

기요미는 도심이 아닌 외곽에도 좋은 학교가 많으니 지원해 보라고 권했지만 미야비는 내키지 않는 듯했다. 결국 고등학교를 도시마 여학원에 지원하는 조건으로 미야비는 중학교 입시를 포기하고 다다시와 같은 지역 공립 중학교를 택했다.

다다시만 보면 방이 아이들 성장에 영향을 끼친다는 말이 설득력이 떨어지겠지만 미야비에게 대입하면 제법 그럴듯해진다. 다네무라 부부도 집을 지을 때 아이들 방이 중요하다는 것을 이해한 듯했다.

"저쪽에 욕실이 있는데 오신 김에 보고 가시겠습니까?"

"네. 가능하다면."

부부는 미야비에게 감사 인사를 하고 방을 나왔다. 미야비도 "안녕히 가세요" 하고 예의 바르게 고개를 숙이고 부부를 보냈다.

"실은 이 욕실 말인데요."

가즈토는 복도를 걸으며 모퉁이에 있는 욕실로 향했다. 탈의실 겸 세탁실을 지나 욕실 미닫이문을 열고 뒤따라 온 부부에게 눈짓한다.

"와, 창문이 되게 크네요!"

욕실은 욕조 너머에 커다란 유리창이 있고 밖에는 시선 차단용 울타리와 한 평 반 정도 되는 작은 정원까지 갖춰져 있었다.

"하하하. 이렇습니다." 가즈토는 장난스럽게 웃었다.

"뭐예요, 선생님. 아까는 제 생각에 별로 동의하지 않는 것처럼 말씀하시더니……."

"이래서 그랬던 겁니다." 가즈토가 대답했다. "저도 창문이 있는 욕실이 좋을 것 같아 큰 걸 가져와 달았지만 겨울에 욕실 온도가 금세 내려가고 유리에 성에도 껴서요. 뭐 저는 마음에 들지만 가족들이 불평하더군요. 아무튼 그런 사정도 있고 해서 아까는 그렇게 말씀드렸던 겁니다."

"그렇군요. 선생님의 경험담이었던 거네요."

"하하. 그렇습니다."

가즈토의 웃음소리에 화답하는 것처럼 다네무라 부부도 서로 얼굴을 마주 보고 빙그레 미소 지었다.

아무래도 이 부부와는 같이 일하기 수월할 것 같다. 가즈토는 그들의 웃는 얼굴을 보며 생각했다.

2 ∴

다 된 밥을 주걱으로 잘 휘젓고 밥그릇에 담는다. 아일랜드 키친 카운터에 그것들을 내려놓고 빙 돌아와 테이블에 다시 가지런히 늘어놓는다.

"다다시, 미야비. 밥 다 됐다!"

기요미는 2층을 올려다보며 아이들을 불렀다.

강낭콩 참깨 무침과 호박 조림은 점심때 먹고 남은 것이지만 얇게 저민 돼지고기 샐러드와 소시지 아스파라거스 버터 볶음, 그리고 두부와 파를 넣은 된장국을 급하게 만들어 어쨌든 오늘 저녁 식탁도 그럴싸하게 꾸몄다. 건강 검진에서 콜레스테롤이 높다고 지적받은 가즈토 몫으로는 버터 볶음 대신 꽁치를 구웠다. 아이들에게 얼른 밥을 먹이고 다시 일하자. 기요미는 머릿속 한구석으로 이렇게 떠올리며 강아지용 간식 캔을 따서 내용물을 쿠키용 접시에 덜었다.

"잠깐, 잠깐. 옳지. 앉아."

접시 앞에 쿠키를 앉히고 의젓하게 말을 잘 듣는 모습에 만족하며 "좋아. 이제 먹어도 돼" 하고 허락했다.

"오늘 온 부부는 당신한테 일을 맡기겠대?"

일과 쿠키 산책을 마치고 가장 먼저 식탁 앞에 앉은 가즈토에게 기요미가 물었다.

"아마도."

가즈토는 업계 신문을 읽으며 대답했다.

확실하지 않은 대답이지만 목소리에서 자신감이 엿보였다. 18년을 함께 살다 보면 그 정도는 읽을 수 있다.

"그렇구나. 다행이네."

기요미는 냉장고에서 꺼낸 보리차를 컵에 따라 식탁에 가져갔다. 식사 준비를 얼추 마치고 가즈토 맞은편에 앉아 잠시 한숨 돌리고 있자 2층에서 미야비가 내려왔다.

"이야, 우리 쿠키. 맛있니? 많이 먹으럼."

미야비는 허겁지겁 간식을 먹는 쿠키 옆에 쪼그리고 앉아 사랑스럽게 쿠키를 지켜보다가 천천히 일어서서 식탁 앞으로 와 앉았다.

딸은 얼룩무늬 미니어처 닥스훈트를 몹시 귀여워하는 것치고 산책이나 화장실 뒤처리 등 평소 해야 할 일은 돕지 않는다. "아빠는 운동을 해야 하니 쿠키 산책은 아빠한테 맡기는 게 나아" 하고 허울 좋게 이유를 둘러대는 모습이 엄마 기요미 눈에도 조금 얄미울 정도였다.

기요미가 중학생 때 일이다. 개구리 해부 실험을 하면서 연신 꺄아,

까아 비명을 지르며 같은 조인 기요미에게 해부를 전부 떠맡긴 아이
가 있었다. 기요미도 하고 싶었던 건 아니지만 그 아이가 해부하는 걸
보기만 해도 속이 뒤집힌다면서 보건실에 가 버리는 바람에 불평할
수도 없었다. 속으로 '대체 집에서 얼마나 귀하게 키우길래' 하는 생
각이 들었는데 어쩌면 미야비 역시 그런 여자아이 부류에 속할지도
모른다.

차라리 중학교도 도시마 여학원에 보내 매일 만원 전철에 시달리는
정도의 시련은 겪게 하는 게 나았을 수도 있다. 그런 의미에서는 부모
가 너무 오냐오냐 키운다는 생각도 들었다.

그러나 초등학생 시절 미야비는 지금보다 몸이 훨씬 허약했던 탓에
살기등등한 만원 전철에 매일 시달리면 버틸 수 없었을 게 분명하다.
빈혈 때문에 전교생이 모인 자리에서 쓰러진 적도 있다.

애초에 공립학교 진학이 일순위인 환경에서 자라 온 기요미는 사립
학교에 다니면 세상 물정 모르고 사회에 면역력이 없는 아이로 자랄
수 있다는 생각이 강했다. 딸의 몸 상태만을 헤아리는 교육 방침이 아
닌 것이다.

그래도 중학교 3년 동안 미야비는 그런대로 건강해졌다. 지금은 출
근길 인파에 다소 휩쓸려도 비명을 지르지 않을 아이로는 자랐다. 가
즈토가 일 때문에 집에 데려온 손님을 스스럼없이 대하는 기술도 익
혔다.

그런 점들만을 놓고 보면 딸이 성장하는 모습에 불만을 느끼는 건
부모로서 사치일 것이다. 하지만 미야비가 쿠키를 귀여워할 때 "비가
오기 전에 산책 좀 시키고 올래?"라고 부탁하면 대번에 "공부해야 해"

하며 2층으로 올라가 버리는 모습 등을 볼 때마다 기요미는 몹시 아쉬웠다. 굳이 입 밖에 꺼내 지적할 문제가 아니라서 더욱 그렇게 느꼈다.

이런 건 내가 미야비와 같은 여자라서 느끼는 감정일까. 기요미는 한때 그렇게 자문하기도 했다. 아니면 내가 학창시절에 본, 조금 이기적이고 내숭을 잘 떠는 아이들을 보는 것 같아서일까. 알 수 없었다. 다만 아들 다다시를 볼 때는 느껴지지 않는 감정인 것만은 확실했다.

"오빠는?"

미야비에게 물었지만 미야비는 "오겠지"라고만 하고 먼저 젓가락을 들어 밥을 먹기 시작했다.

"그러고 보니 오빠, 안나랑 헤어졌나?"

미야비는 입을 우물거리며 그런 말을 꺼냈다.

"응?"

"여름방학이 끝날 무렵부터 통화하는 소리를 한 번도 못 들었어."

여름방학이 시작하기 전이었을까. 미야비가 오빠가 '안나'라는 여자아이와 사귀는 것 같다고 알려 주었다. 밤이 되면 매일같이 전화 통화를 한다고 했다.

남자 아이돌 이야기도 거의 하지 않는 미야비가 그렇게 남의 연애 사정에 호기심을 감추지 않는 여자의 면모를 드러낸 것은 처음이라고 해도 과언이 아니었다. 그래서 그 말을 들었을 때는 약간 당황하기도 했지만 흥미롭기도 해서 다다시에게 학급 사진을 보여 달라고 하고 안나가 어떤 아이인지 조사하거나 다다시에게 넌지시 그 아이와 어떤 사이인지 직접 묻기도 했다. 그러나 그렇게 해서 알 수 있었던 것은 안나가 같은 반 친구인 이즈카 안나라는 아이라는 정보 정도였다.

다다시에게 물어도 "그런 사이 아니야" 하는 무뚝뚝한 대답만 돌아왔다. 부상으로 동아리 활동을 못 하게 되자 시간과 열정을 여자아이 쪽으로 쏟을 가능성도 충분히 있다. 그래서 쑥스러워서 비밀로 하는 걸까 싶었지만 지금 다시 생각하면 역시 그때 다다시의 대답에는 숨김이 없고 정말로 사이좋은 단순한 이성 친구 같은 느낌이다.

여름방학 동안 다다시가 가끔 외박하고 올 때마다 같은 반 남자아이들과 놀다 왔다고 했지만 처음에는 그 말도 의심스러웠다. 옆에서 미야비가 당연하다는 듯이 그렇게 의심했기 때문이다. 그러나 역시 쓸데없는 참견이었고 딸에게 휘둘렸을 뿐인 듯하다. 다다시는 여름방학이 끝난 지난 주말에도 집에 오지 않았다. 여름방학 동안 안나와 사이가 소원해지거나 해서 남자아이들과 놀다 왔다는 본인의 말이 더 정확할 것이다.

물론 그렇다고 부모로서 안심해도 좋은 것은 아니다. 다다시는 지난 주말 얼굴에 멍이 들어서 집에 돌아왔다. 보는 것만으로도 너무 아프고 딱해 기요미의 마음마저 위축될 정도였다. 그러나 어쩌다 그렇게 된 거냐고 물어도 엄마와는 상관없는 일이라는 듯이 알려 주지 않았다. 초등학생 때는 어디서 누구와 놀다가 왔는지 다 말해 줬지만 지금은 영 딴판이 됐다.

전과 달리 교과서에나 나올 법한 전형적인 사춘기 청소년은 줄었다고 한다. 자식에게 지나치게 간섭하지 않는 현명한 부모가 많아졌다는 증거이기도 할 것이다.

다다시는 가즈토와 기요미 앞에서 험한 말을 하거나 난폭한 행동을 한 적은 없다. 그런 모습을 보면 집 안에서 다소 퉁명스럽기는 해도 함께 어울리는 친구들이 있고 이성 친구도 있는 지극히 평범한 아이다.

아이들에게는 아이들만의 세계가 있으니 그냥 내버려 둬도 된다. 이런 이야기가 나올 때마다 가즈토가 항상 입에 담는 그 말이 일단 집 안의 교육 방침이 돼 있다. 기요미로서는 조금 더 간섭하고 싶을 때도 있지만 애써 자제심을 발휘했다.

"엄마가 확인 좀 해 봐."

미야비는 오빠와 이즈카 안나의 사이가 궁금한지 기요미에게 보챘지만 신경 쓰지 않기로 했다.

"그런 건 알아서 하게 내버려 두렴."

미야비는 엄마의 무뚝뚝한 반응이 아쉬웠는지 불만스러워하며 "그리고 말인데" 하고 말을 이었다.

"가끔 뭔가 뒤숭숭한 이야기를 할 때가 있어."

"뒤숭숭한 이야기?"

"'그 자식을 어떻게든 해야 해'라든지 '어떻게 하지 않으면 내가 당해' 같은……."

"응? 그게 무슨 소리니?"

얼굴에 멍이 들어서 온 일과 뭔가 관련 있는 걸까. 기요미는 마음에 걸려서 가즈토를 쳐다봤다. 가즈토는 미야비를 보고 있었으니 대화를 들었을 테지만 별 반응 없이 다시 업계 신문으로 시선을 떨궜다.

잠시 후 2층에서 다다시가 내려와 이야기는 거기서 끊겼다. 다다시는 말없이 자리에 앉아 밥을 먹기 시작했다. 고등학생이 되어 핸드폰을 스마트폰으로 바꾼 뒤로 식탁 앞에서도 스마트폰을 자주 만지작거렸지만 가즈토에게 주의를 들은 후부터는 가져오지 않는다.

조금 전까지 오빠 이야기를 하던 미야비도 안색을 싹 바꾸고 새침하게 밥을 먹었다.

"다다시." 가즈토가 다 읽은 업계 신문을 뒤에 있는 잡지꽂이에 꽂고 입을 열었다. "손님이 집을 보러 오실 때는 조금 더 살갑게 굴었으면 한다."

다다시는 아버지를 힐끗 보고 아무 말 없이 입안에 있는 소시지를 우물거렸다.

"갑자기 들이닥치니까 좀 놀랐겠지." 기요미는 분위기가 가라앉지 않도록 가볍게 다다시의 편을 들어 주었다.

"내 방에 안 데려오면 되잖아." 그제야 다다시가 불쑥 대답했다.

"그럴 수는 없다."

"미야비 방만 보고 가도 되지 않아? 그쪽 방이 특이하기도 하고."

"싫어. 오빠, 설마 아직도 내가 그 방을 차지해서 삐졌어?"

미야비가 놀리듯이 말을 보태자 다다시는 어이없어하며 "그런 거 아니야" 하고 내뱉었다.

"어떤 방은 보여 주고 어떤 방은 안 보여 줄 수 있겠냐?" 가즈토는 담담히 설득하듯 말했다. "의뢰인들은 자녀의 성장에 맞춰 구조를 바꿀 수 있는 집에 다들 관심을 보여. '그게 바로 이런 집입니다' 하고 보여 드릴 때 '이 방은 보여 드릴 수 있지만 저 방은 안 됩니다'라고 해 버리면 혹시 무슨 문제라도 있는 게 아닐까 불안해지겠지? 잘못된 설계로 허술한 방을 만들었다는 둥 쓸데없는 오해를 살 수도 있다는 말이야. 아빠가 늘 말하지만 우리 가족은 모델하우스에서 산다고 생각했으면 한다. 아빠가 설계한 다른 집 주인들한테 부탁하면 늘 괜찮다면서 환영하고 아이들도 어서 오시라면서 다들 싹싹하게 굴더라."

"그럼 앞으로도 그런 집에 부탁하면 되겠네."

"그런 집을 보여 준다고 우리 집을 안 보여 줘도 되는 그런 문제가 아니야. 가장 빨리 보여 드릴 수 있는 집은 역시 우리 집이니."

"생판 모르는 남들이 느닷없이 방에 들이닥치는 상황에서 싹싹하게 굴라는 게 오히려 이상하지 않아?"

"생판 모르는 남이 아니고 소중한 고객들이지. 아빠가 일을 못 하게 되면 가족이 이렇게 모여 밥도 못 먹게 될 거다."

"그건 그때 가서 걱정하면 되고." 다다시는 하나하나 지지 않고 말대꾸했다.

"각자 알아서 먹고살면 되지." 삐딱한 다다시의 모습이 재밌는지 옆에서 미야비가 덧붙였다.

"쉽게 말하지 마라. 지금껏 당연했던 것들이 당연해지지 않는 거야. 대학 같은 곳도 못 가게 되고."

그러자 미야비가 득달같이 "그건 싫어" 하고 대답했다.

"상관없어. 대학 같은 건."

그야말로 어린아이 같은 다다시의 으름장을 듣고 기요미는 무심코 쓴웃음을 짓고 말했지만 가즈토는 어이없다는 듯이 "그게 무슨 소리야" 하고 탄식 섞어 말했다. 학교 축구 동아리를 그만둔 이후 목표를 잃어버린 것처럼 살며 공부에도 전혀 흥미를 보이지 않는 다다시를 탐탁지 않게 여겨 온 본심이 언뜻 엿보였다.

"나 때도 대학에 가야 비로소 모든 게 시작되는 시대였는데 요즘 같은 세상에 대학도 안 가고 뭘 하겠다고?"

"전에는 어떻게든 대학에만 들어가면 만사 오케이였지만 요새 애들은 들어간 다음에도 열심히 공부해야 하니 얼마나 힘들겠어?" 기요미는 점점 무거워지는 분위기가 싫어서 일부러 화제를 돌리려고 했다. "그래도 뭐 부딪혀 보기는 해야겠지."

"그 말을 반대로 하면 열심히만 하면 된다는 뜻이기도 하지." 가즈토가 기요미의 말을 낚아챘다. "들어가는 것도 전보다 수월해졌고. 성실히만 하면 추천이니 뭐니 해서 입학 문을 얼마든 넓힐 수 있다고."

"오빠는 성실하지 않아서 안 돼." 미야비가 또다시 훼방 놓듯 말했다. "싸움이나 하고."

"시끄러워. 조용히 해."

다다시가 무뚝뚝하게 받아치자 미야비가 고개를 움츠렸다.

"싸움은 안 좋지."

기요미도 못을 박으며 말했다. 다다시가 싸움을 해서 멍이 들었다고 인정한 건 아니지만 지금은 별말 하지 않았다.

"하지만 다다시도 다 알고 있을 거야. 때가 되면 미래를 고민하고 공부도 열심히 할 테고."

기요미는 덧붙이며 다다시의 편을 들어 줬다.

"당연하지. 벌써부터 삶을 내팽개쳐 버리면 부모 입장에서도 아주 곤란해." 가즈토도 살짝 누그러진 목소리로 빈정거림을 섞어 말했다.

"괜찮을 거야. 남자애들은 원래 의욕만 있으면 쑥쑥 성장하니까."

신뢰하고 있음을 주입하듯 말해도 다다시의 얼굴에 짜증이 묻어 있지만 가즈토가 정론을 들이밀며 뭐라고 할수록 아이들은 도망칠 곳이 없어진다. 그래서 기요미는 다다시에게 잔소리를 할 때는 늘 이렇게 편을 들어 주게 됐다.

"미래의 네가 어떻게 될 거라고 알려 줘 봐야 무의미하겠지. 타임머신이라도 있으면 보여 주고 싶다만."

가즈토의 말을 듣고 미야비가 솔깃해했다.

"아빠는 알아?"

"알지. 물론 지금처럼 똑같이 지낸다는 가정하에."

"어떻게 되는데?"

"됐다. 말해도 믿지 않을 테고."

"뭐야, 그게." 미야비가 허튼소리를 들은 것처럼 웃음을 터뜨렸다.

"본인이 진지하게 받아들이지 않으면 말해 봐야 소용없다는 뜻이야. 타임머신에 올라타서 직접 가 보면 믿겠지만 내가 말해 봐야 귓등으로 들을 게 뻔하니 의미가 없지."

"의미 있어. 기록해 둘 거니까 말해 봐. 10년 뒤에 정말로 정답이었는지 맞춰 보면 재밌을 것 같아."

"미래는 바뀌는 거고 바꿀 수도 있어."

가즈토가 의미심장하게 말하자 미야비는 또다시 "괜찮으니 알려 달라니까"라고 보챘다. 가즈토는 지금은 그게 문제가 아니라는 듯이 덧붙였다.

"이런 이야기를 듣기 싫어서 흘려들을지, 아니면 정말로 그럴 수도 있겠네 하고 진지하게 받아들일지에 따라 미래는 바뀌는 거지. 아빠도 학창시절에는 공부를 곧잘 했지만 어렸을 때 좀 더 다양한 책을 읽어서 지식의 폭을 넓혔으면 좋았을 거라는 생각이 가끔 들더구나. 지금 세상의 최전선에서 활약하는 이들이 젊은 시절에 얼마나 노력했는지 너희는 모르겠지. 어른이 되면 자연스럽게 무엇이든 할 수 있게 될 거라고 생각하면 큰 오산이다. 아무것도 하지 않으면 아무것도 할 수 없는 사람이 될 뿐이야."

다다시는 말없이 된장국만 홀짝였다. 가즈토의 말이 통했는지 안 통했는지 알 수 없다. 반항적으로 말대꾸하고 싶어도 너무 맞는 말이라 반박할 말이 떠오르지 않을 수도 있다.

"그럼 아빠, 내 미래도 보여?"

반응하지 않는 다다시가 재미없는지 미야비는 자신에 대해 물었다.

"미야비는 뭐 그럭저럭. 지금처럼만 가면 될 것 같네."

아빠의 말에 미야비는 기분이 좋아졌는지 입꼬리를 올려 씩 웃고 호박 조림을 맛있게 먹었다.

물론 공부를 잘하고 이렇다 할 반항기도 없었던 데다가 다른 여자 아이들 못지않은 애교까지 갖춘 미야비가 사랑스럽지 않은 것은 아니다. 미야비가 없으면 이 집은 삭막하게 변할 것이다.

그러나 미야비의 '착한 아이' 같은 모습을 다다시와 비교하듯 말하는 것에 대해서 기요미는 다소 못마땅했다.

애초에 남자의 매력이란 붙임성 같은 것과는 거리가 멀다. 다소 무뚝뚝하기는 해도 성품이 온화하면 오히려 매력이 될 수 있다.

다다시는 근본이 착한 아이다. 힘을 쓰는 일에 도움이 필요할 때는 싫은 내색 하나 하지 않고 도와준다. 쿠키의 목욕을 부탁하면 대신 해주기도 한다. 가장 대단하다고 느끼는 건 초등학생 시절 언젠가부터 동생과 싸워서 동생을 울리는 일이 없어졌다는 점이다. 오빠가 무섭지 않으니 미야비도 이따금 오빠를 놀리고 대들기도 하는 것이다.

그래서 기요미는 이런 아이야말로 나중에 좋은 남자가 될 가능성이 크다는 예감이 들었다. 성장도의 기대치가 미야비보다 높다.

공부도 처음부터 질색하고 못 하는 아이는 아니었다. 지금은 책상 앞에 오래 앉아 있을 이유를 찾지 못했을 뿐이다. 초등학교, 중학교 시절에도 훌륭한 선생님을 만났을 때는 성적이 올랐다. 계기만 생기면 언제든 할 수 있는 아이다.

"다다시는 걱정하지 않아도 돼. 분명 훌륭한 어른이 될 테니까."

기요미는 혼잣말하듯 말했다. 그러자 가즈토 역시 "그럼 다행이지" 하고 중얼거렸고, 미야비는 "너무 기대하지 않는 게 좋을걸" 하고 오빠를 놀리듯이 말했다.

오로지 다다시만 홀로 심기가 불편한 것처럼 앉아 말없이 밥만 먹었다.

기요미는 애초에 당사자가 듣기 싫어할 말을 하는 것을 좋아하지 않는 데다 민감한 시기의 아이를 상대하고 있으니 저도 모르게 말을 고르게 됐다. 가즈토가 아이들에게 잔소리를 하면 자신은 늘 한 발자국 물러서서 균형을 맞추려고 했다. 그러면 결과적으로 자신의 걱정이 아이들에게 직설적으로는 전해지지 않는 대화가 되고는 했다.

하지만 동아리 활동을 그만두고 요새 부쩍 우울해 보이는 아들을 엄마 아빠 둘 다 신경 쓰고 있다는 마음은 충분히 전해질 터다.

문제없겠지. 기요미는 억측을 약간 섞어 그렇게 혼자 결론 내렸다.

3

"그러면 상량식*까지는 어떻게든 예정대로 진행될까요?"

"그럴 것 같네. 나머지는 하늘의 뜻에 달렸는데 일기예보를 봐도 그 무렵은 괜찮아 보이니 별일 없겠지."

"정말 다행입니다. 한때는 걱정을 많이 했거든요."

"뭐 그건 그렇고, 재료가 이렇게 바뀌면 처음 견적대로 못 갈 수도 있어."

"그건 그쪽도 알고 있을 테니 괜찮겠죠."

"그러면 다행이지만."

"그럼 사장님, 앞으로도 잘 부탁드립니다."

"알겠네."

다카야마 건축 사장과 통화를 마치자 시계가 12시를 지났다. 우메모토는 설계용 모형에서 손을 떼고 점심을 먹으러 나갔다.

가즈토도 사무실을 나가 집으로 갔다. 거실에 들어서자마자 카레 냄새가 진동해 식욕을 자극했다. 그러나 가즈토를 기다리는 기요미는 뭔가 심각해 보였다.

"여보."

기요미는 가즈토를 부르고 구겨진 작은 판지 같은 것을 펼쳤다.

"다다시 방 쓰레기통에 이런 게 있었어."

종이에 글자가 인쇄돼 있다. 보아하니 칼 포장 상자에 딸린 설명서

---

* 기둥 위에 보를 얹고 지붕틀을 꾸민 다음 마룻대를 놓을 때 하는 의식.

인 듯했다.

"칼 맞지?" 인쇄된 글자만 봐도 한눈에 알 수 있지만 기요미는 반신반의하듯 물었다. "대체 이런 걸 뭐 하러 샀을까?"

"평범한 공작용 칼 아닌가?" 가즈토는 대답했다. "뭘 만들거나 할 때 쓰려고 사지 않았겠어?"

"전에 산 공작용 칼도 있잖아."

"초등학생 때 산 거 말이야? 그걸로는 부족했겠지."

"좀 더 제대로 된 게 필요했다면 아빠한테 빌리면 될 텐데."

기요미의 말대로 가즈토는 간단한 집 보수를 할 때 외부에 맡기지 않고 직접 해서 공구류를 대부분 갖추고 있다. 공작용 칼도 잘 드는 게 두어 자루 있었다.

다다시가 산 칼은 대형 마트 등에서 흔히 파는 것이고 그리 대단한 물건은 아닌 듯했다. 하지만 학교 수업 때 쓰는 공작용 칼과 비교하면 훨씬 날카로울 것이다.

"그리고 다다시는 학교에서 서예를 선택했어."

가즈토는 몰랐지만 다다시가 고등학교 예술 과목에서 선택한 과목이 미술도 아닌 듯했다.

"방에서 프라모델 같은 걸 만드는 모습은 못 봤나?"

"응. 못 봤어."

얼굴에 멍이 들어도 본인은 별일 아니라고 했다.

게다가 친구와 전화로 뭔지 모를 뒤숭숭한 대화를 나눴다는 이야기를 들은 게 그저께였나.

하지만 괜히 주변에서 걱정하는 모습을 보여 일을 크게 만들지 않는 게 좋겠다고 생각했다.

중고생 시절은 인간으로서 불안정한 시기라 할 수 있다. 특히 그 나이대 남자아이들은 덜컥거리는 그릇 위에 위태로운 공격성을 얹은 것처럼 살아간다. 가즈토는 여자가 아니라 여자는 잘 모르지만 남자아이에 대해서는 자신의 소년 시절을 떠올리면 알 수 있었다.

중학교와 고등학교 시절 모두 즐거운 일이 많았다. 마음 맞는 친구와 시시콜콜한 잡담을 할 때는 티 없이 깨끗한 세상에서 살아가는 것 같았다. 지금 돌이켜 봐도 나에게 그토록 순수했던 시절이 있었다는 걸 좀처럼 믿기 어려울 정도다.

그러나 한편으로 그토록 좁은 세계에서 살아가던 시절이 있었다는 것도 믿기 어려웠다.

솔직히 말해 지금 인생을 다시 살 수 있다고 하면 가즈토는 중고생 시절로 돌아가고 싶지는 않았다.

시야가 좁았고 세상의 구조 같은 건 전혀 알지 못했으며 면식이 없는 사람은 이유도 없이 두려웠다. 배워야 하는 것투성이고 혼자서는 아무것도 만들어 낼 수 없었다. 흔히 한 사람 몫을 못 한다고들 하는데 소년 시절은 인간으로서 아직 어정쩡한 시기인 것이다.

또 사소한 일로 감정이 격해지고 공격성을 보였다. 모르는 사람일수록 적대시했으며 아는 사람도 어제와 오늘 보는 눈이 달라졌다.

폭력도 바로 코앞에 있었다. 가즈토가 어렸을 때는 중학생도 거칠었던 시대라 더 그랬지만 별다른 이유도 없이 신경이 곤두서 있는 사람은 어느 시절이든 반에 한두 명은 있을 것이다. 사회에 나가면 서로 멱살을 붙잡고 싸우는 광경을 거의 볼 수 없지만 중고생 시절에는 일상다반사라 해도 좋을 정도였다.

가즈토는 싸우기를 좋아하는 성격이 아니었지만 중학교 3학년 쉬는 시간에 교정에서 자리싸움을 하다가 옆 반 남학생들과 가벼운 실랑이가 일어나 작은 패싸움에 가담한 적이 있었다. 패싸움이라고 해봐야 서로 멱살을 움켜쥔 채 밀치거나 흔들기만 했고 피해라고 해도 셔츠 단추가 날아간 것 정도였지만, 나중에 다시 생각하면 그때 왜 그리 흥분했는지 스스로도 머쓱해졌다. 서로 멱살을 움켜쥐었을 뿐이지만 주먹을 쥐고 팔을 비틀 때 온 힘을 동원했다. 지금도 그때의 감각을 잊지 못한다.

그러나 가즈토가 폭력적인 충동을 겉으로 드러낸 것은 그때뿐이었다. 함께 동아리 활동을 하던 선배에게 질책을 듣거나 반에서 아니꼬운 친구와 으르렁댈 때도 충동이 잠깐 고개를 들기는 했지만 꾹 참았다. 조금 더 말하면 평소 잔소리가 심했던 아버지에게도 폭력적인 충동을 느낀 적은 있었다. 한두 번이 아니다. 하지만 그 역시 전부 참을 수 있었다.

중고생 시절이라는 민감한 시기에 대한 가즈토의 부정적 인식이란 즉 그런 것이다. 폭력성과 성적 충동 등 다양한 충동을 억누른 채로 좁은 세계에서 살아간다. 물론 마냥 억누르고 있을 수만은 없으니 태도나 말끝, 또는 어른들이 보지 않는 곳에서 그런 충동이 표출된다.

그 위태로움은 어른들이 잘 제어할 수 있는 것이 아니다. 가즈토는 부모도 역시 마찬가지일 거라고 생각했다.

기요미가 첫째를 임신했을 때 마음속 어딘가에 딸이었으면 하는 기대가 있었다. 물론 그 아이가 다다시라는 점에는 불만이 없고 갓난아

기 시절 다다시는 그야말로 사랑스러운 아이였다. 하지만 자기 안의
잠재의식을 들여다보면 사춘기 남자아이에 대한 선입견을 오래전부
터 갖고 있어서 그런 존재를 될 수 있으면 눈앞에 두고 싶지 않다는
마음이 있었다.

그러나 현실의 다다시가 그 나이대까지 성장한 이상 이제는 당당히
맞설 수밖에 없다.

칼을 산 행위에도 마땅한 이유가 있다고 해석해야 할 것이다.

다다시가 어떤 충동을 느껴도 내가 그것을 제어할 수는 없다.

할 수 있다고 생각한다면 오만이다.

그렇다면 어떡해야 할까.

다다시 스스로 제어하게 할 수밖에 없다.

부모는 그야말로 부모가 할 법한 주의 정도밖에 줄 수 없고, 또 그
것이 최선일 거라고 가즈토는 생각했다.

"알겠어. 돌아오면 내가 얘기해 볼게."

가즈토는 그렇게 매듭짓고 마음속에 피어난 우울을 깊은 한숨과 함
께 내쉬었다.

그날 가즈토는 일을 일찍 마치고 쿠키 산책도 급히 끝낸 다음 부엌
식탁 앞에 앉아 다다시가 집에 오기를 기다렸다.

취주악부* 활동을 관두고 시험공부에 매진하는 미야비는 이날 학원
수업 때문에 혼자 카레로 끼니를 때우고 6시 넘어 집을 나갔다.

* 관악기에 타악기를 더한 합주 동아리.

그 뒤로 얼마 지나지 않아 다다시가 집에 돌아왔다.

다녀왔다는 인사도 없이 계단을 올라가는 다다시를 가즈토는 "다다시" 하고 불러 세웠다.

"잠깐 할 얘기가 있으니 가방 두고 내려와라."

다다시는 눈썹을 꿈틀거렸지만 미심쩍어한다기보다 아버지에게 뭔지 모를 잔소리를 들어야 하는 상황에 대한 짜증이 반사적으로 겉에 드러난 것처럼 보였다.

다다시는 2층에 올라간 뒤 4~5분간 미적거리다가 티셔츠에 반바지로 갈아입고 거실에 내려왔다.

"앉아라."

가즈토가 맞은편 자리를 가리키자 다다시는 고분고분히 의자를 당겼지만 순간 가즈토의 손 앞에 있는 칼이 눈에 들어왔는지 한쪽 볼을 살짝 씰룩였다.

기요미의 이야기를 듣고 가즈토가 다다시의 방 책상 서랍에서 발견한 칼이었다. 오른쪽 위 서랍 한구석에 슬며시 놓여 있었다.

"네가 직접 산 거냐?" 가즈토는 눈짓으로 칼을 가리키며 다다시에게 물었다.

"남의 책상을 멋대로 뒤지면 어떡해." 다다시는 대답 대신 언짢아하며 받아쳤다.

"상황에 따라서 볼 수도 있지." 가즈토가 말했다.

칼이 있어서인지 두 사람 사이에 평소와 다른 긴장감이 감돌았다. 가즈토는 왠지 아들의 마음속 칼날을 엿보는 기분이었다.

"아빠도 이러고 싶지 않았다. 하지만 집에 뭔가 위험한 물건이 들어

오면 집안의 가장으로서 그냥 못 본 척할 수 있겠냐?"

"뭐가 위험해?" 다다시는 찌무룩한 얼굴로 짧게 한숨을 쉬고 대답했다. "이런 건 아빠도 가지고 있잖아."

"아빠는 목공 일을 할 때 쓰려고 샀지. 넌 미술 수업도 안 듣는 걸로 아는데 이런 걸 어디에 쓰려고 산 거냐?"

"어디에냐니……. 이런저런."

"이런저런이라고 하면 몰라. 똑바로 대답해라."

으름장을 놓자 다다시는 대답을 회피하듯 입을 다물어 버렸다.

그때 부엌에 있던 기요미가 다가와 가즈토 옆에 앉았다.

"다다시, 밖에서 혹시 이상한 일에 휘말린 건 아니지?" 기요미가 다다시의 얼굴을 들여다보며 물었다. "얼굴에 든 멍과 관련이 있는 거 아니니?"

"관련 없어." 다다시는 작은 목소리로 대답했다.

"네가 밖에서 뭔가 험한 일에 엮였다면 부모, 그리고 보호자로서 모르는 척할 수 없다."

"별일 아니라니까."

다다시가 더는 말하려 하지 않아서 식탁 위에는 어색한 침묵만이 흘렀다.

"네가 목공 같은 걸 시작했다거나 프라모델 제작 같은 데 흥미가 생겨 이걸 샀다면 아빠도 군말 없이 돌려주마."

가즈토는 어떤 고민을 품고 있는지 몰라도 하루하루를 무의미하게 보내는 아들의 자세가 이런 사태를 초래했다고 생각해서 말했다.

"만약 건축 일에 흥미가 생겨서 아빠와 같은 일을 하고 싶어졌다면 엄마 아빠도 기쁠 텐데."

분위기를 가라앉히려는지 살짝 누그러진 기요미의 말을 듣고 다다시는 얼굴을 찌푸렸다.

"아니, 난 지금 다다시가 내 일을 물려받으면 좋겠다 같은 말을 하려는 게 아니야. 딱히 그런 생각을 한 적도 없고."

가즈토가 자신의 말을 부정하자 기요미는 불만스럽게 입을 꾹 다물었지만 가즈토는 신경 쓰지 않고 말을 이었다.

"다다시의 인생은 다다시 거지. 부모가 묘한 기대를 품는 게 부담스러운 마음은 이해한다. 나도 네 나이 때는 그랬으니."

세상을 뜬 가즈토의 아버지는 지역 대학에서 교수로 일했다. 특별히 수준 높은 대학은 아니었지만 대학교수라는 직함만으로 주변의 보는 눈이 달라졌다. 아버지 스스로의 자긍심도 높았다. 하지만 그런 아버지가 하는 질타와 격려는 소년 시절 가즈토의 마음을 항상 그냥 스쳐 지나가기만 했다.

"아버지가 딱 하나 원하는 건 남에게 폐 끼칠 짓은 하지 말라는 거다. 그거 하나만 지켜 주면 네가 어디서 뭘 하며 어떻게 살아가든 신경 쓰지 않을 거야. 하고 싶은 일은 스스로 찾아야지. 그러니 네가 뭔가를 만들고 싶어서 도구를 갖추고자 마음먹었다고 해도 그게 아빠 일과 연결돼서 기뻐하는 게 아니야. 네가 자발적으로 뭔가를 하려고 마음먹은 걸 기뻐하는 거지. 물론 그러다가 결과적으로 건축 일에 흥미를 느끼게 되면 아빠로서 말리지는 않겠다. 그러기 위해서 어떤 공부가 필요한지도 알려 줄 거고."

"이러쿵저러쿵하면서 결국 내가 물려받기를 바라잖아." 다다시는 말꼬리를 붙잡고 빈정대며 대답했다.

"아니. 의욕 없는 사람한테 억지로 물려 줄 정도로 호락호락한 일이
아니야."

그러자 다다시는 입을 꾹 다물고 아무튼 상관없다는 듯이 어깨를
살짝 으쓱해 보였다.

"어디에 쏠 건지 말 안 할 거면 일단 아빠가 가지고 있으마."

가즈토가 눈짓으로 가리킨 칼을 다다시는 원망스럽게 쳐다봤지만
다시 입을 열지는 않았다.

"할 말 다 끝났지?" 다다시는 무뚝뚝하게 툭 내뱉고 엉거주춤 일어
섰다.

"다다시 너, 여름방학쯤부터 아침까지 싸돌아다니며 집에 안 들어
올 때가 많던데 대체 어디서 누구랑 노는 거냐?"

"어차피 이름 말해도 모르잖아." 다다시가 시치미를 떼며 대답했다.

"나카자토냐?"

"대체 언제 적 이야기야."

나카자토 요스케는 다다시가 중학생 시절 자주 언급했던 친구다. 몇
번인가 집에 놀러 올 때도 공손하게 인사하는, 착해 보이는 아이였다.

하지만 요스케는 다다시와 다른 고등학교에 진학했다고 들었다. 그
리고 지금은 사이도 소원해진 듯했다.

"다카베인가 걔지?" 기요미가 다 안다는 듯이 물었다.

"고등학교 친구인가?"

"한두 명이 아니야."

다다시는 억지로 대화를 자르듯 말을 맺고 2층으로 올라가 버렸다.

반항기와는 조금 다르다.

중학생 시절 다다시는 아빠 엄마의 잔소리를 듣기 싫어하면서도 한편으로 행동에서 어린아이다운 활발함이 느껴졌다. 그때는 분명 반항기였다.

지금은 활발함이 사라지고 오로지 비뚤어진 태도만 남았다.

부상 때문에 동아리에서 낙오된 게 지금까지 미련으로 남아 있을 것이다. 매일 몰입할 대상을 잃고 친구들과 쓸데없이 시간을 낭비하면서 자신에게 닥친 상황에서 눈을 돌리려고 하는 것이다.

마음은 생기를 잃은 채로 있다. 다다시와 어울리는 친구들도 아마 몰입할 대상이 없어서 다다시와 비슷한 환경에 놓여 있을 것이다. 그런 아이들끼리 모여 있어 봐야 껄끄러울 뿐이고 갈등도 끊이지 않을 것이다.

뭔가 몰입할 대상을 찾으면 지금과 같은 우울한 상황도 바꿀 수 있을 거라 생각해 이런저런 조언을 했지만 가즈토는 자신의 마음이 당사자한테 조금도 전달되지 않는 것 같아 답답했다.

그러나 자신도 어린 시절 부모님의 잔소리가 항상 귀에 거슬렸다. 결국 직접 깨닫고 생각을 고칠 수밖에 없다.

한숨 대신 코로 길게 숨을 내쉬는 기요미와 눈이 마주쳤다. 남편과 아들의 맞물리지 않는 대화를 듣고 기요미도 당혹해하고 있지만 낮에 칼 이야기를 처음 꺼냈을 때와 같은 불안한 기운은 표정에서 제법 지워졌다.

부모가 늘 주시하고 있다는 것은 충분히 전해졌을 테다. 이런 문제에는 당사자가 조금 거슬릴 정도로 예민하게 구는 편이 좋다.

가즈토는 이로써 더는 이상한 일은 생기지 않고 끝날 거라고 예상했다.

4

─ 그들의 기세가 눈에 띠게 상승했다.

기요미는 눈앞의 교정지에 적힌 문장을 뚫어지게 바라보며 "눈에 띠게…… 눈에 띠게" 하고 나직이 중얼거렸다.

잘못 썼다고 판단해 '눈에 띠게' 위에 샤프로 원을 그린 다음 선을 쭉 긋고 '눈에 띄게'로 고친다. 옆에 둔 사전을 펼쳐 '띄다', '띠다'의 의미를 찾아 아래에 덧붙였다.

꽤나 유명한 작가인데 문장이 의외로 조잡하네……. 기요미는 그 페이지에 작은 포스트잇을 붙이며 조금 의아했다. 분량이 아직 삼분의 일 가량 남았는데 지금까지 확인한 페이지에 포스트잇이 덕지덕지 붙었다.

다행히 최근 사흘 정도 열심히 한 덕에 연휴 마지막까지는 마쳐서 교정 에이전시에 넘길 수 있을 듯하다.

바깥세상은 지금 실버위크라고 부르는 닷새 연휴에 들어갔지만 기요미와는 별로 상관이 없다. 아이들도 어디 데려가 달라고 보챌 나이는 지났다. 미야비는 연휴 동안 매일 학원에서 특별 수업을 받는다. 다다시는 다다시대로 혼자 놀러 나가 아직 돌아오지 않았다. 연휴 마지막 날 한가한 사람들끼리 모여 오히간* 성묘를 하고 돌아오는 길에 친정 엄마 얼굴을 보고 오면 연휴도 끝날 것이다.

기요미는 조용한 거실에서 조금 더 일하다가 시계가 11시 반을 지날 무렵 샤프를 내려놓고 점심을 준비하기로 했다.

창가에서 잠들어 있던 쿠키가 천천히 몸을 일으켜 기요미의 다리 옆으로 왔다. 쿠키의 밥 시간은 저녁이지만 기요미가 점심을 만들다 남은 치즈 같은 걸 줄 때가 있어 기대하는 것이다.

아일랜드 키친에 도마를 놓고 된장국에 넣을 배추를 썰었다. 칼을 움직이며 어젯밤 나간 다다시가 아직까지 집에 돌아오지 않았음을 깨달았다.

여름방학 동안 다다시는 네댓 번쯤 밤늦게 나갔다가 다음 날 돌아온 적이 있었다. 두 번째 그러던 날에는 기요미가 조금 잔소리를 하자 다다시는 "나만 집에 올 수는 없어서"라고 했다. 아무래도 몇 명이 한 패로 모여 노는 듯했다. 다다시는 고등학생에게는 고등학생들만의 룰이 있다는 것처럼 기요미의 잔소리를 한 귀로 흘렸다.

가즈토도 여름방학 동안에는 잔소리를 하지 않았다. 열흘쯤 전에 칼이 발견되고서야 주의를 줬다. 그 주 주말 밤에는 다다시도 놀러 나가지 않아 나름 효과가 있는 것처럼 느껴지기도 했다.

그러나 실버위크가 시작된 어제 토요일 밤이 되자 다다시는 친구에게 연락이 왔는지 저녁을 먹고 집을 나갔다. 평상복인 반바지에서 청

---

* 일본에서 봄, 가을 두 차례에 걸쳐 일주일간 조상을 기리는 기간.

바지와 얇은 후드 점퍼로 갈아입고 계단을 내려왔을 때 기요미는 "나 가니?" 하고 물었다. 다다시는 "응, 잠깐 다녀올게" 하고 짧게 대답했다. "얼른 돌아오렴"이라고 해도 돌아오는 건 건성으로 하는 대답이었다. 평소대로라고 하면 평소대로인 대화였다.

하지만 그렇게 밤에 집을 비울 때 다다시는 다음 날 이른 아침이나 늦어도 10시 전까지는 반드시 돌아왔다. 그리고 그대로 침대에 들어가 2시, 3시까지 내려오지 않는다. 밤새 놀다 들어온 탓에 피곤하기 때문이다.

점심시간인 이 시간까지 돌아오지 않은 적은 지금껏 한 번도 없어서 기요미는 슬슬 '대체 무슨 일일까' 하고 속으로 궁금해졌다.

12시쯤 되자 가즈토가 사무실에서 돌아왔다. 오늘은 점심을 먹고 어제 집을 보러 온 다네무라 부부가 매입한 땅을 보러 간다고 했다.

가즈토는 부엌 테이블에 앉자마자 벽시계를 힐끗 보고 허겁지겁 밥을 먹기 시작했다.

기요미는 차를 끓이고 맞은편에 앉아 젓가락을 들며 "다다시는 뭐 하고 있는 걸까?" 하고 조용히 말했다.

"내버려 둬." 가즈토는 전갱이구이를 헤집으며 말했다. "어차피 또 밤새 놀다가 들어왔을 텐데 억지로 깨워 봐야 안 일어나."

"아니야." 기요미는 대답했다. "아직 집에 안 왔어."

"뭐?"

가즈토는 조금 전에 본 벽시계를 다시 한번 확인하고 어처구니가 없다는 듯이 얼굴을 찌푸리고 "정말 못 말리겠군" 하고 중얼거렸다.

"전화해 볼까?"

"됐어." 가즈토는 툭 내뱉고 다시 "문자 보내 봐" 하고 말을 바꿨다.

"응."

기요미는 식사를 마치고 접시를 정리하기 전에 스마트폰을 집어 들었다.

"아무리 연휴라지만 긴장이 너무 풀렸군."

가즈토는 문자로 그렇게 보내라는 것처럼 투덜거리며 일을 하러 나갔다.

다다시에게 문자를 보내고 얼마 후 스마트폰이 울렸다. 기요미가 소속된 교정 에이전시의 매니저인 고야마 시즈카에게서 걸려 온 전화였다.

기요미는 평소 일의 대부분을 에이전시를 통해 수주한다. 출판사 편집자가 기요미에게 직접 교정을 맡길 때도 있지만 그런 일은 그리 많지 않다. 에이전시에서 일을 받으면 당연히 수수료를 일정액 지불하지만 업무량이 보장된다. 아무리 솜씨가 뛰어나도 개인의 간판만으로 이 세계에서 살아가기는 쉽지 않다.

"일이 얼마나 진척됐는지 해서요."

"아직까지는 문제없어요."

"전에 될 수 있으면 금요일까지 마쳐 달라고 했던 것 같은데."

"맞출 수 있을 것 같아요."

"그래요, 다행이네요. 잡지 연재를 거치지 않았고 원래 일정보다 탈고가 늦어진 작품이라 고칠 게 많겠다고 걱정했는데." 고야마는 안도하며 말했다.

"고칠 게 좀 있기는 한데 어떻게든 될 것 같아요."

"월 말쯤 한 작품 더 부탁드릴 것 같으니 일정이 딱 맞겠어요."

기요미는 문득 고야마에게 다다시보다 한 살 많은 아들이 있다는 것을 떠올리고 물어보고 싶어졌다.

"덕분에 계속 일할 거리가 있다는 게 지금 저한테는 유일한 위안이네요."

기요미가 농담 비슷하게 말하자 고야마는 "응……? 혹시 무슨 일이라도 있나요?" 하고 이야기에 끌려 들어왔다.

"저희 아들이 동아리를 그만둔 뒤로 영 갈피를 못 잡는 것 같아서……."

기요미는 다다시가 요즘 외박을 자주 하고 아무리 주의해도 며칠이 안 돼 집을 또 나간다며 조심스레 털어놓았다.

"매니저님 댁에서는 이런 일이 없죠? 다른 집 아이들도 이런지, 아니면 저희 아이만 유독 이러는 건지 좀 궁금해서요……."

"저희 애는 다행인지 불행인지 아직 동아리 활동을 열심히 해서 평소에 놀 시간도 없는 것 같던데요." 고야마는 쓴웃음을 섞어 말했다. "어차피 머릿수 채우려고 들어간 거라 그렇게 열심히 해도 소용없을 것 같은데 말이죠. 오늘도 아침부터 연습 시합을 갔어요."

"배구였나요? 그럼 여름방학에도 내내 동아리 활동을?"

"네, 맞아요. 그래서 저희 애는 외박해도 거의 동아리 합숙이에요."

"그럼 걱정 없으시겠네요." 기요미는 그렇게 말하고 작정하고 물어봤다. "제 이야기를 들어 보니 저희 애는 좀 어떤 것 같나요?"

"담배를 피우거나 술을 마시는 것 같지는 않죠?"

"취해서 돌아오거나 술 냄새가 난 적은 없어요. 담배 냄새도 안 나고 집에서 몰래 피우거나 하지도 않고요……. 다만 얼마 전에 친구와 다퉜는지 얼굴에 멍이 들어 왔더라고요. 그리고 몰래 공작용 칼을 샀다가 아빠한테 들켜서 뭐에 쓰려고 산 거냐며 압수당한 적도 있고……."

"아, 그건 좀 걱정되겠어요." 고야마는 가볍게 동정하듯 말했다. "말을 해도 안 듣는 건 아마 지금 사귀는 친구들 때문일 거고 어쩌면 그중에 질이 좋지 않은 아이가 섞여 있을지도 모르겠네요."

"그렇죠?" 기요미는 맞장구쳤다. "중학교 때는 친구를 집에 종종 데려와서 어떤 아이들과 노는지 대충 알 수 있었는데 고등학교에 들어가고서는 집이 멀어서인지 그런 일도 없어졌고요."

"대신 친구 중에 한 아이의 집이 아지트가 된 건 아닐까요? 늦게까지 애들이 떠들고 놀아도 신경도 안 쓰는 콩가루 같은 집들이 현실에도 있는 것 같으니까요."

그럴 수도 있겠다고 생각하면서 어떡해야 좋을지 해답은 나오지 않았다. 고야마도 마찬가지인지 "뭐 조만간 노는 것도 질리면 괜찮아지지 않을까요?" 하고 남의 일처럼 말하는 것을 끝으로 통화를 마쳤다.

기요미는 그 뒤로 잠시 작업하다가 만 교정지와 눈싸움을 벌였지만 작가의 문장 속 오류를 잡고 의문점을 써서 포스트잇을 붙일 때마다 의식은 교정지에서 멀어져 스마트폰으로 향했다. 다다시에게 언제 답장이 올지, 아직도 안 왔을 테지만 계속 신경 쓰였다.

굳이 상상해 보면 어젯밤에 밤을 새워 놀고 지금은 어느 친구네 집에서 잠들어 있을지 모른다. 매일매일 스마트폰을 손에서 떼지 않는 아이고 엄마가 문자를 보내면 반드시 짧게라도 답장을 보내왔다.

집에 돌아와 쉬지 않는 걸 보니 설마 오늘 밤에도 돌아오지 않을 작정일까. 그런 것도 신경 쓰였다. 이틀 밤을 연이어 외박하고 집에 돌아오지 않는 건 역시 너무하다. 가즈토에게만 맡겨서 해결될 문제가 아니고 나도 확실히 못을 박아 두어야 할 것이다.

그런 생각을 하고 있자 이번에는 집 전화가 울렸다. 액정을 보니 가스카베에 있는 친정에서 걸려 온 전화였다.

친정에는 현재 어머니 후미코와 언니 사토미가 살고 있다. 사토미는 10년쯤 전에 이혼해 본가로 돌아왔고 아이는 없다.

기후에 있는 시댁은 거의 시숙이 관리하고 있어 기요미 가족은 기일에 법요 행사라도 하지 않는 한, 가지 않는다. 오히간 기간에 성묘는 거의 가스카베 쪽으로 간다.

기요미는 어머니든 언니든 아마 성묘 이야기 때문에 연락했다고 짐작하고 전화를 받았다.

전화를 건 사람은 언니였다.

"오히간에 올 거니?" 사토미는 역시나 그 이야기를 꺼냈다.

"응. 아마 마지막 날이 될 것 같기는 한데 가려고." 기요미가 대답했다. "엄마는 좀 괜찮아?"

올해 일흔여섯인 기요미의 어머니 후미코는 건강이 그리 좋지 않다. 7년 전 위암 때문에 위의 삼분의 일을 절제하는 수술을 하고서 더욱 쇠약해졌고 수술 후유증인 컨디션 불량에 오랫동안 시달리고 있다. 유기농 식품과 값비싼 영양제, 종교적인 것에 의지하려는 모습을 볼 때마다 안타깝지만 입장 바꿔 생각해 보면 어쩔 수 없다는 생각도 들었다.

"여름에는 역시 힘들더라." 사토미가 어머니의 몸 상태를 알려 줬다. "요즘은 좀 견딜 만한 것 같은데."

"에어컨은 잘 틀고 있어?"

"응. 내가 틀어 드려. 조금만 한눈팔면 엄마가 끄고 내가 다시 켜는 게 쳇바퀴 돌듯 반복되기는 해도."

어머니는 에어컨 바람을 싫어하지만 올여름은 에어컨 없이 견디기 힘들 만큼 더웠다.

"엄마도 네가 오기만을 기다리나 봐."

"응."

친정에 가면 어머니가 딸과 가족들 이마에 손을 얹고 지금 믿는 종교의 정령淨靈이라고 부르는 기도 의식을 하려고 해서 난처하지만, 나이가 들수록 어머니의 자상함이 몸소 느껴지는 것도 사실이다. 천천히 차라도 마시며 이야기를 나누고 오면 좋겠다고 생각했다.

"아이들도 오니?"

함께 사는 맏딸이 자식이 없는 탓에 어머니는 다다시와 미야비가 놀러 오기를 바라고 있다. 기요미도 그 마음을 잘 알지만 최근 2~3년은 쉽사리 데려가겠다고 할 수 없었다.

"미야비는 데려갈 생각인데…… 다다시는 잘 모르겠어."

다다시를 데려갈 수 있을지는 장담할 수 없어서 미야비에게 학원 수업을 빼놓으라고 했다.

사토미는 마음에 차지 않는 듯했다.

"왜? 다다시는 동아리도 관뒀잖니?"

"그렇기는 하지만……."

기요미는 어머니에게 말하지 않는 조건으로 여름방학부터 다다시가 자주 외박을 하고 있으며 지금도 놀러 나갔다가 아직 집에 돌아오지 않은 것을 사토미에게 털어놓았다.

"그렇게 밤새 놀면 힘들기만 할 텐데 뭐가 그리 재밌는 걸까." 사토미는 어이가 없다는 듯이 웃음 섞어 말했다.

"아이들한테는 아이들만의 룰이 있나 봐."

기요미가 대답하자 사토미는 그 말이 마음에 들었는지 "하긴, 어른들보다 훨씬 바쁘긴 하지" 하고 또 웃으며 대답했다.

"그냥 웃어넘길 일이 아니야." 기요미가 말했다. "처음부터 확실하게 못을 박아 두지 않은 게 문제였을까? 방학 때는 애 아빠도 별말 안 했거든. 자기도 고등학생 때 외박 정도는 했으니 괜찮다고 생각하는 것 같아. 그래서 나도 남자아이이니 그렇게 신경 쓰지 않아도 되나 싶기는 한데……."

"제부는 둘째 아들이니까. 너희 부부는 둘 다 차남 차녀에 집에서 막둥이였으니 애들한테 무를 수도 있겠다."

막둥이 부부라 결혼 생활을 잘 해 나갈 수 있을지 걱정이다, 막둥이 부부라 여물지 못하다는 말은 언니가 전부터 틈만 나면 하던 소리다. 장남 장녀였던 언니 부부도 결국 그렇게 됐으니 설득력이라고는 없지만 언니의 이혼에는 남편의 거듭된 외도와 끝내는 숨겨 둔 아이까지 발각되는, 도저히 그냥 넘어갈 수 없는 사정이 있었으므로 기요미는 그 이야기를 언급하며 받아칠 수는 없었다.

다다시와 미야비에게도 어릴 때부터 보통의 예의범절은 다른 아이

들 못지않게 가르쳐 왔다고 생각한다. 다만 내가 다른 부모들처럼 야
단을 잘 못 친다는 것은 어렴풋이 느끼고 있다. 일일이 꾸짖고 나무라
는 것은 성미에 맞지 않고, 다른 부모의 그런 모습을 봐도 별 감흥이
없었다. 훈육에는 다른 방식이 있을 거라 생각했고 솔직히 너무하다
는 생각마저 들었다.

그 점이 야무지지 못하다고 하면 그럴 수도 있다. 지금까지는 한 귀
로 흘려들은 언니의 충고가 오늘은 가슴 아프게 꽂혔다.

"다음 성묘 때는 다다시도 데려오렴. 내가 한마디 해 줄게."

데려가 봐야 오히려 다다시가 겸연쩍을 만큼 치켜세우며 괜찮다고
할 게 뻔하니 언니의 말은 믿을 수 없다. 어차피 앞으로도 다다시가
성묘에 따라갈 일은 없을 듯하니 실현되지 않을 것이다.

"응, 알았어. 그렇게 해 줘."

기요미는 적당히 대답하고 언니와 통화를 끝냈다.

뭐해? 아무리 쉬는 날이라고 해도 계속 집에 안 돌아오면 어쩌니?

할 말 있으니까 문자 보면 바로 연락하렴.

시간이 지나도 다다시에게 연락이 올 기색이 없어서 기요미는 애가
타는 마음에 조금 강한 어조로 문자를 보냈다. 평소에는 집어넣는 이
모티콘도 넣지 않았다.

이러면 엄마가 평소와 달리 화내고 있다는 게 전해지겠지.

스마트폰을 내려놓고 다시 일로 돌아갔다. 집중력이 떨어지지만 어
쨌든 일은 해야 한다. 교정지를 한 장씩 볼 때마다 스마트폰의 까만

화면을 쳐다본다. 어느새 다리도 덜덜 떨고 있었다.

기요미는 긴장이 풀리게 한숨을 한 번 내쉬고 자리에서 일어섰다. 부엌으로 가서 커피를 끓였다.

끓인 물을 드리퍼에 붓고 있을 때 스마트폰에서 문자 착신 알람이 들렸다.

드디어 왔나……. 이제야 긴장이 조금 풀렸다. 조금 전에 보낸 문자가 역시 효과가 있었을까. 아니면 자다가 지금 일어난 걸까.

커피 잔을 들고 탁자 앞으로 돌아갔다. 잔을 내려놓고 스마트폰을 집어 든다. 액정 화면에 다다시에게서 온 문자 알림이 표시돼 있다.

기요미는 스마트폰을 두드려 문자를 화면에 띄웠다.

미안한데 일이 많아서 아직 못 가.

근데 걱정 안 해도 돼.

또 문자할게.

기요미는 이런 판국에 뻔뻔하게도 아직 못 간다는 문자가 올 줄은 예상하지 못 해서 잠시 망연하게 있었다.

엄마가 지금 얼마나 걱정하는지 알고는 있는 걸까. 정말이지.

가슴에 화가 차올랐을 때 집 앞에서 차가 멈추는 소리가 들렸다. 가즈토가 돌아온 것이다.

가즈토는 일단 사무실에 한 번 들렀다가 얼마 안 돼 집에 왔다.

"다다시, 아직 못 온대."

가즈토가 거실에 들어오기를 기다렸다가 말하자 그는 미심쩍어하며 "왜?" 하고 물었다.

"모르겠어." 기요미는 대답했다. "또 문자하겠대."

"무슨 소리야." 가즈토는 말도 안 된다는 듯이 입술을 일그러뜨렸다. "전화해 봐."

"그래야겠지?"

당연히 그래야 한다고 생각했다.

그러나 다다시는 친구와 있을 때 기요미의 전화를 받지 않는다. 뒤늦게 문자로 '왜?' 같은 답장을 보내는 데 그친다. 그래서 요즘은 다다시가 놀러 나가면 자연스럽게 문자로만 연락을 주고받게 됐다.

가즈토의 말에 기가 눌려 전화를 걸어 봤다. 아니나 다를까 다다시는 전화를 받지 않았고 부재중 사서함으로 연결됐다.

"엄마야. 그냥 못 온다고 할 게 아니라 일단 전화하렴. 자꾸 잔소리하고 싶지 않지만 걱정되니까. 알겠지? 문자 확인하면 바로 전화해 줘."

그렇게 녹음하고 전화를 끊었다. 상대에게 직접 이야기하는 게 아니라 불안한 기분에 휩싸였지만 엄마의 진지한 목소리를 들으면 이러면 안 되겠다고 생각을 고칠 거라 기대했다.

4시가 지나자 미야비가 학원에서 돌아왔다.

"오늘 저녁밥은 뭐야?"

미야비는 배가 고파 안달을 부리듯 들어오자마자 물었다.

"응, 그게 말이지." 냉장고에 있는 재료로 적당히 만들 수도 있지만 아이들이 좋아할 것을 만들려면 밖에 나가 이런저런 것들을 사 와야 한다. "오늘은 어디서 외식이라도 하면 좋을 것 같은데 오빠가 아직 안 와서."

"응? 안 오다니, 설마 어제 나가서 아직 안 들어왔다는 말이야?"

"응."

"우와, 뭐 하고 있대?" 미야비는 그저 남 일처럼 어이없어하며 말했다. "이제는 정말 비뚤어질 건가 보네. 사람은 역시 살아갈 보람을 잃으면 망가지나 봐."

"자꾸 이상한 소리 하지 말고 너도 오빠한테 전화나 좀 해 보렴. 엄마가 해도 안 받으니."

"문자로도 충분하지 않아?"

"뭐 그러든지……. 어쨌든 얼른 집에 오라고 해."

2층으로 올라가는 미야비와 교대하듯 사무실에 있던 가즈토가 돌아왔다. 연휴 중이기도 해서 오늘은 일을 일찍 마친 듯했다.

"오늘 저녁은 밖에서 먹는 게 어떨까?"

"그래."

기요미가 일이 바쁘거나 할 때 음식을 시켜 먹거나 외식을 할 때도 많아서 가즈토도 익숙한 것처럼 대답했다.

"그런데 다다시한테 아직 연락이 안 와서……."

"그냥 기다릴 수밖에 없지 뭐." 가즈토는 이제는 완전히 포기한 것처럼 말했다. "자, 쿠키야. 산책하러 가자."

가즈토는 슬랙스를 캐주얼한 면바지로 갈아입고 쿠키에게 리드줄을 채우고 산책을 하러 나갔다.

기요미는 초조한 마음 그대로 다시 교정지를 펼쳤다.

― 그녀의 제안이 구미가 동한 것은 상식을 깬다고도 할 수 있는 대담함 때문이
었다.

'구미가 동하다'는 이상하잖아……. 기요미는 문장 위에 샤프로 동
그라미를 그리고 선을 죽 긋고 '구미가 당기다 or 회가 동하다?'라고
적었다. 무의식중에 샤프를 세게 눌렀는지 진한 글자를 보고 흠칫 놀
랐다.

샤프를 내려놓고 스마트폰을 쳐다보며 요란하게 한숨을 내쉬었다.

대체 어디서 놀고 있는 걸까.

이 부근이 아닐지도……. 불현듯 그런 생각이 들기 시작했다.

이케부쿠로나 시부야처럼 도쿄 번화가로 나갔을지도 모른다.

못된 친구들과 어울리지 않았으면 좋겠는데.

다시 한번 한숨을 내쉬고 샤프를 집어 들었다.

집중력이 흔들리는 상태로 간신히 교정지를 내려다보고 있자 가즈
토가 쿠키를 산책시키고 돌아왔다.

"요즘은 해가 떨어지면 금세 시원해지네. 바람이 상쾌해."

이제는 다다시를 입에 담지도 않는다. 가즈토는 그대로 소파에 앉
아 건축 잡지를 펼쳤다.

해가 지고 6시가 됐을 무렵 미야비가 2층에서 내려왔다.

"있지, 오빠한테 문자를 보내도 답장이 안 오고 전화하면 전원이 꺼
져 있다고 나오는데?"

"뭐?" 기요미가 고개를 드는 것과 동시에 가즈토가 혀를 쯧 차는 소
리가 들렸다.

"내버려 둬, 내버려 둬. 어지간히 집에 오고 싶지 않나 보지. 어차피 오늘 밤도 안 올 것 같은데. 그런 애를 일일이 신경 써 봐야 우리만 힘들어."

"별일 없으면 좋겠는데……." 기요미는 머릿속에서 미처 소화하지 못한 지금의 상황을 불안의 형태로 입에 담았다.

"핸드폰 전원을 왜 껐을까?" 가즈토가 빈정거리며 말했다. "우리 전화를 받기 싫다는 이유 말고 또 있겠어?"

"그렇기는 하지만……."

"됐으니까 그냥 둬." 가즈토는 끝까지 주장했다. "대신 돌아오면 이번에는 정말 따끔하게 혼내 줘야지. 너무 오냐오냐 키웠어. 이제는 당신도 그 애 편들어 주지 마."

한마디로 인내심의 한계에 도달했다는 뜻으로 들린다. 그래도 아예 포기한 것처럼 내버려 두는 게 아니라 돌아오면 나름대로 대처할 마음이 있음을 깨닫고 기요미는 일단 가즈토의 말에 따르기로 했다.

6시가 지나 쿠키에게 밥을 주고 셋이서 집을 나갔다. 차를 타고 국도 옆에 있는 패밀리 레스토랑으로 향한다. 도중에 경찰차 몇 대가 사이렌을 울리며 국도 교차로를 가로질러 갔다.

패밀리 레스토랑에서는 다다시 이야기가 나오지 않았다. 미야비는 도시마 여학원 축제를 보러 가고 싶다는 말을 시작으로 수업이 끝나고 가면 제시간에 갈 수 있을지를 스마트폰으로 검색하며 "에이, 어렵겠네"라거나 "잠깐, 괜찮을 수도" 같은 이야기를 표정을 이리저리 바꿔 가며 떠들었고, 기요미는 가즈토와 함께 딸의 이야기를 들었다.

각자 주문한 음식을 다 먹고 40분 정도 만에 가게를 나갔다. 돌아가는 길에 차 안에서 또다시 어디서 들리는 것인지 모를 경찰차 사이렌 소리가 들렸다.

"무슨 일이라도 있는 건가······." 뒷좌석에 앉은 미야비가 손에 든 스마트폰에서 눈을 떼고 중얼거렸다. "응······?"

미야비의 입에서는 다음 말이 나오지 않았다. 어떤 불안을 엉겁결에 내뱉은 것 같지는 않다. 입을 열자마자 즉시 다른 생각을 떠올렸다고 해도 이상하지 않다. 실제로 미야비는 지금 다시 스마트폰을 내려다보고 있다.

꼭 그래서는 아니지만 기요미는 미야비의 말이 묘하게 으스스했지만 크게 신경 쓰지는 않았다. 구체적인 불안감으로 이어지지 않았다.

다만 그 희미한 으스스함이 집을 나오기 전에 느낀 불안감을 연상시켜 기요미는 자기도 모르게 자신의 스마트폰을 가방에서 꺼냈다.

다다시에게서는 아직 연락이 오지 않았다.

5

낮에 보고 온 다네무라 부부의 토지는 L자 모양으로 조금 변칙적인 형태였다.

그러나 언덕 위에 있는 덕에 2층에 올라가면 탁 트인 전망을 기대할 만했다. 면적도 45평 남짓 되니 충분하다. 모양이 독특한 토지는 건축가의 솜씨를 발휘할 기회를 주기도 한다.

자, 어떤 집을 지어야 할까······.

가즈토는 TV를 켜고 소파에 누워 그런 것들을 떠올리고 있다가 꾸벅꾸벅 졸기 시작했다. 바깥세상은 연휴 기간이고 오늘은 조수인 우메모토도 쉬는 날이다. 자신은 다네무라 부부를 만나는 일정 외에도 그간 쌓인 일들을 담담히 소화했지만 머릿속 어딘가에 오늘은 휴일이라는 의식이 있는 듯해 평소처럼 계속 긴장하고 있을 수 없었다. 일상에서 쌓인 피로도 영향을 끼쳤는지 목욕을 마치고 긴장이 풀린 몸에 보통 때보다 일찍 수마가 찾아왔다.

그때 전화 벨 소리가 들려서 가즈토는 눈을 떴다.

TV에서 9시 뉴스가 방송되는 듯했다.

몸을 일으켜 거실을 둘러봤다. 기요미는 목욕을 하는 중인지 보이지 않았다.

낮은 탁자에 둔 마시다 만 물을 집어 들어 목을 축였다. 사무실 전화도 집으로 연결해 뒀으니 긴장이 풀린 목소리로 받을 수는 없다. 그러나 시간상 업무 관련 전화보다는 가족이나 친척에게서 온 전화일 거라고 짐작했다.

전화기 액정을 확인하니 처가의 번호가 표시돼 있었다.

"여보세요."

"여보세요……. 아, 제부? 나예요." 기요미의 언니 사토미였다.

"아, 처형. 안녕하세요. 애 엄마는 지금 씻고 있는 것 같은데."

무선 전화기를 들고 침실로 향했지만 그곳에도 없었다.

"아, 그렇구나……." 사토미는 평소와 다른 낮은 목소리로 망설이듯이 맞장구를 치고 말을 이었다. "살짝 신경이 쓰여서 전화했는데, 혹시 다다시 집에 왔어요?"

"네?"

가즈토는 다다시가 집에 오지 않은 것을 처형이 어떻게 알고 있는지 이해하지 못하고 순간 대답을 망설였다.

"아, 그게, 점심에 기요미가 그런 이야기를 해서 그 뒤로 어떻게 됐는지 궁금해서요."

"아, 그렇군요……." 가즈토는 사정을 듣고 쓴웃음을 지었다. "제가 그냥 내버려 두라고 했습니다. 실컷 놀다가 지겨워서 돌아오면 그때 따끔하게 한마디 해 줘야겠다 싶어서요."

"어머, 그럼 아직 집에 안 왔다는 말이에요?"

사토미의 목소리는 새삼스럽다는 놀라움에 왠지 걱정하는 기운이 섞인 것처럼 들렸다.

"네, 뭐……." 가즈토는 겸연쩍게 대답했다.

순간 간격을 두듯 콧숨을 내쉬는 소리가 들리고 사토미가 다시 입을 열었다.

"지금 TV에서 나오는 뉴스를 보니 도자와에서 뭔가 이상한 사건이 일어났다고 하는데, 설마 그 일과 관련은 없겠죠?"

"네?"

가즈토는 반사적으로 TV로 눈길을 돌렸다. 뉴스는 이미 스포츠 뉴스 코너로 옮겨 가 있었다.

"어떤 뉴스였죠?"

"그게, 이런 이야기는 기분 나빠서 해도 좋을지 모르겠는데……."

무슨 뉴스인지 도통 알 수 없어서 가즈토는 뭐라고 대답할 수 없었다. 참을성 있게 기다리고 있자 사토미는 마음을 굳힌 것처럼 설명하기 시작했다.

"음, 그러니까 차 트렁크에서 시신이 발견됐다고…… 길가에 차가 세워져 있어서 미심쩍게 여긴 경찰이 가서 트렁크를 열어 보니 안에 시신이 들어 있었다고 해요."

"도자와에서 그런 일이 일어났다고요?"

사토미가 앞서 언급한 대로 기분 나쁜 이야기이기는 하다. 하지만 지금으로서는 다다시가 집에 오지 않은 것과 도자와에서 그런 사건이 일어난 게 어떻게 이어지는지 이해가 안 되는 것이 현실이었다.

"네, 맞아요. 정확한 장소는 모르겠지만 어쨌든 도자와라고 했어요. 오늘 저녁쯤 일어난 일이라 아직 자세한 건 밝혀지지 않은 것 같아요. 그런데 세워진 차에서 남자아이 몇 명이 튀어나와 도망치는 모습을 주변 사람들이 목격했대요."

기분 나쁜 느낌이 순식간에 불길한 예감으로 바뀌었다.

"트렁크에서 발견된 시신의 신원은 아직 밝혀지지 않은 겁니까?"

"아직 밝혀지지 않은 것 같아요. 그런데 시신도 10대 소년으로 보인다고 하니 도망친 아이들의 친구 아니면 그 아이들과 싸운 아이가 아닐까 싶은데……."

가즈토는 나직이 신음을 내뱉었다. 이야기를 다 듣고도 다다시와 연관 지어 생각하기에는 아직 실감이 나지 않았다. 두 눈으로 직접 뉴스를 확인하고 싶었다.

"음, 글쎄요. 확실히 기분 나쁜 사건이기는 하지만 도자와도 꽤 넓으니……."

"그렇죠. 당연히 별 상관없겠지만 점심에 기요미에게 다다시 이야기를 들은 마당에 그런 뉴스를 접하니 갑자기 걱정이 좀 돼서요."

이야기를 꺼낸 사토미에게는 아무런 악의도 없음을 알 수 있었다. 그만큼 불안감이 더 커졌지만 아직은 무시할 수 있는 정도다.

"걱정 끼쳐서 죄송합니다. 다다시가 돌아오면 가스카베 이모도 걱정했다고 따끔하게 한마디 해 두겠습니다."

"기요미한테도 말했지만 성묘하러 올 때 데려오세요. 저도 좀 말해 볼게요."

"아, 그래야겠네요. 그럼 잘 부탁드리겠습니다, 처형."

가즈토가 쓴웃음 섞어 대답했을 때 뒤에서 "누구? 언니?" 하는 목소리가 들렸다. 목욕을 마친 기요미가 2층에서 내려온 것이다.

"아, 애 엄마가 왔네요. 바꿔 드릴게요."

반사적으로 말하고 수화기를 기요미에게 넘겼지만 소파에 앉을 때 퍼뜩 수화기를 주지 말았어야 한다는 생각이 엄습했다. 기요미는 가즈토보다 걱정이 많고 아이들이 어렸을 때는 잠깐 소나기만 내려도 우산을 들고 집을 뛰쳐나가 다다시와 미야비의 하굣길을 어슬렁거릴 때도 있었다. 다다시가 집에 오지 않는다며 안절부절못하던 오늘 모습을 봐도 아내가 언니의 이야기를 필요 이상으로 진지하게 받아들일 것 같았다.

사토미와 통화하던 기요미는 시간이 갈수록 목소리가 작아졌고 무선 수화기를 귀에 갖다 댄 채 안절부절못하며 연신 TV를 쳐다봤다. 다른 손으로 리모컨을 집어 들어 채널을 연이어 바꾸며 뉴스가 나오지 않는지 살핀다. 입에서는 건성으로 하는 맞장구만 나왔고 욕실에서 나온 지 얼마 되지 않았는데 얼굴에서 붉은 기가 완전히 사라져 있었다.

기요미는 전화를 끊고 어깨숨을 내쉬었다.

"뉴스 봤어?"

기요미는 리모컨으로 채널을 계속 바꾸며 가즈토에게 물었다.

"아니, 못 봤어." 가즈토는 대답하고 의식적으로 느긋하게 말했다. "침착해. 처형도 무슨 근거가 있어서 하는 소리는 아닐 테니."

기요미는 가즈토의 말에 대답하지 않고 리모컨을 내려놓고 한숨을 내쉬더니 가만히 못 있겠는지 캐비닛에 둔 스마트폰을 집어 들었다.

다다시에게서는 여전히 전화도 문자도 오지 않은 듯했다.

"여보. 경찰에 신고하는 게 낫지 않을까?"

기요미가 마음을 굳힌 것처럼 물었다.

"좀 기다려 봐." 가즈토는 아내를 어떻게든 진정시키려고 했다.

"이상하잖아. 연락도 안 되고 이틀이나 집에 안 오다니."

"어젯밤부터니까 아직 하루밖에 안 됐어." 가즈토는 냉정하게 받아쳤다. "그리고 낮에 아직은 못 간다고 문자가 왔잖아. 그 문자 좀 보여 줘 봐."

가즈토는 기요미에게 스마트폰을 받아 들고 다다시에게서 온 유일한 문자를 확인했다. 내용은 기요미가 말한 그대로라 가즈토는 자신도 아내처럼 불안해해서는 안 되겠다고 생각했다.

"'걱정 안 해도 돼', '또 문자할게'라고 적었어. 이런 상황에 경찰이 신고를 받아 줄 것 같아?"

"하지만 또 문자한다고 했는데도 안 오잖아."

"경찰이 상대하는 건 며칠 동안 계속 집에 오지 않고 거리를 방황하는 아이들이야. 오늘 점심에 문자를 보낸 아이의 이야기를 얼마나 진지하게 들어 주겠어?"

"하지만……." 기요미의 목소리가 또다시 낮아졌다. "언니가 말한 사건에 휘말리기라도 했으면 어떡해?"

가즈토는 웃어넘기려고 했지만 생각보다 얼굴 근육이 굳어서 움직이지 않았다. 목도 가라앉아서 억지로 쥐어짜야 목소리가 나왔다.

"걱정이 과해." 가즈토는 쉰 목소리로 간신히 말했다.

사건에 휘말렸다는 건 트렁크에서 나온 시신을 뜻할 것이다. 가즈토도 그것을 떠올리니 잠자코 있을 수만은 없어졌다.

"뉴스가 나왔다는 건 경찰이 이미 수사를 시작했다는 뜻이야. 정말로 다다시가 그 일과 관련됐다면 집에 연락도 올 테고."

"그런데 트렁크에서 발견됐다고만 하고 어디 사는 누구인지는 아직 밝혀지지 않았잖아?"

"뉴스에서 그렇게 말했을 뿐이지 경찰도 모른다고 확신할 수는 없어. 일본 경찰은 실력이 뛰어나니 이미 파악하고 있을 가능성이 커."

"어떻게 그렇게 단언할 수 있어?" 기요미는 사소한 입씨름조차 견딜 수 없다는 듯이 괴롭게 말했다. "나도 트렁크에서 발견된 애가 다다시라고 생각하고 싶지는 않아. 그냥 이대로 가만히 있으면 아무것도 알 수 없으니 경찰한테 확인해서 안심하고 싶을 뿐이야."

말하는 동안에도 가슴속의 불안감이 점점 커져 이제는 거의 폭발할 지경인 듯했다.

"알았으니 일단 진정해."

기요미는 그야말로 절박한 얼굴로 요란하게 한숨을 내쉬고 "왜 아직도 연락을 안 하지?" 하고 중얼거리며 스마트폰을 만지작거렸다. 귀에 스마트폰을 가져갔지만 "여전히 전원이 꺼져 있어"라고는 힘이 빠진 것처럼 팔을 축 늘어뜨렸다.

TV에서 10시 뉴스가 나왔다. 연휴 기간의 유원지 모습이 비쳤고 뒤이어 오키나와로 북상하는 태풍 정보를 전하고 여성 아나운서가 "금일 오후 6시경……" 하고 다음 뉴스를 낭독하기 시작했다.

"……사이타마현 도자와시 시내도로에서 시멘트 블록 위에 차량 한 대가 세워져 있다는 신고가 접수됐습니다. 차에 타 있던 것으로 추정되는 남성 여러 명이 현장을 떠나는 모습을 근처 주민들이 목격했고, 출동한 경찰이 차를 조사하자 트렁크에서 비닐 시트에 싸인 젊은 남성으로 보이는 시신이 발견됐습니다. 경찰은 시신 상태를 통해 남성이 어떤 사건에 연루돼 살해됐을 가능성이 있다고 보고 사라진 남성들의 행방과 차주 조사 등 수사를 이어 가고 있습니다."

가즈토는 소파 앞에 서 있는 기요미와 함께 숨을 멈춘 채로 TV를 봤다.

화면이 바뀌어 현장에서 취재하는 기자의 모습이 비쳤다. 8시 무렵 찍은 영상인 듯했다.

"이곳이 도자와시의 사건 현장입니다. 도자와역에서 3.5킬로미터 정도 떨어진 이곳은 민가가 늘어선 구역에 드문드문 밭과 수풀이 있는 지역으로 평소 교통량이 많지 않은 도로가 제 눈앞에 펼쳐져 있습니다.

지금 경찰 관계자가 서 있는 곳 옆에 있는 저 검은색 세단이 문제의 차량입니다. 시멘트 블록 위에 올라가 있는 게 보이십니까? 금일 6시경 차는 저곳에서 멈췄고 트렁크에서 시신 한 구가 발견됐습니다."

조명이 한밤중의 도로를 비추고 있지만 도자와의 어느 지역인지 분간하기 어렵다. 역에서 3.5킬로미터 정도 떨어져 있다면 자못 변두리인 것만은 확실하다.

경찰 관계자가 바쁘게 움직이는 와중에 구경꾼으로 보이는 이들이 멀리서 지켜보는 모습이 화면 끝에 찍혔다.

"지금 제가 서 있는 이곳은 삼거리이고 이쪽에서 진입한 검은색 세단이 이곳에서 방향을 오른쪽으로 꺾었지만 속력을 이기지 못했는지 미처 다 돌지 못하고 저 시멘트 블록 위에 올라가 버렸습니다. 그 뒤 움직이지 않는 차에서 젊은 남성 몇 명이 나왔고 이곳으로 와서 이내 현장을 떠났다고 합니다."

화면이 중년 여성을 취재한 인터뷰 영상으로 바뀌었다.

"쿵 하고 요란한 소리가 들렸어요. 돌아봤을 때는 차가 저 위에 올라가 있더군요. 그 뒤로 2~3분 동안은 어떻게든 움직이려고 한 것 같은데 포기한 것처럼 내리더라고요. 그리고 순식간에 저쪽으로 사라져서……"

"젊은 사람들이었어요. 한 고등학생쯤? 제가 목격한 건 두 사람이었고요."

현장 약도가 나와서 가즈토는 그제야 대략적인 위치를 파악했다. 도쿄 쪽에 있는 가즈토의 집과는 대각선 방향에 있는 역의 북서쪽 언덕 지대다.

차가 시멘트 블록 위에 올라간 이후 차에 타 있던 두 사람이 도망치는 모습을 재현한 CG 영상이 나왔고 다음으로 스튜디오에 있는 아나운서가 현재 도자와 경찰서 앞에 있다는 기자를 불렀다.

"발견된 시신에 대해서는 밝혀진 게 있습니까?"

경찰서 앞에 있는 기자가 아나운서의 호출을 받고 설명하기 시작했다.

"트렁크 안에서 발견된 시신에 얼굴과 복부를 중심으로 여러 곳에 흉기에 찔린 상처, 타박상이 있다는 점에서 경찰은 피해자가 극심한 폭행을 당한 끝에 사망했을 가능성이 크다고 추측하고 있습니다. 시신의 부패 정도가 심하지 않아서 어제부터 오늘 사이 사망했을 가능성이 크다는 이야기도 전해지고 있습니다. 시신의 신원에 대해서는 현재 경찰에서 확인 중이지만 외견상의 특징으로 10대 중후반, 즉 고등학생 정도 나이대의 소년으로 보고 있는 것으로 전해집니다."

"그 밖에도 정보가 있다면 알려 주시죠."

"네. 시신은 비닐 시트에 싸인 채 트렁크에 들어 있었고, 트렁크에는 땅을 팔 때 사용하려고 한 것 같은 삽도 들어 있었다고 합니다."

"그럼 당시 차에 타 있던 남성들이 시신을 어딘가에 유기하려고 가는 도중 사고를 당했다고 볼 수 있는 건가요?"

"그렇습니다. 그런 해석도 충분히 가능한 것으로 추측합니다."

이곳 도자와에서 과거에도 흉악 사건이 일어난 적은 있지만 이토록 피부를 훑는 듯한 불길함이 느껴지는 사건은 처음이다. 다다시가 이 일에 휘말렸다고 단언할 수는 없다, 오히려 무관할 가능성이 크다고 생각했지만 불길한 기운은 가즈토에게 들러붙은 채 떨어지지 않았다.

스튜디오에서 초청 패널이 소년 범죄 가능성을 염려하는 코멘트를 입에 담았고 속보가 들어오는 즉시 전해 드리겠다는 아나운서의 말을 끝으로 뉴스가 끝났다.

"여보." 순간 못 들을 뻔했지만 기요미가 절박한 눈빛으로 쳐다봐서 가즈토는 퍼뜩 정신을 차렸다.

"어쩌지?"

기요미는 이제 당신이 움직이지 않으면 내가 직접 움직일 거라고 말하는 듯했다. 가즈토 역시 이대로 가만히 있다가는 불길함만 더 강해질 것 같았다.

"알겠어. 잠깐 기다리고 있어 봐."

가즈토는 무선 수화기를 집어 들었다. 이럴 때는 110*이 아닌 경찰서 직통 번호로 거는 게 낫겠다고 판단해 전화번호부에서 도자와 경찰서 대표번호를 찾아서 눌렀다.

전화를 받은 상대에게 지금 아들과 연락이 안 되는데 뉴스에 나온 사건 때문에 확인하고 싶은 것이 있다고 하자 담당 부서로 연결해 주었다.

"네. 소년과입니다." 남자가 전화를 받았다.

"실례합니다. 여쭙고 싶은 게 있어서요."

"네. 뭐죠?"

"아까 도자와 도로에 세워진 차 안에서 시신이 발견됐다는 뉴스가 마음에 걸려서……. 고등학생인 저희 아들이 지금 연락이 안 되고 있습니다."

"언제부터 연락이 안 됐습니까?"

* 일본의 112.

"어젯밤에 나가서 오늘 낮 3시 무렵에 문자가 한 통 온 뒤로는 계속 핸드폰 전원이 꺼져 있습니다."

"어디 갔는지는 모르시고요?"

"아마 친구 집에 간 것 같은데……."

"구체적으로 누구 집에 갔는지는 모르시는 겁니까?" 남자는 이런 상황에 익숙한 것처럼 확인했다.

"네. 모르겠습니다."

"문자에는 뭐라고 적혀 있었죠?"

"아직은 집에 못 가지만 걱정하지 말라고…… 또 연락하겠다고……."

"현재 연락이 되지 않는 겁니까?"

"네."

"그 밖에 또 걱정하실 만한 이유 같은 게 있나요?"

"그러니까 조금 전 뉴스를 보고……."

"뉴스 외에 다른 이유는?"

"……없습니다."

"흠." 남자는 잠시 생각하다가 다시 입을 열었다. "그런 상황이라면 조금 더 지켜보는 게 나을 것 같군요. 당장 걱정할 상황 같지는 않습니다."

"사건 피해 아이의 신원은 밝혀졌나요?"

"아직 수사 중입니다만…… 잠깐만요." 상대는 뭔가 확인하고서 잠시 후 다시 말했다. "만약을 위해서 아드님의 성함을 알려 주시겠습니까?"

가즈토는 다다시의 이름을 알려 줬다. 나이와 학교 이름, 신체적 특징도 묻는 족족 대답했다.

또다시 침묵이 흘렀다.

"흠······. 시신의 신원은 아직 확인 중이라고 합니다. 만에 하나 아드님이 관련됐을 가능성이 있다면 저희가 다시 연락드리겠지만 지금은 그 이상 말씀드릴 수 없겠군요."

완전히 신원 불명 상태라면 경찰도 조금 더 신중하게 시신이 다다시일 가능성을 검토해 주리라고 생각했다. 이미 시신의 신원이 대략 밝혀진 상태거나 아니면 신체적 특징이 다다시와 전혀 다를 것이다······. 가즈토는 막연히 짐작했다.

"그럼 뭔가 밝혀지면 연락해 주시겠습니까?"

가즈토는 부탁하고 자신의 이름과 연락처를 전했다.

"지금은 연휴 기간이라 자녀가 놀러 나가 집에 오지 않는다는 신고가 많이 접수되고 있습니다. 걱정되실 법도 하지만 일단은 조금 더 상황을 지켜보는 게 어떨까요. 내일과 모레도 집에 오지 않고 연락도 안 돼 걱정된다면 서에 상담하고 실종 신고를 하시는 것도 좋을 것 같습니다. 다만 사건성이 있어 보이는 사안이 아닌 이상 기본적으로 경찰이 수색에 나서기 어려운 측면이 있으니 일단은 아드님의 교우 관계를 조사해 보고 거기서부터 친한 친구들을 통해 찾아보시는 게 빠를 듯합니다."

"그렇겠네요. 알겠습니다. 바쁘신데 실례했습니다."

가즈토는 남자와 전화를 하고 나서 안도감을 약간 되찾았다. 반면 옆에 있는 기요미는 불안한 표정을 지우지 않고 가즈토를 뚫어지게 바라봤다.

"뭐래?" 통화를 마친 가즈토에게 기요미가 물었다.

"신원은 아직 밝혀지지 않았는데 대체로 가늠은 하고 있는 것 같아. 적어도 다다시랑 닮은 아이는 아닌가 봐."

"정말?"

"저쪽에서도 걸리는 게 있으면 가만히 안 있겠지."

"그렇다면 다행이지만……."

기요미도 조금은 불안감이 가셨는지 힘이 빠진 것처럼 소파에 깊숙이 앉았다.

"정말 난리도 아니네."

웃을 여유도 생겼는지 쓴웃음을 지으며 중얼거렸다.

"내일 점심까지 기다려도 연락이 안 오면 친구들을 찾아서 물어보는 게 좋겠어."

가즈토가 그렇게 말하자 기요미는 "응" 하고 고개를 끄덕였다.

6

다음 날 아침 기요미가 부엌에서 아침밥을 준비하고 있을 때 2층에서 미야비가 내려왔다.

"오빠는 아직도 안 왔어?"

미야비는 식사 준비를 돕지도 않고 옆에 달라붙은 쿠키를 쓰다듬으며 졸린 것처럼 물었다.

"혹시 어디 갈 만한 곳으로 짚이는 데 없니?"

기요미가 묻자 미야비는 "내가 알 리 없잖아" 하고 무뚝뚝하게 잘라 대답했다.

"그보다 오늘 학원 끝나고 오랜만에 미오랑 애들이랑 노래방 가기로 했거든. 용돈 좀."

"학원 끝나면 몇 신데?"

"4시에는 마치니까 가도 되겠지?"

"그렇기는 한데…… 요즘은 해도 일찍 지니 6시까지는 돌아오렴."

"6시라니." 미야비는 볼에 바람을 집어넣으며 툴툴거렸다. "오빠는 마음대로 외박하는데 나는 통금이 6시라니, 너무 불공평해."

"응? 불공평하다니?"

가즈토가 신문을 가지러 갔다 오면서 들었는지 미야비의 말에 반응했다.

"용돈을 주는 조건이 통금 시간 6시래." 미야비가 도움을 청하듯 가즈토에게 일렀다. "6시까지 오려면 노래방에 가도 한 시간 만에 나와야 해서 넷이 가면 두어 곡밖에 못 불러."

"그럼 6시 반은?"

"똑같아."

"너무 늦으면 안 돼. 어제 저녁 먹으러 갈 때 경찰차 사이렌 소리 들었지? 이 근처에서 무서운 사건이 일어났어."

"무슨 사건?"

미야비의 질문에도 가즈토는 대답하지 않고 테이블에 앉아 신문을 펼쳤다.

"응? 무슨 사건인데?"

가즈토는 말없이 신문만 보다가 곧 "여기 나오네" 하고 말했다.

"어디?"

미야비가 신문을 엿보고 있을 때 가즈토는 고개를 들어 기요미를 봤다.

"피해자 신원이 밝혀졌다던데."

차 트렁크에서 발견된 시신의 신원을 뜻했다.

"나왔어?"

가즈토의 말투로 짐작건대 당연히 다다시는 아닌 듯하다. 어젯밤 경찰서에 전화하고 나서 걱정은 조금 줄었지만 신원이 밝혀졌다니 솔직히 안심되는 기분이었다.

"고등학교 1학년이라니, 오빠랑 같잖아. 이 교복은 도자와 상고인가?" 가즈토 옆에서 신문을 읽던 미야비의 목소리가 다음 순간 커졌다. "어…… 근데 이 구라하시 요시히코라는 사람, 오빠 친구 아니야?"

가즈토가 다시 고개를 들었다. 기요미도 미야비를 쳐다봤다.

"아는 사람이니?"

"그건 아니지만 오빠가 통화하다가 요시히코가 뭐니 하는 걸 들은 기억이 있어."

기요미도 식탁을 돌아 옆으로 가서 신문을 들여다봤다.

사회면 제일 위에 깜짝 놀랄 만큼 크게 실린 기사였다.

'트렁크에서 소년의 시신 발견, 도자와', '린치로 인한 죽음? 흉기에 찔린 상처와 타박상', '여러 명이 사고 차량에서 도주'.

뒤숭숭한 기사 제목이 기요미의 눈을 파고들어 왔다. 피해 아이의 사진이 실려 있다. 귀를 덮을 정도의 머리카락에 어른스럽게 무게를 잡고 있지만 얼굴은 앳되고 특히 둥글둥글한 눈매가 귀여웠다.

이름은 분명 구라하시 요시히코라고 적혀 있다. 입고 있는 교복은 넥타이 디자인을 보니 미야비가 말한 도자와 상업 고등학교의 교복 같았다.

이 피해 아이가 다다시의 친구?

그럼 뭐가 어떻게 되는 거지?

뭔가 심각한 사실이 눈앞에 가로놓인 예감이었다. 그러나 그 바로 앞에 짙은 안개가 깔려 있어 기요미는 다리가 얼어붙은 것처럼 사고를 진척시킬 수 없었다.

"요시히코라는 이름은 흔한 편이잖아."

가즈토가 말했지만 말도 안 된다고 일축하는 투는 아니다.

가즈토의 말은 요시히코라는 이름 하나만 보고 괜히 불안해할 필요는 없다는 뜻이고 기요미도 절반은 동의했다. 오히려 그렇게 믿고 싶었다. 미야비도 그저 다다시의 통화하는 목소리를 얼핏 들었을 뿐이리라. 정확하다고 할 수 없다.

연휴 기간인데도 아침 식사 자리에서는 어제보다 더 큰 무게감이 느껴졌다. 식사가 끝나자 기요미는 그릇을 식기세척기에 넣고 평소에는 별로 열심히 읽지 않는 신문을 다시 한번 펼쳤다.

사건의 개요는 어제 TV 뉴스를 샅샅이 살피며 들은 것과 별반 다르지 않았다. 피해자 시신에 대한 설명이 역시 눈길을 끌었다. 시신의 얼굴과 몸에 흉기에 찔린 상처와 타박상이 제법 많이 남아 있다고 한다. 린치 등의 이유로 여러 명에게 폭행당해 끝내 사망했을 가능성이 가장 의심되는 상황인 듯하다.

숨진 구라하시 요시히코를 애도하는 목소리도 실려 있었다. 같은 반 친구의 이야기에 따르면 구라하시 요시히코는 싹싹한 성격이라 반 아이들 모두에게 사랑받는 아이였다고 한다. 그러나 여름방학이 끝난 뒤로 이따금 학교를 쉴 때가 있었고 안색이 좋지 않아 보였다고도 적혀 있었다. 학교 교장 선생님의 의견도 실려 있었는데 충격을 받아 무슨 말을 해야 좋을지 갈피를 못 잡는 듯한 내용이었다.

구라하시 요시히코의 부모의 심정을 떠올리니 가슴이 아팠다. 남 일처럼 느껴지지 않는다는 게 정확히 이런 상황일 것이다. 그래도 피해자가 다다시가 아니라 다행이라는 마음만은 변함없었다. 차마 입에 담을 수 없는 감정을 기요미는 속으로만 조용히 음미했다.

그러나 피해자가 아니어서 다행일 뿐 아직 끝난 건 아무것도 없다. 다다시가 만약 이 구라하시 요시히코와 친한 사이이고 평소 자주 어울렸다면 다다시가 집에 돌아오지 않는 것과 사건 사이에 어떤 접점이 있을 수도 있다.

"엄마."

"응?"

미야비가 불러서 기요미는 정신을 차렸다.

"아까 내가 한 말 안 잊었지?"

미야비가 손을 앞으로 내밀었다. 아무래도 용돈 이야기인 듯하다. 기요미는 지갑을 들어 천 엔 지폐를 미야비에게 건넸다.

"한 장만 더."

보채는 탓에 하는 수 없이 한 장을 더 건넨다.

"있지, 미야비." 기요미는 2천 엔을 꼭 쥐고 볼일을 마친 것처럼 곧장 2층으로 올라가려는 미야비를 불러 세웠다. "다다시가 점심까지 안 오면 친구들한테 연락 좀 해 보려고 하는데, 혹시 오빠 친구들 연락처 아니?"

"알 리 없지."

"몰라도 알아볼 방법은 있잖아. 같은 반 친구 중에 혹시 다다시의 축구팀 후배 없어?"

"있다고 해도 그런 이야기를 해 본 적 없어서 몰라. 핸드폰 번호도 모르고."

"아는 아이는 없니? 친구들끼리 연락해서 어떻게든 좀 찾아보렴."

"그렇게 쉽게 얘기하지 마. 뭐라고 해야 하는데? 지금껏 거의 말도 섞어 본 적 없는 아이한테 느닷없이 오빠가 집을 나가서 아직 돌아오지 않았다고 하라는 거야? 말도 안 돼."

"그럼…… 취주악부 선배 중에 도자와 고등학교에 들어간 아이는 있지? 한 명 정도는 있을 거 아냐."

동아리 선배라면 연락하기도 편할 거라 생각해 물었지만 미야비는 "그러니까 안 된댔지" 하고 짜증스러운 표정을 짓고 그대로 2층으로 올라가 버렸다.

그럼 어떡하라는 거니……. 기요미는 망연자실하게 탄식했다.

무선 수화기를 들고 다다시의 전화번호를 눌러 봤다. 아침에 일어나 두 번째로 거는 전화지만 당연하다는 듯이 전원이 꺼져 있다는 메시지가 들릴 뿐이었다.

"스마트폰 설명서를 어디에 뒀지?"

그때 갑자기 가즈토가 일어서서 캐비닛 서랍에 손을 얹었다.

"왼쪽 위에 있을 거야."

기요미는 속으로 '하필 이럴 때 뭘 찾는 거야' 하면서 가전제품 보증서와 설명서가 든 서랍을 알려 줬다.

"스마트폰은 전원이 꺼져 있으면 GPS로 위치를 알 수 없나?"

"잘 모르겠는데…… 그렇지 않을까?"

가즈토는 스마트폰 설명서를 찾아서 펼쳐 봤지만 "별거 없네"라면서 다시 서랍에 넣었다.

"인터넷에서 찾아보는 건 어때?"

"아, 그래."

가즈토는 순순히 고개를 끄덕이고 컴퓨터가 있는 사무실로 갔다. 어제와는 달리 진지하게 걱정하기 시작한 듯하다.

설거지를 마치고 거실 청소를 하고 있을 때 가즈토가 돌아왔다.

"전원이 꺼지기 전까지 있었던 곳이면 알 수 있을지도 몰라."

"응. 모르는 것보다야 낫겠네. 친구 집에서 꺼졌다면 누군지 알 수도 있을 테고."

"그래." 가즈토가 대답했다. "하지만 그러려면 스마트폰 GPS 기능이 켜져 있었어야 해. 다다시의 스마트폰 설정이 어떤지 모르겠지만 알아낼 방법이 있는 듯하니 핸드폰 판매점에 물어보러 가야겠어."

판매점은 11시에 문을 연다고 했다. 그전까지 다다시와 연락이 닿으면 좋을 텐데. 기요미는 아직 9시도 지나지 않은 벽시계를 바라보며 초조해했다.

바깥세상이 연휴 기간이라 뭘 하려고 해도 방법이 제한된다. 학교에 찾아가 상담하는 게 적절할지 모르겠지만 어쨌든 학교도 오늘 쉬는 날이다.

"사무실에 가 있을 테니 다다시한테 연락 오면 나한테도 알려 줘."

그렇게 말하고 가즈토는 사무실로 돌아갔다. 오늘은 누구와 만날 약속은 없지만 할 일이 쌓여 있는 듯했다.

기요미도 어제부터 일이 손에 잡히지 않았다. 이런 상황에 일에 집중할 수 있는 게 오히려 이상하다. 연휴 끝 마감일까지는 충분히 맞출 수 있다고 생각했는데 여유가 점차 사라지고 있었다.

그래도 최대한 할 수 있는 만큼 해 둬야 해. 그렇게 생각하고 행주로 깨끗이 닦은 식탁 위에 교정지를 펼쳤을 때 집 전화가 울렸다.

"네. 이시카와입니다."

전화를 받자 스피커 너머에서 "도자와 경찰서입니다" 하는 남자 목소리가 들려 순간 가슴이 덜컥했다.

"어젯밤 저희 쪽에 전화 주신 이시카와 가즈토 씨 집에 계십니까?"

"근처에 있으니 조금만 기다려 주시면 바로 불러올게요."

"부탁드리겠습니다."

"저…… 다다시 일로 전화 주신 거죠?"

기요미는 전화를 바꿔 주기도 전에 무슨 이야기를 할지 궁금해져서 물었다.

"다다시의 어머님이신가요?"

"네."

"다다시는 아직 집에 돌아오지 않았습니까?"

"네."

그렇게 묻는 걸 보니 다다시가 지금 있는 곳을 알아냈다는 이야기
는 아닌 듯하다. 기요미는 풀이 죽어 '그럼 대체 무슨 이야기지?' 하는
의문을 가슴에 품었다.

"그렇습니까……. 아, 물론 그 일에 대한 건 맞습니다. 두 분이 집에
계실 때 저희 쪽에서 찾아뵙고 어제 이야기를 좀 더 자세히 듣고 싶어
서요."

"이 집에…… 말인가요?"

기요미는 경찰의 제안을 어떻게 받아들여야 할지 모르고 망설였다.

"네." 경찰은 더 자세한 건 알려 주지 않았다.

"혹시 어제 사건과 무슨 관련이 있어선가요?" 기요미는 과감히 물
어봤다.

"그것도 포함해 이런저런 것들을 여쭙고 싶습니다."

에두른 대답이었다.

어쨌든 경찰이 뭔가 알고 있다면 우리도 알아야 하고 다다시를 찾
을 단서가 보이지 않는 지금 상황에서는 요청을 거절할 수도 없는 노
릇이었다.

기요미는 오전 중에 집으로 찾아오겠다는 경찰의 제안을 받아들였
다. 전화를 끊고 옆에 있는 사무실에 가서 가즈토에게도 경찰에게 전
화가 왔다고 알렸다.

가즈토는 살짝 굳은 얼굴로 "알겠어"라더니 눈앞에 있는 서류를 정
리하고 곧장 사무실을 나섰다.

7.

초인종이 울리고 인터폰으로 짧은 대화를 나누고 기요미가 현관으로 나갔다.

벽시계가 10시를 가리켰다. 가즈토는 긴장한 얼굴로 부엌 식탁 앞에 앉아 있었다.

가즈토의 어머니는 8년쯤 전에 암으로 세상을 떴다. 몸의 이상을 처음 발견했을 때 별일 없을 거라고 한 의사가 정밀 검사를 거치고 할 이야기가 있으니 내원하라고 어머니에게 전화로 알렸다. 전화를 받은 어머니는 몹시 불안했을 것이다. 어머니는 가즈토에게 전화를 걸어 내일 병원에 가야 한다며 무겁게 입을 열었다.

그런 이야기를 들었을 때 가즈토는 무책임하게 '괜찮다'라는 말을 입에 담는 성격이 아니었다. '어차피 걱정해 봐야 소용없다'라는 식의 아무 해결도 되지 않는 말을 내뱉고 속으로는 최악의 상황을 떠올렸다. 결과도 최악의 상황에 가까웠으니 무책임한 격려 같은 건 잠깐의 위안도 되지 않았을 것이다. 낙관과 비관은 자유지만 그것들은 정확한 사실 앞에서 도움이 되지 않는다.

가즈토는 경찰을 기다리면서 그때 했던 생각을 다시 떠올렸다. 경찰이 어떤 사실을 가져올지는 알 수 없다. 나도 그것들이 제시되기 전까지 불안을 가슴에 품은 채 잠자코 기다릴 수밖에 없다.

현관에서 남자 목소리가 들리더니 잠시 후 기요미를 뒤따라 40대 남자와 30대 여자가 들어왔다. 40대 남자는 자신의 이름을 데라누마라고 소개했고 30대 여자는 노다라고 했다.

두 사람은 부엌 식탁 앞 가즈토의 맞은편에 앉기 전까지 말없이 거실만 둘러봤다. 차를 끓여 오겠다는 기요미에게 "아뇨, 신경 쓰지 않으셔도 됩니다"라고 하더니 두 사람은 사무적으로 가져온 노트를 펼쳤다.

"음, 아드님 이름이 다다시라고 하셨죠……. 여전히 본인에게서 전화나 문자 등 연락이 오지 않는 상황인가요?"

"네." 가즈토가 대답했다. "핸드폰에 전화를 걸어도 전원이 꺼져 있다고 나옵니다."

"괜찮으시다면 아드님이 집을 나가기 전후부터 지금까지의 경위를 다시 한번 알려 주시겠습니까?"

경찰의 요청에 가즈토는 기요미와 서로 보충해 가며 지금까지의 상황을 설명했다. 집을 나가기 전 다다시의 모습에 뭔가 이상한 낌새는 없었고 그냥 평소처럼 놀러 나가는 느낌이어서 막상 설명하다 보니 사실 관계 나열이 대부분이었다. 기요미는 다다시에게 받은 문자를 두 사람에게 보여 줬다.

"그렇군요." 데라누마가 메모를 다시 훑어보며 말했다. "그럼 다다시가 누구를 만났는지 부모님은 모르시는 겁니까?"

"네. 중학교 시절 친구는 몇 명 이름을 들어본 적 있지만 고등학교에 들어가고서는 사귀는 친구도 바뀐 듯해서……. 게다가 아이도 집안에서 그런 이야기를 거의 안 해서 부끄럽지만 교우 관계를 짚어 보려고 해도 전혀 감이 안 잡힙니다."

"그렇군요." 데라누마가 고개를 끄덕였다. "어제 차 트렁크에서 소년의 시신이 발견됐다는 뉴스를 듣고 저희 쪽에 전화하셨죠. 이후 이

피해자가 다다시와 같은 또래인 구라하시 요시히코라는 아이로 판명
되고 오늘 신문 등에도 그 소식이 실렸는데, 그럼 이 구라하시의 이름
도 다다시에게서 들은 적 없으신 겁니까?"

"전 없어요."

기요미가 부정하고 뒤이어 "하지만" 하고 말을 잇자 데라누마의 눈
썹이 살짝 꿈틀했다.

"저희 딸이 말하기를 전에 다다시가 친구 같은 사람과 통화했을 때
요시히코인지 뭔지 하는 이름을 입에 담은 적이 있는 것 같다고……."

"오…… 그렇습니까."

데라누마는 목소리 톤을 높여 나직이 대답했지만 별로 놀라는 것
같지 않았다.

"실은 말이죠." 데라누마가 격식을 차리고 운을 뗐다. "구라하시의
교우 관계를 조사하다 보니 평소 어울려 지내던 친구 여럿과 항상 같
이 다녔다는 사실이 밝혀져서 말입니다. 그중에는 다른 학교에 다니
는 친구가 있는가 하면 아예 학교에 다니지 않는 친구도 있더군요. 심
지어 구라하시보다 나이가 많은 아이도 있었습니다. 다들 어떤 계기
로 알고 지내게 됐는지 앞으로 더 자세히 조사해야겠지만, 어쨌든 그
아이 주변에는 고등학교 1학년부터 3학년까지의 학생이 열 명 남짓
있었습니다. 그리고 그중에 아무래도 아드님도 있는 것 같다는 게 밝
혀졌고요. 다시 말해 구라하시를 아는 아이들을 몇 명 접촉하는 와중
에 아드님의 이름이 나온 겁니다."

"대체 뭐가 어떻게 되는 건가요……?"

기요미가 무슨 말인지 잘 모르겠다는 것처럼 중얼거리자 형사들은

가즈토에게 눈길을 향했다. 누가 납득할 만한 설명을 해 주기를 바라는 것 같기도 했다.

그러나 형사들의 입에서는 그 이상 명쾌한 설명은 나오지 않았다.

"어떻게 된 건지 밝혀내기 위해 지금 저희가 수사 중입니다." 데라누마가 말했다. "하지만 지금 밝혀지는 몇몇 사실을 말씀드리면 그 아이들 중 사건 전후부터 행방이 묘연해진 아이가 몇 명 있다는 것. 그리고 이야기를 들어 보니 아드님도 그중 한 명이라는 겁니다."

형사가 어렴풋이 내보인 가능성의 무게 때문에 가즈토는 머릿속이 저릿해졌다.

"다다시가 그 사건과 관련됐다는 겁니까……?"

구라하시 요시히코는 여러 명에게 집단 폭행을 당한 끝에 사망한 것으로 보인다. 그리고 그 폭행에 다다시가 가담했고, 차로 시신을 어딘가에 유기하려다가 사고를 일으켜 친구들과 함께 도주했다. 경찰은 이번 일을 그렇게 보고 있는 걸까.

"그 가능성에 대해서는 아직 아무것도 밝혀진 게 없습니다."

데라누마는 얼버무리듯 대답했지만 곧이곧대로 믿을 수는 없었다.

"말도 안 됩니다." 가즈토가 말했다. "우리 애는 남에게 해를 끼칠 아이가 아닙니다. 전부터 싸움다운 싸움 같은 것도 해 본 적이 없고요."

"그러니 물론 관련되지 않았을 가능성도 있습니다." 데라누마가 냉정하게 말했다. "다만 보름쯤 전에 구라하시와 다다시가 포함된 무리 안에서 갈등 같은 게 있었다는 이야기도 나오는 상황입니다."

다다시가 얼굴에 멍이 들어 왔을 무렵이다. 가즈토는 떠올리고 순간 목구멍이 턱 막힌 것처럼 갑갑해졌다.

"혹시 요즘 집 안에서 보인 다다시의 말과 행동에 신경 쓰이는 점은 없었나요?" 여형사 노다가 짐짓 부드럽게 물었다.

"아뇨." 가즈토는 가볍게 고개를 흔들었다. "얼마 전에 얼굴에 작은 멍이 들어서 온 적이 있는데 이유를 물으니 제대로 대답해 주지 않더군요."

"혹시 뭔가 초조해하는 기색은 없었습니까?"

"아뇨. 그런 건 없었습니다. 그저 부모의 잔소리를 듣기 싫어하는 느낌이라고 할까요. 자기를 그냥 내버려 두라고 하는 것 같더군요."

순간 공작용 칼에 대한 일이 언뜻 머리를 스쳤지만 가즈토는 그 이야기를 하지 않았다. 특별히 뭔가를 계산해서는 아니다. 그저 지금 그 이야기를 꺼내는 것은 지나치게 자극적이라는 느낌이 들었다. 켕기는 마음을 외면하다 보면 칼에 관한 일이 암시하는 사실이 작게 사그라들 거라는 불가능한 기대를 품고 있음은 자각했다.

"어머님은 어떠세요?"

노다가 기요미에게 물었지만 기요미도 창백한 얼굴로 곤혹스러운 듯 힘없이 고개를 저었다.

"여름방학 때부터 가끔 외박하고 올 때가 있었는데…… 신경 쓰였던 거라면 그 정도예요."

칼 이야기를 먼저 꺼낸 사람은 기요미였다. 그만큼 신경 쓰고 있을 텐데 아내도 그 이야기를 경찰에 할 생각은 없어 보였다.

굳이 언급할 수준의 일이 아니라는 생각도 들었다. 일부러 다다시를 두둔하는 것은 아니다. 다다시에게서는 확실히 칼을 압수했다. 그 일은 그걸로 끝났다.

"어떤 식의 외박이었나요?" 노다가 물었다.

"아, 그게." 기요미 대신 가즈토가 대답했다. "외박이라고 해도 아침 쯤 돌아와 그대로 침대로 향하는 식이어서 그냥 밤을 새워 놀다가 온 걸로만 보였습니다. 물론 칭찬할 일은 아니지만 저도 고등학생 때는 밤새 논 경험이 없는 것도 아니라 그 정도 일로 이러쿵저러쿵 잔소리 할 일은 아니라고 판단했죠."

"횟수로 따지면 어느 정도였나요?"

"여름방학 때는 네댓 번 정도였을까요. 하지만 방학이 끝나도 가끔 그랬고, 조금 전 말씀드렸다시피 얼굴에 멍이 들어서 오기도 해서 그 렇게 놀지만 말고 미래에 대해서도 진지하게 생각하라고 한마디 한 적은 있습니다. 그래서 좀 얌전해지는가 싶었는데……."

"평소에 절대 못되게 굴거나 하는 아이가 아니에요." 기요미가 감정 이 조금 실린 목소리로 말했다. "말씨도 험하지 않고 제가 부탁하면 강아지도 잘 돌봐 줬죠. 평상시에는 착한 아이랍니다. 다만 중학생 때 부터 시작한 축구를 고등학교에 들어간 뒤로도 열심히 했는데 얼마 지나지 않아 무릎을 다쳐서…… 딱하게도 수술을 했고 지금도 다리를 살짝 절어요. 그렇게 고등학교 생활이 원하는 대로 잘 풀리지 않아서 고민스러웠을 거예요."

가즈토는 기요미의 말이 틀릴 게 없지만 말투가 벌써부터 다다시의 정상 참작을 바라는 것처럼 들려서 지금 할 말은 아니라고 생각했다.

다다시가 아무리 착한 아이고 얼마나 딱한 환경에 처해 있었어도 친구의 집단 폭행 사망 사건과 관련된 시점에 그런 건 변명 거리가 될 수 없다.

사람이 한 명 죽었다. 그 사실은 무슨 일이 있어도 바뀌지 않는다. 사람의 죽음과 관련된 문제는 설령 한순간의 실수였다고 해도 세상이 용납하지 않는다. 더욱이 린치나 집단 폭행으로 죽음에 이르렀다면 살의가 있었는지 없었는지와 범행에 적극적으로 가담했는지도 상관없어진다. 흉악범으로 한데 묶어 버린다. 세상 사람들이 보는 눈은 그렇다. 그리고 가즈토의 가치관도 별반 다르지 않았다.

다다시가 흉악범이어서는 안 된다. 가즈토는 그런 입장을 무너뜨릴 수 없었다. 조금이라도 자신의 생각을 허물고 다다시의 평소 성격 같은 것을 변명처럼 입에 담을 수는 없었다.

기요미가 축구 이야기를 꺼낸 이후 데라누마와 노다는 그쪽 화제로 대화를 잠시 이어 갔다. 특히 중학생 시절 축구팀에서의 다다시의 활동 이력과 교우 관계 등을 궁금해했다. 팀 안에서의 인간관계에 대해서는 가즈토와 기요미도 잘 모르지만 아는 범위 안에서 정직하게 대답했다.

그러나 질문에 답하면서도 이번 사건에 다다시가 관련됐다는 위화감이 머릿속을 떠나지 않았다.

"역시 받아들이지 못하겠습니다." 가즈토는 축구 이야기가 일단락되자 다시 원점으로 돌아가 한숨 섞어 내뱉었다. "선악 판단쯤은 할 줄 아는 아이라서요. 학교생활이 생각대로 안 풀리자 친구들과 어울려 놀면서 고민을 잊으려 한 것까지는 이해하겠습니다. 하지만 그게 한 사람을 죽음에 이르게 하는 행위와 어떻게 이어지는지……. 그것만은 도무지 이해가 안 됩니다."

"저도 마찬가지예요……."

정상 참작을 바라는 것처럼 말하던 기요미도 믿고 싶지 않은 심정은 똑같다는 듯이 조용히 거들었다.

"조금 전 말씀드렸듯이 이번 사건과 아드님의 관련성은 아직 어떤 사실도 판명된 게 없습니다. 저희도 뭔가를 섣불리 예단하며 두 분께 이야기를 듣는 게 아니라는 걸 모쪼록 이해해 주셨으면 합니다."

노다는 당혹감을 감추지 못하는 가즈토와 기요미를 위로하는 것처럼 말했지만 가즈토에게는 왠지 속이 빤히 들여다보였다.

"어쨌든 아드님의 행방이 밝혀지기 전까지는 아무것도 시작되지 않습니다. 참고삼아 아드님의 핸드폰 번호와 통신사, 기종을 알려 주시겠습니까?"

데라누마는 다다시에 대한 정보는 물론 가족 구성원과 가즈토, 기요미가 무슨 일을 하는지까지 조사하고 다시 물었다.

"전원을 꺼 놨는지 연락이 안 되는데……."

"전원을 꺼도 배터리를 분리하지 않는 이상 핸드폰에서 미세 전파가 방출됩니다. 통신사에 협력을 요청해 현재 소재지를 밝혀낼 수도 있습니다."

"그런가요?"

깜짝 놀랐지만 데라누마는 대수롭지 않게 고개를 끄덕였다. 경찰이 하는 말이니 맞을 것이다. 가즈토는 시키는 대로 다다시의 핸드폰 번호 등을 알려 줬다.

"그리고 또 하나." 데라누마는 노트에서 고개를 들고 말했다. "문자가 한 번 왔다고 해도 현재 연락이 되지 않는 상황이고 다른 한편에서는 이런 사건도 일어났습니다. 집을 나가고 아직 이틀도 되지 않았지만 이제는 슬슬 단순 실종이 아니라고 해석해도 무방하겠죠. 이렇게 된 이상 일단 저희 서에 오셔서 실종 신고를 하셔도 좋지 않을까 싶습니다."

어젯밤에는 조금 더 상황을 지켜보는 게 좋겠다고 했지만 하룻밤 사이에 바뀌었다. 사건성이 드러났기 때문이다.

"신고를 하면 뭐가 달라지나요?" 기요미가 물었다.

"데이터가 사이타마현뿐만 아니라 전국 경찰서에 퍼져서 이를테면 다른 지역 번화가 등에 다다시가 있을 경우 순찰 중인 관할 경찰관이 아이를 발견하는 상황도 기대할 수 있습니다."

"하지만 그건……." 기요미는 배 속에서 짜내는 목소리로 말끝을 흐렸다.

"네?"

"그 애를 범인으로 체포하는 데 협력해 달라는 말씀 아닌가요……? 부모가 그렇게까지 해야 하는 건가요?"

목소리가 또렷이 떨리고 눈가에는 눈물도 맺혔다.

"어머님. 누차 말씀드리지만 저희는 지금 다다시를 범인이라고 생각해 수사를 진행하는 게 아닙니다. 다만 어떤 접점이 있어서 사건의 사실 관계를 알고 있을 가능성이 크니 최대한 빨리 아드님을 보호해서 직접 이야기를 듣고 싶습니다."

"그런 투였잖아요." 기요미가 울먹이는 목소리로 항의했다. "물론 경찰분들은 그게 일이니 어쩔 수 없을지 몰라도 저희는 바로 조금 전에 이런 일이 일어났다는 소식을 듣고 마음의 정리도 되지 않았어요."

"저희도 무리하게 부탁드리고 싶지는 않습니다." 데라누마는 끝까지

침착하게 말했다. "하지만 이대로 계속 아드님의 행방이 불투명한 상황은 결코 바람직하지 않습니다. 비단 이번 사건 때문만은 아니라 당사자의 신변도 신경 쓰이는 일이죠. 아드님이 사건과 어떻게 관련됐는지 아직 알 수 없지만 얽힌 상황에 따라 본인이 억측하고 예측 못할 행동에 나서지 않을 거라 단언할 수도 없죠. 조금 전 보호라는 말을 썼는데 솔직히 말씀드리면 거기에는 그런 의미도 포함돼 있습니다."

이대로 두면 다다시는 심정적으로 갈 곳을 잃고 자살이라는 수단을 택할 수도 있다. 경찰은 지금 그런 말을 하는 것이다. 정말로 그렇게 생각하는지 아니면 위협 삼아 하는 말인지는 알 수 없다. 다만 가능성 중 하나로 생각하면 안타깝게도 일리가 있다고 할 수밖에 없었다.

"알겠습니다. 제가 서에 가서 실종 신고를 하겠습니다."

가즈토가 자신만의 판단으로 말하자 기요미는 남편의 입에서 그런 말이 나올 줄 예상하지 못 했는지 깜짝 놀란 표정을 지었다.

그러나 아들이 범죄에 가담했을 수도 있다고 경찰 수사에 협력하지 않는 것도 이상하다. 내키는지 내키지 않는지를 떠나 시민으로서 의무를 다해야 한다. 그래야 마땅하지 않을까 생각했다.

"그렇게 해 주십시오. 서에 오셔서 저희를 불러 주시면 응대하겠습니다."

노다의 말을 끝으로 두 사람은 노트를 덮고 자리에서 일어섰다. 그러고는 현관으로 향하는가 싶더니 데라누마가 계단 쪽을 힐끗 올려다봤다.

"아드님 방은 2층인가요?"

"네." 가즈토가 대답했다.

"실례되지 않는다면 방이 어떤지 잠깐 확인할 수 있을까요?"

"아, 네……."

상관없습니다만, 하고 말을 이으려는 가즈토의 목소리를 뒤덮듯 기요미가 "왜 보시려는 거죠?" 하고 성난 목소리로 끼어들었다.

"음, 방을 보면 아드님의 평소 생활 등에 대해 뭔가 알아낼 수 있지 않을까 해서요."

데라누마의 말끝에서 곤혹스러움이 느껴졌지만 그는 단호하게 설명했다.

"다다시가 사건과 어떻게 관련됐는지 나온 게 없다고 하셨으면서 한편으로 가택 수색 같은 걸 하신다고요?" 기요미는 몰아붙였다. "그건 이상하지 않나요?"

"아뇨, 아뇨." 데라누마는 손사래를 쳤다. "그냥 어떻게 돼 있는지 보려고 합니다. 안에 있는 걸 만지거나 할 생각은 없습니다."

"거절할게요." 기요미가 딱 잘라 말했다. "아직 아들에게 혐의가 있는 것도 아닌데 그렇게까지 하는 건 용납할 수 없어요."

이렇게까지 감정적인 기요미의 모습을 보는 건 드문 일이었다. 물론 아들이 흉악 범죄에 가담했을 가능성을 듣고 평정심을 유지할 리 없고 점차 진행돼 가는 현실을 아직 받아들이지 못할 수도 있다. 경찰에 굳이 비협조적인 태도를 취하는 건 좋지 않을 수 있지만 아내의 심정 자체는 가즈토도 이해할 수 있었다.

데라누마는 겸연쩍어하면서 가즈토를 쳐다보았다.

"혹시 아드님의 방에 이번 사건의 단서가 될 만한 메모 같은 건 없었습니까?"

즉흥적으로 만들어 낸 것 같은 질문에 가즈토는 "없습니다" 하고 짧게 대답했다.

"그런가요……. 알겠습니다."

데라누마는 어쩔 수 없다는 듯 대답하고 제안을 거뒀다.

"그럼 나중에 서에서 뵙기를 기다리겠습니다."

두 사람은 가즈토에게 말하고 집을 나섰다.

두 형사가 사라진 집에는 무거운 침묵만이 남았다. 기요미는 부엌 의자에 앉은 채 물기 어린 눈을 숨기듯 고개를 숙이고 가만히 있었다.

서로를 위로하거나 격려하는 말은 나오지 않았다. 현실을 어떻게 받아들여야 좋을지 떠올리는 것만으로 벅차고 아무리 골똘히 생각해도 해답이 나오지 않아 결국 멍하니 있을 수밖에 없는 것이다.

2층에서 미야비가 가방을 손에 들고 주뼛주뼛 내려왔다.

"무슨 일이야?"

미야비가 묻자 가즈토와 기요미는 서로 대답을 미루듯 입을 열지 않았다.

"경찰?"

2층에 있어도 아래층에 손님이 온 것과 대화를 나누는 분위기 정도는 감지했을 것이다. 이 집은 그런 구조로 돼 있다. 그러나 무슨 이야기를 했는지는 어지간히 큰 소리로 대화하지 않는 한 들리지 않는다. 미야비도 경찰이 와서 뭔가 심각한 이야기를 했다는 건 느낌상 알아차린 듯했지만 그 이상은 몰라서 더 불안한 모습이었다.

"다다시를 실종 신고 하려고 해."

가즈토는 일단 그렇게 대답했다. 중요한 부분은 언급하지 않고 넘어가지만 사실 중 하나는 틀림없었다.

미야비는 당황하며 가즈토와 기요미를 쳐다봤지만 다른 질문은 가슴에 묻기로 했는지 "학원 다녀올게……" 하고 반응을 살피듯 넌지시 말했다.

하필 이럴 때, 하는 기분은 들었지만 그렇다고 못 가게 하는 것도 이상하다.

"노래방은 다음에 가고 마치면 곧바로 돌아오렴."

기요미가 고개를 들어 말했다. 반론은 허용하지 않는다는 말투였다. 노래방을 가기를 고대하던 미야비는 불평 한마디 없이 우두커니 서 있기만 했다.

"아빠도 지금 나가야 하니 학원까지 바래다주마."

가즈토가 말을 걸자 미야비는 시무룩한 얼굴로 힘없이 고개를 끄덕였다.

기요미에게서는 잘 다녀오라는 인사도 듣지 못했다. 경찰은 다다시를 의심하고 있다. 그런 경찰에 호응하는 것처럼 실종 신고를 하는 게 아내에게는 아직 이해되지 않는 측면이 있을 것이다.

가즈토는 미야비를 뒷좌석에 태우고 차 시동을 걸었다.

다다시가 초등학생 때부터 벌써 6년 가까이 타 온 소형 SUV다. 다다시는 초등학생 시절 꼭 차의 조수석에 탔다. 평범한 남자아이들처럼 운전과 내비게이션 조작, 앞 유리에서 느껴지는 속도감 등에 흥미를 보였다.

그러나 중학생이 되자 뒷좌석에 앉기 시작했고 조수석에는 기요미가 앉게 됐다. 다다시는 차창 풍경에 눈길도 주지 않고 핸드폰만 만지작거렸다. 고등학생이 되고서는 웬만한 일이 아니면 차를 타지 않았다. 그리고 지금 다다시의 모습은 집에서 아예 찾아볼 수 없게 됐다.

고작 몇 년간의 시간 흐름이다. 아이들은 순식간에 변한다. 최근 몇 달 동안에도 변했고 요 며칠, 몇 시간 사이에도 변했다.

"역시 신문에 나온 사건과 오빠가 뭔가 관련이 있는 거야······?" 뒤에서 미야비가 물었다.

"아직은 모르지만······ 피해 아이와 알고 지냈다는 건 아무래도 사실 같네."

가즈토가 대답하자 미야비는 한숨을 푹 내쉬고 "대체 무슨 일이지······" 하고 중얼거렸다.

다다시와 달리 미야비는 변화가 크지 않았다. 차에 탈 때도 어릴 때부터 늘 뒷좌석이었다. 가즈토와 둘이서만 탈 때도 미야비는 당연하다는 듯이 뒤에 탔다. 새침한 모습에서는 마치 곱게 자란 아가씨 같은 분위기가 느껴져 이따금 쓴웃음을 금할 수 없지만 마이페이스를 일관하며 변하지 않는다는 의미에서는 왠지 안심되기도 했다.

그런 미야비가 오빠 때문에 표정이 굳어지는 걸 보고 있으니 가즈토는 가슴이 아팠다.

미야비와는 상관없는 일이다. 그러나 지금 우려하는 최악의 사태가 사실로 드러난다면 가족인 이상 아예 상관없다고 딱 잘라 구분 지을 수는 없다.

몸을 움직이는 일에 영 흥미가 없고 취주악부 활동도 그리 열심히 하지 않는 미야비지만 책상 앞에 앉아서 공부하는 데는 소질이 있는 듯했다. 가즈토는 그것이 이 아이의 재능 가운데 하나라고 생각했다. 비록 거의 볼 기회는 없었지만 노트에는 필기가 꼼꼼했고 남에게 보여 주려는 것이 아닌 오롯이 자신을 위한 숨은 노력의 흔적이 남아 있었다.

원하는 고등학교에 진학하고 싶은 꿈은 이미 미야비가 손을 내밀면 닿을 곳에 있다. 그러나 앞으로 미야비의 능력과는 별개로 그 꿈을 어려움 없이 거머쥘 수 있을지를 걱정해야 할 수도 있다. 문득 떠올리고 가즈토는 참담해졌다.

그러나 지금은 아직 믿지 못하는 마음이 더 강하고 현실감이 희박하다. 오로지 그것만이 희망이라고 해도 좋을 정도다. 강렬한 동시에 막연했다.

가즈토는 일단 머릿속에서 초조함을 떨쳐 내고 사이드브레이크를 내렸다. 기어를 드라이브로 바꾸고 가속 페달을 밟는다. 출발하고 조금 가다가 핸들을 꺾으려고 할 때 집 앞에 있는 사람 그림자가 눈에 들어와 가즈토는 다시 브레이크를 밟았다.

예상하지 못한 곳에 사람이 서 있던 탓에 브레이크를 세게 밟아 차가 앞으로 쏠리며 멈췄다.

"조심 좀 해." 뒤에서 미야비가 말했다.

"미안."

오빠 일 때문에 동요한다고 생각할까. 그러나 가즈토는 실제로 동요하고 있을지 모른다고 생각을 고쳤다.

집 앞에 서 있던 사람이 길 끝으로 사라지고 나서 가즈토는 안전 운전을 가슴에 새기며 다시 가속 페달을 밟았다.

옆집 담장 옆에 택시가 세워져 있었다. 가즈토는 흠칫 놀라 밖에 선 인물을 봤다. 가죽 가방을 어깨에 멘 30대 후반 정도 돼 보이는 남자였다. 이쪽을 지그시 바라보고 있는 탓에 가즈토와도 눈이 마주쳤다.

설마, 언론 관계자……?

냄새를 맡고 온 걸까.

룸미러로 뒤를 확인했다.

남자는 여전히 가즈토의 차를 바라보고 있다.

뚫어지게 관찰하듯 보고 있다.

가즈토는 섬뜩해져 룸미러에서 눈을 돌렸다.

8

분명 뭔가 이유가 있을 것이다. 기요미는 믿을 수밖에 없었다.

다른 사람을 해치는 짓에 가담하는 건 다다시의 평소 성격으로 생각하기 어렵다. 여름방학과 설 명절에만 만나던 외할아버지가 돌아가셨을 때도 눈물을 흘리며 슬퍼한 아이다. 생명의 소중함을 굳이 가르치지 않아도 잘 알고 있을 아이다.

그러나 그런 다다시가 선을 넘어 버린 아이 중 한 명에 포함돼 있는 듯하다. 핸드폰 전원을 꺼 버리고 종적을 감춘 이상 이미 기정사실로 받아들일 수밖에 없어 보였다.

경찰이 돌아가고 가즈토와 미야비도 나가 버린 정적 속에서 기요미는 일상이 와르르 무너지는 소리를 듣고 있었다. 귀를 막아도 소리는 멎지 않는다. 그렇다면 실컷 들을 수밖에 없다. 그렇게 해서라도 나와 가족의 삶이 오늘을 경계로 바뀌어 버린 것을 자각하지 않으면 앞으로 다가올 가혹한 현실에 맞설 수 없다.

정적이라는 이름의 붕괴음을 지워 없애듯 갑자기 인터폰 초인종이 울렸다. 스크린에 와이셔츠 차림의 중년 남자 얼굴이 비쳤다.

"누구세요?" 기요미가 통화 버튼을 누르고 물었다.

"실례합니다. 나이토라고 합니다만, 몇 가지 여쭙고 싶은 게 있어서 그런데 괜찮다면 시간을 좀 내주실 수 있을까요?"

"네……? 어디서 오셨죠?"

이웃 중에 나이토라는 사람은 없다. 기요미는 영업 사원 등으로 생각해 의심 섞어 물었다.

"아, 네. 전 프리랜서 기자로 일하는 나이토 시게히코라고 합니다. 취재를 요청하고 싶습니다."

가슴이 덜컥했다. 설마 사건에 대한 취재일까.

"무슨 취재요?" 기요미는 가즈토의 업무 관련 취재일 수도 있다고 생각해 물어봤다.

"어제 도자와에서 일어난 사건에 대한 취재입니다."

역시나.

다다시가 사건과 관련됐을 가능성을 눈치채고 달려온 것이다. 기요미는 순간 섬뜩해졌다.

"뭘 묻고 싶은지 모르겠지만 지금은 집에 남편도 없고 해서 대답해 드리기 곤란해요."

"실례지만 이시카와 다다시 군의 어머님 맞으십니까?" 나이토는 기요미의 말에 질문으로 응했다.

"네……."

"그리 오래 걸리지 않을 거고 현재 아시는 범위 안에서 대답해 주시면 됩니다. 두어 가지 정도 묻고 싶은데, 어려울까요?"

대답하고 싶지 않았고 실제로도 아는 게 전혀 없는 것에 가까워서 대답할 수 있을 것 같지도 않았다.

그러나 내가 아무것도 모르는 만큼 언론은 뭔가 알고 있지 않을까 하는 생각이 들었다. 경찰이 신중히 입을 다물고 있어도 언론사 관계자에게 들을 수 있는 이야기가 있을지 모른다.

"현관에서 해도 될까요?"

기요미가 묻자 나이토는 "감사합니다" 하고 대답했다.

현관에 들어온 나이토는 작은 입가에 닳고 닳은 미소를 띠우며 명함을 내밀었다.

"수상한 사람은 아닙니다. 이번 취재를 '주간 헤이지쓰'에 기고할 예정이고 이메일 매거진과 트위터 등지에서도 집필 활동을 하고 있습니다."

그의 명함에는 트위터 주소와 홈페이지 URL 등이 적혀 있었다.

"실은 어제 사건에서 시신으로 발견된 구라하시 요시히코의 생전 모습을 아는 이들을 찾아다니며 이야기를 듣고 있습니다."

나이토는 그렇게 말하며 수첩을 펼쳤다. 수첩을 든 손에는 IC 리코더도 쥐어져 있다.

"실례지만 아드님은 지금 어디에?"

"아, 지금은 잠깐 자리를 비웠어요."

기요미는 다다시가 행방불명 상태임을 모르는 건가 생각하면서 대답했다.

"그런가요." 나이토는 자연스럽게 흘려 넘기듯 맞장구쳤다. "아드님과 구라하시가 친구였다는 이야기를 다른 데서 전해 들어서 혹시 구라하시가 찍힌 사진이 있으면 빌릴 수 있을까 싶었는데 말이죠."

"저는 잘 모르겠어요."

"아드님과 구라하시는 축구 주니어유스팀인 부슈도자와 FC에서 함께 뛴 것으로 아는데 혹시 어머님께서 직접 찍은 연습 사진 같은 건 없습니까?"

그렇구나. 다다시는 구라하시 요시히코와 축구팀에서 처음 알게 된 사이였나. 기요미는 감정을 얼굴에 드러내지 않고 그때를 떠올렸다.

중학생 시절 다다시는 간토 지역 리그의 강호이자 그 출신 중에는 J리그에서 활약하는 선수도 적지 않은 지역 축구팀에 속해 있었다. 한 학년에 인원이 50명 정도 됐던 기억이다. 학교 축구부와 비교하면 선수층이 꽤나 두터워서 3학년 중간까지는 2, 3군 팀에서만 연습했다. 3학년의 어느 시기에 간신히 1군에 올라가 가즈토와 함께 두어 번 시합을 보러 갔지만 다다시의 화려한 무대는 후반전 얼마 남지 않은 시간일 때가 많았다. 아직인가, 아직인가 하고 초조하게 기다리다가 마침내 다다시 차례가 돌아오자 흥분해서 카메라 조작에 애를 먹다가 시합 종료 휘슬을 울린 적도 있었다.

다다시는 이후 선발전 시기에 다리를 다쳐서 결국 유스팀에 오르지 못하고 고등학교 축구부 동아리 활동으로 축구를 이어 가는 방법을 선택했다. 도자와 고등학교도 고교 리그 예선에서 상위권에 자주 오르는 나름의 명문교라 다다시도 긍정적으로 받아들이는 것처럼 보였다. 주니어유스팀 출신이라 동아리에서는 곧장 1군에서 연습을 시작했는데 어쩌면 그것이 좋지 않은 결과를 불렀는지 모른다. 본인은 자세히 이야기해 주지 않았지만 선배들의 표적이 된 게 아닐까. 다다시는 동아리에서 한 청백전에서 뒤에서 태클을 당해 무릎 반달 판막 손상이라는 큰 부상을 입었다.

아무튼 주니어유스팀 시절 다다시는 1군에서 활약한 기회가 많지 않아서 기요미가 찍은 사진도 거의 없었다. 너무 호들갑을 떨면 아들에게 부담이 될 수 있다고 생각해 일부러 연습을 자주 보러 가지도 않았다.

뒤져 보면 팀 기념사진 정도는 나올지 모른다. 하지만 일부러 찾아와 이 기자에게 보여 주고 싶지는 않았다. 피해자 사진을 찾는 척하며 다다시의 사진을 가져갈 속셈일 거라는 걱정이 고개를 들었기 때문이다. 기자가 무엇을 어디까지 조사했는지도 아직 확실하지 않다.

"시합을 보러 간 적이 거의 없어서 아마 사진을 찾아도 없을 거예요." 기요미는 그렇게 대답했다.

"그런가요." 나이토는 아쉬워하며 다시 말했다. "아드님은 평소 구라하시에 대해 어떻게 이야기하던가요?"

"아들이 집에서 친구 얘기를 잘 안 해서요. 전 잘……."

"아무리 그래도 이번 사건에 대해서는 한마디 하지 않았나요?"

"아뇨……." 기요미는 주저하며 말끝을 흐렸다.

나이토는 유난스럽게 고개를 갸우뚱해 보였다.

"혹시…… 사건이 일어나고 아드님이 아직 집에 돌아오지 않은 건 아니겠죠?"

대답하고 싶지 않았지만 여기서 입을 다무는 것도 이상하게 보일 것 같아 기요미는 억지로 목소리를 쥐어짰다.

"저희도 무슨 일인지 걱정하고 있는데……."

"흐음." 나이토는 작게 신음했다. "아드님이 언제 집을 나갔습니까?"

"그저께 밤이요."

나이토는 또 한 번 작게 신음했다.

"사건 전에는 어떤 모습이었죠?"

"딱히 이렇다 할 건…… 평소와 다를 바 없었어요."

"외출할 때는 뭐라고 하고 나갔나요?"

"잠깐 다녀오겠다고만 한 것 같아요. 그래서 얼른 돌아오렴, 하고 대답했고…… 평소와 똑같았어요."

"친구 사이에서 뭔가 갈등 같은 게 있는 느낌은 없었습니까?"

기요미는 또다시 말을 머뭇거렸다.

"있었습니까?"

"아뇨, 실은 얼마 전에 얼굴에 멍이 들어 온 적이 있는데, 정작 애는 별일 아니라고……."

"그게 언제쯤이죠?"

"이번 달에 접어들고 나서예요……. 보름쯤 전에."

"흐음." 나이토는 살짝 흥분한 것처럼 콧바람을 내쉬었다. "그렇군요……. 구라하시도 보름쯤 전에 얼굴에 멍이 들었다는 이야기가 들리던데…… 그 일과 관련이 있는지 몹시 궁금해지네요."

혼잣말을 하듯 중얼거리고 있다. 꼭 관련 있는 것처럼 말하고 있지만 기요미는 애써 대꾸하지 않았다.

"실은 조금 놀랐습니다." 나이토는 수첩에서 고개를 들고 말했다. "이미 아실지 모르겠지만 목격 증언 등으로 추정컨대 구라하시의 시신이 실린 차에서 도망친 사람이 총 두 명인 것 같습니다. 그리고 제가 오늘 아침부터 구라하시의 친구라고 하는 아이들의 집을 돌아다니며 이야기를 듣고 있는데 사건이 일어난 이후 행방이 묘연해진 아이가 몇 명 있더군요."

나이토는 의미심장하게 간격을 두고 말을 이었다.

"실은 아드님이 세 번째입니다."

"네……?"

"음, 대체 어떻게 된 일일까요."

나이토의 말은 기요미에게 어떤 해석을 원하는 게 아니었다. 역시 혼잣말에 가깝고 뭔가에 몰입한 것처럼 혼자 고개를 연신 끄덕이고 있다.

대체 뭐가 어떻게 된 걸까. 나이토를 보면서 기요미도 그렇게 생각했다.

9

미야비를 학원에 내려 주고 도자와 경찰서에 다다시의 실종 신고서를 내고 집에 돌아오니 집 앞에 웬 남자가 서 있었다.

집을 나설 때 본 남자와는 또 다른 남자였다.

"안녕하십니까. 전 신토 신문의 기자인데 어제 사건에 관해 취재 중입니다."

차에서 내리자 남자가 가즈토에게 말을 걸어 왔다. 가즈토는 속으로 '역시 언론 관계자인가' 하고 생각하며 "이렇게 찾아오셔 봐야 저희도 아무것도 모릅니다" 하고 현관 쪽으로 돌아갔다.

"아드님과 함께 사시죠? 혹시 지금 집에 있습니까?"

가즈토의 집은 일부러 개방적으로 만들려고 담장과 대문 등을 달지 않았다. 그 점을 악용해 기자는 아무렇지 않게 집 부지에 발을 들이고 가즈토를 쫓아왔다.

"지금 막 와서 저도 아들이 집에 있는지 없는지 모릅니다."

"혹시 집에 있다면 잠깐 이야기를 듣고 싶습니다만."

가즈토는 수락도 거절도 하지 않고 기자를 혼자 내버려 두고 집 안에 들어갔다.

거실에는 아무도 없었고 침실을 보니 기요미가 침대에 누워 있다. 자는 것 같지는 않다.

"기자들이 계속 찾아와서……." 기요미는 힘없이 말했다.

"일일이 상대해 주지 마. 그럼 우리도 힘들어져."

앞으로 어떤 상황이 펼쳐질 것인가. 가즈토는 수많은 기자가 카메라를 들고 집을 에워싼 광경을 문득 떠올리고 암울한 기분에 휩싸였다. 지금은 사건과의 관련성이 나오지 않아서 이 정도에 그치지만 경찰의 수사 결과가 발표되고 우려하는 최악의 사태가 사실로 밝혀질 경우 상상 속의 광경이 순식간에 현실이 될 것이다.

그때 초인종이 울렸다. 밖에 있던 신문 기자일 것이다. 가즈토는 끈질기다며 진저리를 쳤다.

"아들은 집에 없습니다."

거실로 돌아가 인터폰 통화 버튼을 누르고 말하자 "어디 갔죠? 그럼 아버님도 괜찮으니 이야기를 좀 들을 수 있을까요?" 하는 대답이 돌아왔다.

"죄송하지만 저는 아는 게 없으니 다른 곳에 가 보시죠."

그렇게 말해도 상대가 계속 캐물어서 가즈토는 "그럼 실례하겠습니다"라고 하고 일방적으로 전화를 끊었다.

곧바로 다시 초인종이 울렸다.

가즈토는 무심코 혀를 쯧 차고 스크린에 비친 기자를 노려봤다.

무시하고 침실에 돌아가려고 하니 이번에는 전화기가 울렸다.

혹시나 해서 수화기를 들자 역시 기자였다.

"실례합니다. 미야코 TV 보도국입니다만 이시카와 다다시 군의 자택이 맞습니까?"

가즈토는 밖에 있는 기자에게 한 것처럼 다다시는 지금 집에 없다고 하며 끈질기게 묻는 상대를 무시하고 반강제로 전화를 끊었다.

이것 참 곤란하게 됐군. 가즈토는 한숨을 길게 내쉬고 생각했다. 업무 관련 연락이 올 수도 있어서 전화를 아예 받지 않을 수는 없다. 모르는 번호여도 새로운 의뢰인일 수 있다.

아니⋯⋯.

그런 걱정은 이미 비현실적이지 않을까. 한편으로는 그런 생각이 머리를 스쳤다.

안타깝지만 앞으로 나의 일이 지금처럼 굴러가리라는 보장 같은 건 어디에도 없다.

만약 다다시가 이 참혹한 소년 살해 사건의 가해자 중 한 명으로 밝혀지면 아무리 실명 보도가 안 되더라도 당연히 지역 사람들 사이에 입소문으로 퍼질 것이다.

가해 소년의 아버지가 지금까지와 마찬가지로 일을 해 나갈 수 있을까.

잠깐 떠올리는 것만으로도 간담이 서늘해지는 이야기다.

가즈토는 부엌에 가서 냉장고에서 보리차를 꺼내 컵에 따랐다. 벌써 시간이 2시에 가까워졌는데 기요미는 점심을 차릴 기색이 없다. 하지만 식욕도 별로 없어서 기요미를 채근할 마음은 들지 않았다.

보리차를 마시고 있자 또다시 전화기가 울렸다. 사무실 전화가 집으로 연결된 것이다. 다카야마 건축 사장에게서 걸려 온 전화였다.

"이시카와 선생. 잘 지냈나?"

사장은 연휴에도 진행 중인 아키타 저택 신축 공사 진행 상황을 가즈토에게 간략히 보고하더니 "근데 말이지. 다른 이야기이기는 한데, 세상에 참 험한 일도 다 있지" 하고 한탄하기 시작했다.

"어제 사건 이야기는 들었겠지?"

"어제 사건이요……?"

이 지역에서 어제 사건이라고 하면 하나밖에 없겠지만 무슨 의도의 질문인지 몰라 가즈토는 상대의 반응만 살폈다.

"고등학교 남학생이 린치인지 뭔지로 살해되고 차 트렁크에서 발견됐다는 뉴스 말이야. 범인들이 차를 버리고 그대로 도망쳤다는······."

"아······."

가즈토는 어정쩡하게 반응하면서 속으로 이야기가 얼른 다른 화제로 넘어가기를 바랐다.

가즈토의 어색한 반응을 아랑곳하지 않고 다카야마 사장은 이야기를 계속했다.

"그 피해 아이 말인데, 하나즈카 사장 딸이 낳은 자식이라더군. 그러니까 외손자."

"네? 하나즈카 사장님이요······?"

하나즈카 도장은 미장 실력으로 지역에서 타의 추종을 불허하는 베테랑 미장업체다. 미장업 외길 50년의 장인인 하나즈카 사장이 일고여덟 명의 제자를 거느린 채 일을 받고 있고 타협을 허락하지 않는 일솜씨로 정평이 나 있다. 완고한 데다 다루기 어려운 타입이고 그쪽도 그쪽대로 일이 끊이질 않고 있어 가즈토가 그에게 일을 의뢰하는 경우는 거의 없지만, 그래도 실력이 꼭 필요할 때는 오랫동안 알고 지낸다카야마 사장을 통해 어렵사리 부탁해서 도움을 받고 있다.

그런 하나즈카 사장의 외손자가 구라하시 요시히코였다니. 놀라움을 금할 수 없었다.

"아침에 하나즈카 사장한테 전화가 왔는데 이미 다 들었는데도 딱하더군. 그 고집 센 장인이 울음 섞인 목소리로 '이제는 이 일도 못 할 것 같네'라고 하더지 뭐야. 뭐 외손자이기는 해도 집에도 자주 놀러와 많이 귀여워했다고 하니 그럴 만도 하지. 고등학교를 졸업하면 할아버지 밑에 들어와 일을 배우겠다고 한 적도 있는 모양이야. 그렇게 눈에 넣어도 아프지 않을 손자가 비참하게 죽었으니 견뎌 낼 재간이 있겠나. 대체 무슨 복잡한 사정 때문에 그렇게 된 건지 모르겠지만 어쨌든 참 끔찍한 일이야."

가즈토는 아무 말도 할 수 없었다. 이토록 생생한 피해자 가족의 통곡을 접하면 할 말을 잃을 수밖에 없다. 이름과 얼굴 사진을 통해 피해자를 떠올리는 것과 현실감 면에서 차원이 다르다.

"사건이 사건인지라 경찰이 시신을 곧장 집에 보내 주지도 않나 보더군. 부검이니 뭐니 질질 끌면서 며칠 동안은 경찰이 맡고 있어야 한대. 신원 확인 때는 하나즈카 사장도 딸과 함께 경찰서에 갔다고 하는데 상태가 아주 심각했나 보더군. 바로 손자임을 알아볼 수 없을 정도였다지 뭐야. 얼굴 전체가 검게 부어오르고 흉기에 찔린 상처도 수없이 많았다고 하니 아무래도 갖은 고통을 주다가 죽였나 봐. 하나즈카 사장은 대체 어떻게 이런 일이 일어날 수 있느냐며 대성통곡을 했다고 하네."

끔찍한 사건이다. 가즈토는 새삼 그렇게 생각했다. 듣는 것만으로도 기분이 무겁게 가라앉았다.

그런 처참한 사건에 다다시가 가담했을지 모른다.

그러나 그 점만큼은 아직 현실감이 부족했다.

다다시가 나타나 직접 자기 입으로 인정하고 설명해 주기 전까지 믿지 못할 테고, 믿고 싶지도 않았다. 가즈토는 다다시가 하루빨리 나타나 자신은 사건과 관련 없다고 해 줄 거라 믿었고 오로지 그것만을 염원했다.

그러나 다다시의 행방이 묘연한 이상 사건과 관련됐을 가능성을 부정할 수 없고 가즈토 역시 완전히 무관한 입장에서 이 사건을 이야기할 수는 없었다.

그래서 가즈토는 조용히 신음하고 말없이 다카야마 사장의 이야기를 들었다.

"요즘 애들은 싸울 때 맨손으로 일대일 싸움 같은 건 하지 않는 모양이야. 여러 명이 한 명을 둘러싸고 때린다고 하니 때리는 쪽에서도 별로 죄책감이 없고 이 정도만 하자는 선도 사라지는 거지. 대체 몇 살짜리 애들이 그랬는지는 모르겠지만 어떻게 그리 쉽게 다른 사람한테 흉기를 들이밀 수 있었을까? 남한테 칼 같은 걸 줄 때 자루 쪽을 향하게 해서 주라고 입에서 단내가 나도록 잔소리하는 게 꼭 우리 같은 목수 세계 이야기만은 아니지 않은가? 아니면 요즘 애들은 그런 것도 안 배우나? 아무튼 정말 험한 세상이야."

물론 가즈토도 다다시가 어릴 때부터 날붙이를 다룰 때는 주의하라고 단단히 일러 왔다. 아무리 손톱깎이라고 해도 날 부분이 남에게 향해서는 안 된다고 끊임없이 말해 왔다.

다카야마 사장의 논리라면 그렇게 배워 온 다다시가 흉기를 남한테 향하는 건 있을 수 없는 일이다.

가즈토도 그것만은 믿고 싶었다. 다다시는 칼을 지니고 있었지만 그냥 지니고 있는 것과 남에게 들이미는 것은 이야기가 전혀 다르다.

또 다다시가 가지고 있던 칼은 가즈토가 확실히 압수하기도 했다.

하지만…….

역시 다다시가 본인 입으로 직접 말해 주기 전까지는 어떤 가능성도 부정할 수 없다.

"어쨌든 그 미장업 외길을 걸어온 사람이 이 일을 더 못하겠다는 말을 꺼냈으니 충격이 어지간했겠나⋯⋯. 뭐 그럴 만도 하지. 가즈토 선생, 난 말이지. 전화로 그 이야기를 들었을 때 무슨 말을 해 줘야 할지 몰라서 '안타깝네', '힘들겠군', '용서 못 할 일이야' 같은 판에 박힌 말들밖에 못 했네. 앞으로도 반드시 하나즈카 사장의 도움을 받아야 할 일이 있을 테고 어떻게든 이겨내 줬으면 하는데, 대체 뭐라고 해야 좋을지 몰라서⋯⋯."

가즈토는 어색하게 맞장구치고 거의 대답하지 못했지만 다카야마 사장은 자기 이야기를 꼭 하고 싶었는지 일방적으로 말하고 전화를 끊었다.

가즈토는 무심코 안도하는 동시에 미래에 대한 불씨가 남은 것을 깨닫고 희미한 전율을 느꼈다. 사건에 다다시가 관여한 것이 밝혀졌을 때 나는 다카야마 사장과 하나즈카 사장 앞에서 어떤 표정을 지어야 할까. 적어도 지금까지 해 온 일을 이대로 변치 않고 이어 갈 수 있을 거라는 낙관적인 견해는 가질 수 없었다.

가즈토는 암담한 기분으로 침실에 돌아갔다.

기요미가 침대에 누운 채 멍하니 천장을 올려다보고 있었다.

가즈토도 피로감에 휩쓸려 자신의 침대에 쓰러졌다.

베이지색 천장을 올려다본다.

하나즈카 사장이 칠해 준 규조토 천장이다. 방습 효과가 있어서 습도가 높은 계절에도 불쾌한 기분을 제법 누그러뜨려 준다.

천장 미장은 벽 미장보다 어렵고 벗겨지거나 떨어질 염려도 있지만 명불허전인 하나즈카 사장의 솜씨답게 균열 하나 보이지 않았다.

구라하시 요시히코는 할아버지인 하나즈카 사장 밑에 들어가 일을 배우기를 원했다고 한다. 만약 그랬으면 먼 미래에 가즈토와 얼굴을 마주칠 기회도 있었을 것이다.

그 아이는 어떤 장인으로 자랐을까.

하나즈카 사장의 원통함을 미루어 알 만했다.

"어제 사건의 피해 아이 말인데." 가즈토는 천장을 보며 기요미에게 말을 걸었다. "하나즈카 도장 사장의 손자래."

"뭐……?"

옆 침대에서 당황하는 목소리가 들렸다.

기요미는 평소 가즈토의 일에 전혀 관여하지 않지만 이따금 거실에서 업무 관련 전화를 받을 때가 있고 궁금해하면 지금 진행 중인 일에 대한 대화도 가끔 나눈다. 오랜 세월 옆에서 함께 살았으니 친분 있는 시공업자도 알고 있다.

"딸이 낳은 자식이래. 고등학교를 졸업하면 하나즈카 사장 밑에 들어가 일을 배우겠다고도 했나 봐. 다카야마 건축 사장한테 들었어."

기요미가 한숨을 내쉬었다.

"부슈도자와에 같이 있었대." 기요미는 가즈토의 이야기에 대한 감상 대신 그런 말을 입에 담았다.

"뭐……?"

"피해 아이랑 다다시가……. 아까 집에 찾아온 나이토라는 기자가 그랬어."

"기자……가 왔었다고?"

"당신과 미야비가 나가고 얼마 안 돼서 왔어."

아까 집 앞에 있던 남자인가. 가즈토는 이해하고 복잡한 기분에 휩싸였다. 기자가 아는 정보라면 경찰도 당연히 파악하고 있을 것이다. 다시 생각해 보니 그들은 다다시의 축구팀 시절 이야기를 자세히 듣고 싶어 했다. 하지만 정작 우리에게 그런 이야기는 하나도 하지 않았다. 실종 신고를 할 때도 두 사람은 시종일관 사무적으로만 대했다.

경찰은 아무것도 알려 주지 않는 건가. 가즈토는 실망스러웠다.

"그 기자는 어땠어?" 가즈토가 물었다. "음, 그러니까…… 처음부터 다다시를 범인 취급했다거나."

"다다시가 집에 오지 않는 걸 모르는 눈치였어." 기요미가 대답했다. "피해 아이의 친구 중에 행방이 묘연해진 애가 있는데 다다시가 세 명째래."

누가 사건과 관련됐는지 대략 밝혀진 걸까. 가즈토는 막연하게 생각했다.

"차에서 도망친 사람은 두 명이라 대체 어떻게 된 건지…… 궁금해했어."

"어……?"

가즈토는 거의 흘려들은 '세 명째'라는 단어에 그런 모순이 숨겨져 있을 줄은 생각하지 못하고 화들짝 놀랐다.

분명 TV 뉴스 인터뷰에 나온 목격자도 차에서 도망친 사람이 두 명이라고 했다. 또 기자가 그렇게 단정하고 있다는 건 적어도 여러 명의 증언 등이 이미 뒷받침됐다고 봐도 좋을 것이다.

도망친 사람은 두 명.

행방불명된 사람은 세 명.

대체 뭐가 어떻게 된 걸까.

만약 한 명은 사건과 관련이 없다면……. 가즈토는 그 가능성을 떠올려 봤다.

그러나 관련이 전혀 없는데 극히 우연히 이런 타이밍에 자취를 감췄다고는 보기 어렵다. 다다시가 차에서 도망친 두 명이 아니라고 해도 집에 돌아오지 않는다는 건 사건과 관련된 모종의 다른 이유가 있어서일 것이다.

예컨대 어떤 걸까.

시신 유기를 두 명에게 맡기고 다다시는 다른 역할을 맡은 걸까.

머릿속에 떠오른 가능성도 도통 희망적이지 않은 것뿐이라 가즈토는 진절머리가 났다.

그러나 또 어떤 가능성이 있는지 머리를 굴려도 마땅한 게 떠오르지 않았다.

가즈토는 눈을 꾹 감고 시야에서 규조토 천장을 지웠다.

또다시 초인종 소리가 들렸다.

10

이번 마감은 못 지킬 수도 있겠어……. 기요미는 눈앞 탁자에 놓인 교정지를 바라보며 그렇게 생각했다.

침대에 누워 있어도 마음이 편치 않고 일이라도 하면서 일상에서 눈을 돌리고 싶어 침실을 나왔지만 그런 잔머리가 통할 리 없었다.

기요미는 프리랜서 교정자로 일한 지 15년 정도 됐다. 다다시가 태어나고 돌보는 동안 또다시 미야비를 임신했다. 그때는 가즈토의 일이 순조롭게 궤도에 올라타기도 해서 기요미는 일하던 출판사를 그만두었다. 그리고 지인 편집자를 통해 일을 받는 형태로 교정 일을 시작했다.

처음에는 거의 아르바이트처럼 했지만 다다시와 미야비가 자라 유치원에 다니자 일상에도 조금 여유가 생겨 교정 작업에 필요한 어휘력을 높이기 위해 2~3년 동안 다시 공부했다. 그리고 어느 정도 자신감이 붙었을 때 지금 에이전시와 계약해 적극적으로 일을 받게 됐다.

생각해 보면 다다시가 태어난 후부터 시작해 지금까지 이어 오고 있는 일이다. 수입은 출판사에서 근무하던 때보다 적다. 월수입 30만 엔을 넘기기 어렵다. 한자와 히라가나 같은 표기를 통일하려면 여러 번 반복해 교정지를 봐야 하고 전문 용어나 역사적 사실도 문헌을 통해 일일이 확인할 필요가 있다. 내키는 대로 척척 해 나갈 수 있는 일이 아닌 것이다.

그러나 이제는 출판사 근무 경력보다 오래됐고 어느 정도 자긍심을 갖고 하는 일인 것도 분명하다.

무엇보다 스스로 대단하다고 여기는 건 지금껏 단 한 번도 마감을 어긴 적이 없다는 것이다. 편집자들은 대부분 교정 마감일을 다소 여유 있게 정하므로 만약 기일에 못 맞추더라도 조금 연장할 수는 있다. 다 알지만 기요미는 처음에 정한 마감일을 반드시 지켜 왔다. 일상생활을 영위하는 거실을 작업실로 쓰고 있는 데다가 마감일까지 못 지키면 결국 작업물의 질에 악영향을 끼칠 거라고 생각했기 때문이다.

그런 자세는 에이전시 매니저와 편집자 등 업무 상대들에게서 좋은 평가를 받고 있다.

하지만 이번에도 마감일을 지킬 수 있을지 자신감이 점차 사라지고 있다.

교정지를 가득 메운 글자가 머리에 전혀 들어오지 않았다.

지금껏 내가 얼마나 평화로운 일상을 보냈는지 새삼 느꼈다.

아버지가 세상을 떴을 때도 잘 지켜 왔는데…….

그때와는 또 이야기가 다르다.

아버지는 갑자기 쓰러져 그대로 숨을 거뒀다는 연락이 왔다. 그때 기요미가 느낀 것은 그 사실에 대한 슬픔뿐이었다.

슬픔은 사실이 확정된 즈음에 최고조에 달하고 이내 증식을 멈춘다. 슬픔보다 더 견디기 어려운 것은 불안감이다. 가슴속에 똬리를 틀고 마음을 천 갈래 만 갈래 흐트러뜨리는 것은 슬픔의 사실이 베일에 가려져 보이지 않을 때 생기는 불안감이다.

기요미는 스스로 소화해 내기 어려울 만큼 불안감이 증식해 버렸음을 의식했다. 사실이 전혀 눈에 보이지 않으니 계속해서 증식하는 것이다.

다다시가 사건에 관련됐을 가능성을 부정하는 것은 이미 현실적이지 않다. 아쉽지만 인정해야 한다. 관련이 없다면 물론 다행이지만 행방불명된 아들을 걱정하는 입장에서 오로지 한 가지 가능성만을 생각하는 건 너무 속 편하다고 할 수 있다.

다만 그 가능성을 인정해도 안심할 곳은 보이지 않았다.

취재하러 온 나이토의 이야기가 기요미의 가슴에 맺혀 도무지 사라지지 않았다.

차에서 도망친 사람은 두 명.

행방불명된 사람은 세 명.

다다시가 이토록 잔인한 사건의 가해자 중 한 명이라는 것은 상상만으로도 무시무시하다. 이런 끔찍한 짓을 저지르고 도주해 지금 이시간에도 수사의 손길을 피하고 있으니 세상 사람들과 피해자 가족에게 관용 등은 당연히 바랄 수 없다. 기요미도 부모로서 범행에 어떤책임을 져야 할지 지금 단계에서는 해답을 내리지 못했다.

아마 현실로 직면하면 망연자실할 것이다. 실로 무시무시한 일이다.

하지만…….

나이토의 이야기는 그보다 더 무서운 가능성을 암시했다.

돌아갈 때 그는 이렇게 말했다.

이 사건은 아직 밝혀지지 않은 게 많다. 가해자가 도망친 두 명뿐이라 단언할 수 없고, 피해자가 구라하시뿐이라고 밝혀진 것도 아니라고 했다.

나이토가 돌아가도 그 말만은 기요미의 귓가에서 계속 메아리쳤다.

현관에 우두커니 서 있던 기요미는 점차 다리가 떨리기 시작했고자물쇠를 채울 때도 문손잡이에 거의 매달리듯 몸을 지탱한 채 여러번 실수를 반복했다. 쓰러지기 일보 직전 상태에서 네발로 기듯 침실로 돌아갔다.

침대에 누워 있자 냉정함을 조금 되찾았고 현실을 부정하는 생각이점차 고개를 들었다.

만약에 피해자가 더 있다면 왜 가해자들은 구라하시 요시히코만 신고 갔을까.

피해자가 더 있다면 경찰은 왜 곧장 발견하지 못했을까. 가해자와 달리 피해자는 도망치지 못한다.

나이토에게 들은 이야기를 가즈토에게도 했지만 그는 별로 와닿지 않는지 기요미가 생각하는 무서운 가능성까지는 떠올리지 못하는 듯했다.

내가 필요 이상으로 심각하게 생각하는 거다.

기요미는 그렇게 결론 내리기로 했다.

그렇게 믿고 싶다는 마음이 강했다.

그래도 마음속 어딘가에 공포의 그림자가 무시할 수 없는 형태로 계속 남아 있다.

그 찌꺼기 같은 공포도 기요미를 일상에서 분리하고 무력화시키기에 충분했다.

결국 기요미는 한 페이지도 나아가지 못하고 샤프를 내려놨다.

오늘 몇 번째인지 모를 한숨을 내쉬고 손으로 얼굴을 감쌌다.

최근 몇 년간 다다시가 집에 있을 때는 이 거실과 2층에서 통통통하는 리드미컬한 리프팅 소리가 일상적으로 들렸다.

발등과 무릎, 때로는 머리를 써서 곡예를 부리듯 축구공을 가지고 노는 모습을 보며 솜씨에 감탄하는 한편 질리지도 않고 같은 동작을 반복하는 게 대체 뭐가 재밌는 걸까, 하는 단순한 의문도 들었다. 그 안에 담겼을 아들의 열정을 기요미는 알아차리지 못했다.

다다시가 다쳤을 때 조금 더 신경 써 줬어야 했다.

몸 상태뿐만 아니라 일상생활과 축구 대신 열중할 일에 대해 조금 더 진지하게 상담해 줬어야 했다.

부상 때문에 다다시의 일상은 바뀌고 말았다. 사소한 변화가 아닌 인생의 톱니바퀴가 어긋나 버렸다고 해야 할지 모른다.

성인의 관점에서 프로 선수가 될 사람은 한 줌일 뿐이고 어지간히 뛰어난 재능이 없는 이상 이를 진지하게 목표 삼을 것은 아니다. 언젠가는 당연히 좌절할 날이 올 거라고 봤으니 다다시가 다쳤을 때도 일상생활에 지장이 있을까 하는 걱정이 전부였다.

그러나 정작 다다시는 제아무리 낮은 가능성이어도 자신의 축구 인생 끝에 프로 선수라는 길을 꿈꿨을 수 있다. 초등학교와 중학교 때 쓴 문집에서도 장래 희망은 프로 축구 선수였다. 그런 생각이 진심이었을수록 부상은 다다시에게 절망적으로 다가왔을 것이다.

부모로서 아들의 생각을 조금 더 꼼꼼하게 헤아렸어야 했다.

연습 시합도 더 자주 보러 가면 좋았을 것이다. 본인이 꺼려도 신경 쓰지 않고 더 갔어야 했다.

그러면 축구에 대한 아들의 열정을 조금 더 이해하고 부상에 의한 충격도 가늠할 수 있었을 것이다. 그리고 축구팀에 어떤 친구들이 있는지도 파악했을 테니 친구들 사이에서 생긴 갈등도 민감하게 눈치채지 않았을까.

리프팅 소리가 들리지 않고 고작 몇 달이 흘렀다. 그 몇 달 동안 다다시는 앞으로 나아갈 방향을 잃고 원래의 길에서 벗어나게 되었다.

기요미는 아들의 어린 시절을 떠올렸다.

한 살 때 미야비가 태어났고 기요미는 미야비를 신경 쓰느라 아들 양육에서는 거의 졸업한 거나 마찬가지였다. 아니, 미야비가 배 속에 있을 때부터 배가 부풀어 오른 상태로는 아들을 돌보기 힘들었고 다다시가 걸음마를 시작한 것을 기점으로 업어 주지도 않게 됐다.

외출할 때도 미야비는 가슴에 안고 다다시의 손을 잡고 가는 게 세 모자의 방식이었다.

하물며 다다시의 손을 줄곧 잡아 주었던 것도 아니다. 그리고 남자 아이이니 손을 놓으면 다다시는 늘 촐랑거리며 돌아다녔다.

그래도 손을 놓은 다다시가 어디 있는지는 늘 등 뒤로 느낀다는 자신감이 있었다. 지금 생각하면 눈을 떼도 다다시가 그렇게 무모한 행동은 하지 않으리라는 일방적인 믿음에 불과했을지도 모르지만.

그때는 분명 미야비가 코를 훌쩍여서 닦아 주는 데 정신이 팔려 있었다. 역 앞 슈퍼로 장을 보러 가는 길이었다. 다다시가 세 살 때였을까. 기요미는 붙잡고 있던 다다시의 손을 놓고 가방에서 일회용 티슈를 꺼내 미야비의 얼굴을 닦아 주고 있었다.

"엄마. 새가 왔어."

다다시의 목소리를 듣고 돌아보니 다다시는 가까이 다가온 비둘기를 무서워하듯 뒷걸음질 치고 있었다.

"비둘기야. 무서울 거 없단다."

기요미는 그렇게 말하면서 계속 미야비를 신경 썼다. 묘하게 얌전한데 열이 나는 건 아닌지 걱정하며 이마와 목덜미를 만지고 얼굴을 살폈다. 미야비는 생일이 빨라서 초등학생 시절 같은 학년 아이들과 섞이면 작은 몸집이 눈에 띄었지만 태생이 마른 체구에 몸도 그리 튼

튼하지 않다. 어린 남자아이는 툭하면 열이 나서 손이 많이 간다고 하지만 이 집에서는 미야비가 그랬다. 그래서 조금이라도 미야비의 안색이 달라지면 기요미는 신경을 기울여야 했다.

"비둘기가 도망쳤어."

등 뒤에서 목소리가 들려서 다다시가 어디 있는지 안다고 생각했다. 그리고 몇 초가 지났을까. 기요미는 급브레이크를 밟는 타이어 마찰음을 듣고 소스라치게 놀라 뒤를 돌아봤다.

순간적으로 시야에 들어온 온 것은 10미터 남짓 앞 교차로에 엎드려 있는 다다시였다. 순식간에 몸이 얼어붙었고 비명을 질렀다.

언제 저기까지 간 걸까. 믿을 수 없었다. 고작 몇 초밖에 지나지 않았을 터였다.

결국 큰일로 이어지지 않은 게 천만다행이었다. 차와 부딪히지는 않았고, 바닥의 턱에 걸려 차도 쪽으로 넘어진 다다시를 보고 운전자가 급브레이크를 밟은 듯했다. 다다시는 넘어져서 울고 있었을 뿐이었다.

만약 넘어지지 않았다면 차와 부딪혔을지도 모른다. 그렇게 생각하면 또다시 핏기가 가시는 느낌이 들지만 무엇보다 잠깐 눈을 떼고 정신을 다른 곳에 둔 것만으로 아이가 생각지도 못한 곳까지 가 버릴 수있다는 사실이 충격이었고 그 뒤로 오랫동안 기요미의 가슴속에 경계심으로 자리 잡았다.

그때와 마찬가지일지 모른다. 기요미는 그렇게 생각했다. 물론 같은 아이여도 세 살배기와 열일곱 소년을 비교하는 게 이상하다는 건알지만 부모의 눈으로 보기에는 별반 차이가 없다. 시선을 아주 잠깐 다른 곳에 돌린 것 같아도 아이들은 믿을 수 없을 만큼 빠르게 먼 곳으로 가 버리는 것이다.

돌이켜 보면 이번에도 다다시와의 거리를 스스로 파악하고 있다고 생각했다. 위기의 싹을 발견해 앞질러 가서 싹을 뜯어내려고도 했다. 그런데도 이런 사태를 막지 못했다면 파악했다는 생각 자체가 오만하다는 이야기밖에 안 된다. 전부터 나는 오만했다. 그런 인간에서 벗어나지 못하고 어머니 역할을 계속했던 것이다.

기요미는 골똘히 생각해도 결국 마음 편해질 해답에 이르지 못하고 양손으로 감싼 얼굴을 다시 들었다. 때마침 전화벨이 울려서 음성 사서함으로 연결될 때까지 그냥 두려고 했지만 스피커폰에서 "기요미, 언니야" 하는 목소리가 들려 전화가 끊기기 전에 수화기를 들었다.

"여보세요?"

"응? 집에 있었니?"

"응."

사토미는 기요미의 목소리를 민감하게 받아들였다.

"무슨 일이야? 목소리에 힘이 없네."

"그래……?" 기요미는 부정도 긍정도 하기 귀찮아서 대충 대답했다.

"어디 몸이라도 안 좋아?"

"그런 건 아닌데……."

"다다시 때문이니?" 사토미는 뭔가 깨달은 것처럼 물었다. "아직 집에 안 온 거야?"

"응…… 맞아."

"큰일이네." 사토미는 기가 막힌 듯했다. "어제 사건의 피해 아이 이름이 다다시가 아니어서 안심했는데, 도대체 무슨 일일까."

"경찰이 집에 왔었어." 기요미는 한숨을 억누르며 말을 이었다. "어제 사건 피해 아이와 다다시가 친구 사이였대."

"응? 그게 무슨 말이니?" 사토미는 깜짝 놀란 것처럼 물었다.

"중학교 때 같은 축구팀에 있었던 것 같아."

"그래서?"

"잘 모르겠지만…… 경찰은 아마 다다시가 사건과 관련됐을 가능성이 있다고 보는지도 모르겠어."

"다다시가?" 사토미는 소리를 버럭 질렀다. "그럼 지금 다다시가 도망 다니고 있다는 말이니?"

그야말로 직설적인 질문에 기요미는 말문이 막혔다.

"모르겠어. 경찰은 아직 아무것도 알려 주지 않고 그쪽에서 뭐가 어떻게 됐는지 확실히 밝혀진 것도 없는 것 같아."

"하지만 집에 오지 않는 건 아마도 관련이 있어서겠지?" 사토미는 멋대로 결론지었다. "이런, 기요미. 너 어쩌니? 큰일이다."

"큰일인 건 나도 알아…… 하지만 지금은 밝혀진 게 없으니까."

"못 믿겠네." 사토미가 기요미의 심경을 가늠하듯 말했다. "나도 지금 네 말을 듣고 바로는 못 믿겠어. 우리 다다시가 그런 사건을 일으키다니……. 뭔가 착각한 게 있으면 좋겠지만 하필 이런 타이밍에 행방이 묘연해지고, 하물며 피해 아이와 평소 알고 지내는 사이였다면……."

기요미가 대답하지 않고 있자 사토미는 "큰일이네", "어쩌면 좋니" 하고 연신 반복했다.

"미성년 범죄는 부모 책임이니······. 게다가 사람을 죽인 이런 사건은 세상 사람들이 용서하지 않을 거고 사죄한다고 끝날 문제도 아니지. 배상금도 어마어마할 테고."

"그런 걸 지금부터 떠올려 봐야 무슨 소용 있겠어." 기요미는 귀를 닫고 싶은 심정으로 말했다.

"아니, 그렇지 않아. 지금부터 생각해야지." 사토미는 으름장을 놓듯 말했다. "마음의 준비를 해 둬야지. 언젠가는 붙잡힐 테니······. 계속 도망 다닐 수는 없잖니?"

다다시가 경찰에 붙잡힐 순간이 온다. 그런 상황은 분명 마음의 준비가 필요하겠지만 아직 현실감이 들지 않았다.

현실이라고 단언할 수 없다. 기요미는 그렇게 받아치려다가 입을 닫았다. 분명 현실이 아닐 가능성은 아직 있다. 그러나 그것은 다다시가 가해자가 아닌 피해자일 가능성을 의미한다. 기요미로서는 떠올리고 싶지 않은 가능성이었다.

"정말 큰일이네······. 어떻게든 될 거라 생각할 수도 있는데, 세상이 그리 호락호락하지 않으니 최대한 마음의 준비를 해 두렴." 사토미는 거의 혼잣말을 하는 것처럼 중얼거렸다. "아까 엄마랑 점심 먹을 때 사건에 나온 그 아이가 다다시가 아니어서 다행이라는 이야기를 했는데······."

"엄마한테는 말하지 마."

"말하지 말라고 해도······." 사토미는 곤란해했다. "다다시가 집에 오지 않아서 네가 걱정하는 건 이미 이야기했고······."

"그 이상은 말하지 말라는 소리야. 혹시 엄마가 물어도 못 들었다고 해 줘."

요즘 어머니는 몸 상태는 괜찮아진 것 같지만 얼굴을 볼 때마다 말년의 노인처럼 세월의 풍파가 느껴졌다. 다다시가 자라는 모습을 매년 궁금해했고 축구 연습 때문에 좀처럼 만나지 못하는 손자의 사진을 보내 주면 기뻐했다. 좋은 이야기면 얼마든지 들려줄 테지만 노인에게 이런 이야기를 하는 건 좋지 않을 것이다.

"어린애도 아니니 아무리 숨겨 봐야 언젠가는 밝혀지게 돼 있어."

"상관없어."

"아무튼 그런 상황이면 연휴 때 여기 올 수 있을지도 모르겠네."

"아마 못 갈 것 같아. 성묘에는 참석하겠지만 애 아빠 일 때문에 금방 가야 한다고 할게."

"그렇게 무리하게는……." 사토미는 한탄하듯 말했다.

"부탁할게." 기요미는 강압적으로 말을 잘랐다. "어쨌든 지금은 엄마까지 신경 쓸 여유 없으니 그냥 조용히 있어 줘. 또 뭔가 밝혀지면 연락할게."

정말 큰일이네, 하고 대화를 이어 가려는 언니에게 기요미는 "이만 끊을게" 하고 전화를 끊었다.

11 ⋰

오후 4시 30분이 되자 미야비가 돌아왔다. 기요미가 말한 대로 노래방에는 가지 않고 돌아온 듯했다. 오빠의 실종이 TV에서 보도되는 사건과 관련 있을지 모르는 상황에 느긋하게 놀 수는 없었을 것이다. 거실에 들어온 미야비는 표정이 굳어 있었다.

"밖에 방송국 사람이 와 있어. 집에 아빠나 엄마 안 계시냐고……."

미야비는 일부러 감정을 자제한 목소리로 말했다. 단지 목소리에 어떤 감정을 담아야 할지 모를 수도 있다.

"그냥 내버려 둬."

소파에 앉은 가즈토가 대답했다. 초인종이 여러 번 울리는 바람에 밖에 기자가 있다는 건 알고 있었다. 집에서 나가지 않으면 좀 더 버티다가 얼마 후 돌아가는 듯했지만 금세 또 다른 기자가 나타나 초인종을 눌렀다. 전원을 끌 수 있으면 끄고 싶었지만 전기업자가 배선한 직결식 인터폰이어서 쉽지 않았다. 가즈토는 연거푸 울리는 초인종 소리가 지긋지긋한지 어떻게든 해야겠다며 인터폰 설명서를 꺼내 펼치기도 했다. 그러나 당분간은 참을 수밖에 없어 보였다.

"그리고 아베 아줌마 집 앞을 지나갈 때 아줌마가 그랬는데, 담장 옆에 세워진 차가 혹시 우리 집이랑 관련 있는 차면 되도록 다른 곳에 세워 줬으면 한대."

가즈토는 혀를 쯧 찼다. 이웃의 아베 씨 집은 콘크리트 벽에 둘러싸여서 모르는 이들이 종종 그 옆에 차를 바짝 붙여서 대고는 한다. 전혀 상관도 없는 차가 자기 집 앞에 세워져 있는 상황이 당연히 달가울 리 없다.

가즈토의 집은 담장이 없고 주차 공간도 두 대 몫뿐이다. 업무 관계자가 차를 타고 올 때는 그곳에 차를 대게 했다. 그러나 집 부지인 것을 확실히 알 수 있는 구조인 만큼 사전 약속도 없이 불쑥 찾아와 집

안에 차를 세울 만큼 기자들도 철면피는 아닌 듯했다.

아니, 혹시 이렇게 옆집에 민폐를 끼쳐서 우리 가족이 취재에 응하게끔 하려는 노림수 아닐까. 연신 울리는 초인종을 무시하기로 마음 먹은 뒤로는 가즈토도 섣불리 사무실에 갈 수 없었다. 대체 무슨 이야기를 들으려는지 몰라도 기자가 팔짱을 끼고 나를 기다리고 있다고 생각하면 밖에 나갈 엄두가 나지 않았다. 상대도 그런 마음을 꿰뚫어 보고 이쪽을 동요시키고 있다는 느낌도 들었다.

5시가 되자 TV를 켰다. 모든 방송국의 저녁 뉴스가 시작됐다. 새로운 정보를 알고 싶으면서도 귀를 닫고 싶기도 한 그야말로 복잡한 심경이었다. 그러나 눈을 감고 귀를 닫아도 언젠가 다른 누군가에 의해 진상을 알게 될 것이다. 가즈토는 자신은 알아야 하는 처지에 있다고 생각했다.

어제 도자와 사건을 톱뉴스로 다루는 뉴스가 있었다. 아나운서는 차 트렁크에서 시신이 발견됐고 현장에서 소년으로 보이는 여러 명이 도망치는 모습이 목격됐다는 어젯밤 보도 내용을 복습처럼 되짚었다.

그리고 차가 버려진 삼거리 앞 길에 꽃다발이 놓인 영상도 나왔다.

"정말 늘 밝은 아이였어요. 장난을 치며 모두를 즐겁게 해 줘서…… 반에서 인기도 많았답니다."

꽃다발을 두러 온 같은 반 여자아이가 울음 섞인 목소리로 취재에 응했다.

"범인들을 용서할 수 없어요. 하루빨리 붙잡혔으면 좋겠어요."

화면에는 친구와 함께 손가락으로 브이 자를 그리는 구라하시 요시히코의 사진이 비쳤다. 친구 얼굴은 모자이크 처리를 했지만 구라하시 요시히코의 천진난만한 웃는 얼굴은 그대로 나왔다. 갸름한 표주박형 얼굴은 분명 성격이 밝고 반 아이들에게 인기 있는 소년처럼 보였다.

중학교 졸업앨범에서 가져온 듯한 사진과 부슈도자와 FC 유니폼을 입은 사진도 나왔다. 모든 사진에서 구라하시는 밝게 웃고 있다.

헤어 왁스 등으로 살짝 위로 올린 머리 모양을 보면 우등생 같지는 않지만 그렇다고 불량한 기운을 온몸으로 발산하는 아이도 절대 아니다. 다다시의 친구라는 사실에 낯선 느낌은 없었다.

도자와 상업 고등학교의 교장이 기자 회견을 열어 사건에 대한 코멘트를 남겼다.

"반의 분위기 메이커라 모든 아이에게서 사랑받는 학생이었습니다. 웃는 얼굴이 인상적인 아이였다고 들었습니다. 이런 가슴 아픈 사건으로 소중한 목숨을 빼앗겼다는 사실을 떠올리면 안타깝고 원통한 마음으로 가득합니다."

학교 측의 구라하시에 대한 평가도 비슷했다. 특별히 포장하지도 않은 구라하시 요시히코의 정당한 인물상이 맞을 것이다.

구라하시 요시히코가 밝은 성격에 인기 있는 학생이었던 사실이 주목받을수록 사건의 잔인함과 엽기성이 더욱 두드러졌다. 이런 죄 없는 소년이 왜 끔찍한 일을 당해야 했을까. 그런 분노의 감정이 세상에 퍼지리라는 건 쉽게 예측할 수 있다. 사건과 관련 없는 이들은 뉴스를 보면 분명 그렇게 떠올릴 것이다.

이 사건의 가엾은 피해자의 대칭점에 아무래도 다다시가 있는 듯하다. 잔인함과 엽기성을 만들어 낸 쪽에 내 아들이 있는 것이다.

구라하시 요시히코 같은 아이가 잔혹한 사건의 피해자라는 것을 믿기 어려운 것 이상으로 다다시 같은 아이가 사건의 가해자라는 것 또한 믿을 수 없다. 다다시를 잘 아는 사람이면 누구든 그렇게 생각하지 않을까. 단순히 부모의 착각일까. 어쨌든 다다시의 인간성은 구라하시 요시히코와 똑같이 다뤄지지 않을 테고 다뤄진다고 해도 세상 사람들의 공감을 살 수 없을 것이다.

사건의 잔혹함은 뉴스를 보는 이들의 가슴에 깊숙이 새겨지고 가해자의 흉악함도 상상력에 의해 단단히 굳어진다. 그러면 사건에서 어떤 역할을 맡았는지와 평소 인간성 등은 상관없어진다. 가해자 쪽에 있었다는 사실 하나만으로 다다시에게 흉악범 딱지가 고스란히 붙을 수밖에 없다.

사건이란 원래 그런 것이다. 가슴속에 맺힌 위화감과 별개로 가즈토가 오랜 세월 살면서 배워 온 상식은 무정하게도 그렇게 단언했다.

"전에는 되게 활발하고 착한 아이였는데 여름방학이 끝나고 만나니 분위기가 살짝 변했고 표정도 어두워서……."

"그때도 얼굴이 부어 있어서 무슨 일인지 물으니 다퉜다고 했어요……. 친구들끼리."

동성 친구들이 얼마 전까지 구라하시 요시히코의 모습을 그렇게 증언했다.

이 역시 다다시와 비슷하다고 가즈토는 참담한 심정으로 떠올렸다. 아무리 닮았어도 돌이킬 수 없는 사건이 일어난 지금은 서로의 입장이 백팔십도 달라졌지만.

쿠키가 조용히 컹컹거리며 가즈토 앞을 이리저리 돌아다니고 있다.

산책을 하러 가고 싶은 모양이다. 실외에서 배변하게 훈련했으니 충실히 지키느라 참고 있을 것이다.

느긋하게 개를 산책시킬 상황이 아니지만 인간의 사정으로 이 아이의 배설까지 참게 하는 것도 안 될 일이다. 가즈토는 그렇게 생각해 쿠키를 산책시키기로 했다.

"TV 좀 꺼 줘."

쿠키에게 리드줄을 달고 있자 부엌 식탁에 앉아 있던 기요미가 거슬려하며 말했다. 속으로 '지금껏 고개를 돌려 집중해서 보고 있었던 주제에'라고 생각했지만 사건 보도와 분리되고 싶은 마음은 가즈토도 절실히 이해했고 결국 리모컨을 집어 TV를 껐다.

쿠키를 데리고 집을 나갔다. 가을 하늘이 제법 어두워지고 있었다.

집 앞에는 두 명이 있었다. 한 명은 방송국 카메라를 들고 있다.

가즈토가 집에서 나오는 것을 보고 두 사람은 반동하듯 대번에 몸을 움직였고 TV 카메라를 든 남자는 카메라를 어깨에 짊어졌다.

"다다시의 아버지신가요? 미야코 TV에서 나왔는데요 이야기 좀 들을 수 있을까요?"

기자로 보이는 또 한 남자가 그렇게 물으며 다가왔다.

"저 차가 그쪽들 겁니까?" 가즈토는 질문에 응하지 않고 옆집 담장 옆에 세워진 왜건 차량을 턱으로 가리켰다. "우리 집 일이면 다른 곳에 세우라고 해서요. 옮겨 주시겠습니까?"

"네, 그러죠. 차는 옮기겠지만 그전에 질문 두어 개만 해도 될까요?" 기자는 가즈토의 앞길을 가로막듯이 서서 말했다.

"뭐죠? 왜 저한테 카메라를 향하는 겁니까?"

"취재 내용을 기록하기 위한 거니 죄송하지만 허락해 주시겠습니까? 가슴부터 아래쪽만 찍힐 거고 얼굴은 찍지 않겠습니다."

온화해 보이는 태도 속에 한번 물면 절대 놓지 않겠다는 듯한 완고함이 느껴지는 기자를 보며 가즈토는 탄식했다.

"전 아는 게 없어서 대답할 것도 없습니다."

쿠키는 얼른 산책하고 싶은지 리드줄을 팽팽히 당겼지만 가즈토는 앞길이 막혀 움직이지 못했다.

"대답하실 수 있는 범위로도 충분합니다. 어제 시신으로 발견된 구라하시 요시히코와 아드님이 친구 사이였다는 이야기를 들었는데 맞습니까?"

"저도 그런 이야기를 들었지만 몰랐습니다. 아들 입에서 구라하시의 이름을 들어 본 적도 없고요."

"아드님은 지금 어디 있습니까?"

"모르겠네요. 어제부터 연락이 안 돼서 걱정하고 있습니다."

"마지막으로 연락이 온 게 언제죠?"

"어제 오후 경에 집에는 아직 못 가지만 걱정하지 말라는 문자가 왔습니다."

"집을 나간 건?"

"그저께 밤입니다."

"뭐라고 했나요?"

"특별한 건 없었어요. 잠깐 나갔다 온다는 느낌이었죠."

"서두르거나 흥분하는 듯한 분위기는 없었습니까?"

"없었습니다."

"최근에 뭔가 낌새가 이상하거나 한 적은 없었나요?"

가즈토는 순간 말문이 막혔지만 "전 모르겠습니다"라고 대답했다.

"구라하시 요시히코와 아드님을 포함한 친구들 사이에 갈등이 있었다는 이야기도 들리고 있는데요."

"그러니까 전 모른다고요. 그쪽이 취재를 통해 뭔가 알아내면 저한테도 알려 주십쇼."

가즈토가 잘라 말했지만 기자는 대답하지 않았다.

"그럼 이만."

대화를 끝마칠 기회를 노리다가 가즈토는 기자 옆을 지나쳐 걷기 시작했다.

기자가 뒤따라왔다.

"구라하시 요시히코가 사망한 일에 대해서는 어떻게 생각하십니까?"

"어떻게냐니……."

그 질문에는 마음의 준비가 돼 있지 않았다. 그리고 가해자 가족에게나 던질 만한 질문을 자신이 그야말로 정통으로 받는 입장에 있다는 것을 깨달았다.

"그야 물론 안타깝게 생각하지만 지금은 아무것도 밝혀지지 않았고 그 이상 무슨 말을 해야 좋을지도 모르겠습니다."

"구라하시 요시히코 군이 숨진 사실은 명백합니다만."

제삼자의 억측으로 입장이 갈리는 건 사절이지만 기자는 집요하게 가해자 가족의 입장을 가즈토에게 밀어붙이듯이 말했다.

"그러니까 안타깝게 생각한다고 했잖아요. 그 이상은 모르니 할 말

없습니다!"

무턱대고 쫓아오는 탓에 신경이 곤두서기도 해서 자기도 모르게 목소리가 감정적으로 변했다. 자전거를 밀며 다가오는 여고생 같은 여자아이가 무슨 일인지 궁금해하듯 가즈토를 쳐다봤다.

"아직 밝혀진 것도 없는데 그렇게 이상하게 묻지 마십쇼."

"이상하게라고 하시면?" 기자는 시치미를 떼듯 되물었다.

"됐습니다. 더 이상 따라오지 마세요. 그냥 개를 산책시키러 나왔을 뿐입니다. 다시 올 거예요."

가즈토가 그렇게 말하고 발걸음을 떼자 이번에는 기자도 쫓아오지 않았다.

정말로 아직 아무것도 밝혀지지 않았다. 그런 상황에서 가해자 가족처럼 굴라는 것은 말도 안 된다. 가즈토는 쿠키와 함께 걸으며 기자와 나눈 대화를 되짚었다. 자신의 대응 방식이 틀리지 않았음을 확인하고 요동치는 감정을 진정하려고 했다.

한편 그런 사고와는 별개로 앞으로 펼쳐질 상황에 대한 불안감이 어쩔 수 없이 가슴속에 퍼져 갔다.

만약 다다시가 지금 있는 곳이 밝혀지고 경찰이 다다시의 신병을 확보해 다다시가 이번 사건의 가해자 중 한 명이라는 사실이 확인되면 그때는 어떻게 될까.

나는 언론사 카메라 앞에서 눈물을 흘리며 사죄해야 할까.

다다시의 재판에 다니면서 증언대에 서고 나의 양육 방식이 잘못됐다고 반성하고 아들의 갱생을 위해 노력하겠다고 약속해야 할까.

구라하시 요시히코의 부모에게 수없이 사죄의 편지를 쓰고, 지금 사는 집을 팔아 배상금을 충당해야 할까.

지금 하는 일은 어떻게 될까.

지금까지처럼 일을 이어 갈 수 있을 리 없다. 다카야마 건축, 하나즈카 도장과 함께 일하는 업자들과 연이 끊길 것이다. 그들에게 외면당하고 소문이 퍼져 아무도 나와 일을 하지 않을 것이다. 도자와를 벗어나 다른 곳에서 새롭게 시작해야겠지만 성공할 수 있다는 보장은 어디에도 없다.

두렵다.

미래라는 단어가 어울리지 않을 정도로 무시무시한 세계라고 생각했다.

다다시가 가해자 중 한 명이라는 실감은 여전히 들지 않았다. 그러나 주변에서는 멋대로 그 무시무시한 미래의 토대를 착실히 굳혀 가는 것처럼 보인다. 그런 의식의 괴리가 온도 차를 만들어서 가즈토는 등줄기가 오싹해졌다.

길을 걸으면서 문득 예전 일을 떠올렸다.

예전이라고 해도 다다시가 초등학교 6학년 무렵 일이니 아직 4년 정도밖에 지나지 않았다.

기후에 있는 본가에서 아버지의 7주기 법요 행사를 진행하던 여름, 가즈토는 모처럼 기후까지 왔으니 뭐라도 해야겠다는 생각에 근처에 있는 강에서 송어 낚시 대회가 열린다는 소식을 듣고 창고에서 전에 쓰던 낚싯대 두 자루를 꺼내 다다시와 함께 참가했다.

가즈토는 어렸을 때 강변에서 벌레를 잡아 미끼로 쓰는 산천어 낚시 경험이 있어서 방류한 무지개송어 같은 건 손쉽게 잡았지만 다다시는 낚시 자체가 처음이라 그런지 목표물의 움직임과 손맛으로 물고기를 낚는 낚시 요령을 터득하기까지 시간이 조금 걸렸다.

그래도 가즈토가 뒤로 가서 물고기가 미끼를 물었을 때 움직임과 낚싯줄 조절법을 가르쳐 주니 금세 능숙해졌고 덜덜 떨면서도 휘어진 낚싯대를 움직이며 "걸렸어, 걸렸어" 하고 흥분하며 물고기와 사투를 벌였다.

물고기를 거두는 방법도 알려 주고 두어 번 성과를 올리자 신이 난 다다시를 혼자 하게 두고 가즈토도 옆에서 자신의 낚싯대를 들었다.

잠시 후 다다시가 "아빠!" 하고 불렀다. "작은 물고기를 낚았어!"

보아하니 세게 잡아당겨서 날아갔는지 물고기가 강변 바닥 위에서 몸을 바동거리고 있었다.

"오, 산천어구나."

아마 초여름 경에 치어를 방류했을 것이다. 10센티미터도 되지 않는 산천어였다. 작은 몸에 예쁜 타원형 가로무늬가 있고 붉은 점이 여기저기 새겨져 있다.

"산천어는 잡기 힘든데 말이지. 잘 낚았네." 가즈토는 칭찬했다.

"낚싯대를 들어 올리니 우연히 걸렸어."

다다시는 보석으로도 비유되는 민물고기를 들고 기분 좋게 활짝 미소 지었다.

"그래도 그건 놓아주렴."

다다시의 손이 양동이로 향할 때 가즈토가 그렇게 말하자 다다시는 순간 얼굴을 찌푸렸다.

"왜?"

"아직 작잖아. 너와 비슷한 나이일걸. 불쌍하지 않니?"

다다시는 왠지 아쉬워 보였지만 가즈토의 말도 이해가 되는지 "알겠어" 하고 고개를 끄덕였다.

"천천히 놓아주렴. 다시 헤엄칠 때까지 손으로 받쳐 주는 거야."

방류하는 방법을 알려 주자 다다시는 가즈토의 지시대로 물고기를 놓아주려 했지만 물고기는 다다시의 손바닥 위에서 움직임을 멈춘 채 드러누워 있었다.

"죽었나 봐……."

다다시가 걱정하듯 말하는 순간 작은 산천어는 다시 살아난 것처럼 몸을 꿈틀거리더니 강물 속으로 돌아갔다.

"다행이다!"

다다시는 기뻐하며 가즈토를 봤다. 가즈토는 그런 아들을 흡족하게 바라봤다. 놓아주라고 한 게 의미 있는 일이라고 생각했다.

이후 다다시는 그전보다 낚시를 열심히 하지 않았다. 조금 전의 경험으로 생각이 많아진 듯 보였다.

"저기, 아빠." 집에 돌아갈 때 다다시가 가즈토에게 말했다. "낚싯대로 낚을 때 물고기들도 아프겠지?" 아이다운 질문에 가즈토는 웃음을 한 번 터뜨리고 어떻게 대답해야 좋을지 궁리했다.

조금 더 어렸으면 모를까 다다시와 미야비가 모두 초등학교 고학년이었던 무렵 가즈토는 아들의 질문이 아무리 유치하게 들려도 최대한 올바른 대답을 해 주려고 했다. 대충 얼버무리며 속이고 싶지 않았다.

그때도 제대로 된 대답을 해 줄 수 있었다. 물고기의 입에는 통각이 없어서 통증을 느끼지 못한다. 바늘에 걸린 물고기가 몸부림치는 건 낚싯대의 저항으로부터 벗어나려는 것뿐이다. 아파서가 아니라 본능적으로 자유를 되찾기 위해 물고기는 열심히 싸운다. 그리고 인간은 물고기를 인간의 지식과 기술을 동원해 붙잡으려 한다. 그런 승부가 바로 낚시라고 했다.

그 정도만 가르쳐도 물고기의 용맹함과 낚시의 묘미가 잘 전해질 테니 나쁘지 않다고 생각했다.

그때는 무엇보다 다다시가 어린 산천어를 놓아줄 때 보여 준 상냥한 얼굴이 머릿속에 남았고 그것을 소중하게 간직하고 싶었다.

"네가 물고기면 어땠을 것 같으냐? 낚싯바늘이 입에 걸린다면."

"절대 싫어. 아파." 다다시는 입으로만 웃으며 얼굴을 찌푸렸다.

"그럼 물고기도 그럴지 모르겠네."

가즈토가 말하자 다다시는 아이스박스 안에 든 물고기를 감개무량하게 내려다보고 "물고기도 힘들겠네" 하고 동정하듯 말했다. 그 얼굴 역시 상냥해서 가즈토는 자신의 대답이 옳았다고 느꼈다.

그날 이후 다다시와는 낚시를 하러 가지 않았다. 중학생이 되어 축구팀 연습에 집중하게 된 이유가 가장 크겠지만 어쩌면 그날의 대화도 적잖이 영향을 끼쳤을 거라는 느낌이 든다. 낚시를 하러 가자고 조르면 다시 데려가야겠다고 생각했지만 그런 기회는 찾아오지 않았다.

가즈토는 여전히 그때 자신의 대답이 틀리지 않았다고 생각한다. 지금도 마음속에 남아 있고 그러므로 기억하는 것이다.

어린 시절 다다시가 보여 준 민낯은 그렇게 착했다.

그런 아이가 고작 4년 만에 다른 사람을 죽이는 사건에 가담할 수

준까지 변할 수 있는 걸까.

인간은 성장하면서 사고방식도 변한다. 어른으로 향하는 계단을 오르며 깨끗하게만 살 수는 없게 된다.

아니, 변하는 건 비단 인간만이 아니다. 어린 시절 사람에게 길든 맹수도 다 자라면 야성을 드러내고 예상치 못한 타이밍에 인간에게 엄니를 보인다고 한다. 그런 본능적인 문제도 있을 것이다.

다다시는 사춘기에 접어들고서 변했다. 그러니 지금의 다다시가 초등학생 시절 다다시와 같지 않다는 것도 물론 알고 있다.

그렇지만 이번 사건과는 도통 이어지지 않았다.

그것과 이건 다른 문제라는 뜻이다.

출구가 보이지 않는 생각에 지쳐 가즈토는 한숨을 내쉬었다. 마침 눈앞에서 강변 수풀에 도착한 쿠키가 장소를 정하는 것처럼 빙글빙글 주위를 돌며 용변을 보려는 참이었다. 인간의 고민 따위 아랑곳하지 않는 개의 모습을 보고 가즈토는 한숨을 내쉬는 동시에 몸에서 힘이 빠졌다.

"저⋯⋯."

등 뒤에서 조심스러운 목소리가 들린 건 쿠키의 용변을 처리하고 일어설 때였다.

돌아보니 고등학생 정도 돼 보이는 여자아이가 자전거를 붙잡고 서 있었다. 조금 전 집 근처에 있던 아이임을 깨달았다. 남색 원피스에 발에는 때가 살짝 탄 운동화를 신었다. 검은 단발머리에 속쌍꺼풀처럼 보이는 착한 눈매가 인상적이었다.

"아까 다다시 집 앞에서 봤는데 혹시 아버지세요?"

가즈토가 "그래" 하고 인정하자 아이는 "저, 다다시와 같은 반인 이즈카 안나라고 해요" 하고 자기소개를 하고 고개를 꾸벅 숙였다.

이름이 귀에 익었다. 미야비와 기요미가 다다시의 여자 친구라고 했던 아이다.

"다다시와 연락이 안 돼서요. 라인 메신저로 메시지를 보내도 읽지 않고 전화를 걸어도 전원이 꺼져 있다고만 나와서 걱정되는 마음에 무슨 일인지 확인하러 왔는데……."

걱정에는 어제 사건도 포함될 것이다. 그래서 무슨 일인지 보러 왔는데 집 앞에 방송국 카메라를 든 남자들이 서 있고 분위기가 영 심상치 않다. 어떡해야 할지를 고민하고 있을 때 가즈토가 집에서 나와 쫓아왔다. 그런 걸까.

"걱정해 줘서 고맙다." 가즈토가 대답했다. "다다시는 그제 밤에 나가서 아직 돌아오지 않았어. 전화는 우리가 걸어도 안 받고."

그러자 이즈카 안나는 어깨를 툭 떨구고 한숨을 내쉬었다.

"다다시가 친하다고 한 도자와 상고의 구라하시 요시히코가 시신으로 발견됐다는 뉴스를 듣고 신경 쓰였는데……. 요즘은 다다시와 연락이 좀 뜸해져서요. 그래도 걱정이 돼서……."

안나는 자신의 고민을 있는 그대로 토해 내듯 말했다.

"미안하구나. 이런저런 걱정을 끼쳐서."

가즈토가 그렇게 말하자 안나는 "아뇨" 하고 고개를 흔들었다.

"다다시가 집에서 친구 이야기를 거의 하지 않아서 우리도 어떻게 된 일인지 몰라 곤란해하고 있어. 구라하시 요시히코라는 아이와 친구 사이였다는 것도 사건이 일어나고서야 처음 알았으니."

"요시히코와는 중학교 때 축구팀에 함께 있었다고 해요. 축구 실력은 별로여서 늘 2, 3군에 있었지만 친근한 캐릭터라고 할까요. 장난기 많고 재미있는 아이여서 모두에게 인기가 많았다고 했어요."

"그런 아이가 왜 그렇게 됐을까?" 가즈토는 머릿속에 떠오른 소박한 의문을 입에 담아 봤다.

"그건 저도 모르겠지만⋯⋯." 안나가 대답했다. "뭔가 배신을 했다거나 약속을 어기거나 했다면 그전까지 아무리 친했어도, 아니 오히려 친해서 더 용서할 수 없었을지도 모르죠."

"친해서 더 용서할 수 없다라." 가즈토는 중얼거리고 다시 안나에게 물었다. "네가 보기에 그런 일이 일어났을 때 다다시가 용서를 못 하고 분노할 아이였니?"

그러자 안나는 망설이듯 잠시 뜸을 들이고 입을 열었다.

"그런 건 때와 장소에 따라 다를 것 같고, 저도 잘 모르겠어요."

아니라고 단언해 주기를 바랐지만 그러지는 않았다. 그러나 이 아이에게 내가 기대한 대답을 강요하는 것도 이상하니 가즈토는 다소 미련은 남지만 질문을 바꿨다.

"다다시가 평소에 요시히코 외에도 축구팀 시절 함께 뛴 친구들과 자주 놀았니?"

"축구팀 아이가 네댓 명 있고 나머지는 친구의 친구 같은 식으로 알게 된 것 같아요. 같은 팀이던 애들도 지금은 다 축구를 그만뒀고⋯⋯ 그래서 한가하니 더 자주 모인다고⋯⋯ 다다시가 그랬어요."

"축구를 그만둬서 그런 그룹에 속하게 되는 건가."

역시나 하는 마음이 들었다.

"다다시가 무릎 부상에 대해 집에서는 뭐라고 했나요?" 안나가 물었다.

"뭐라고, 라고 하면?"

"다친 이유라든지……."

"아니, 연습 시합에서 다쳤다고만 했는데."

안나의 말투에서는 또 다른 사정이 있는 분위기가 풍겼다.

"이거, 말해도 좋을지 모르겠는데요……." 안나는 망설이듯 운을 떼고 이야기를 시작했다. "그거, 2학년 선배가 고의로 그런 거였어요."

"뭐?" 안나의 단정적인 말에 가즈토는 허를 찔렸다. "고의로? 그게 무슨 말이야?"

"연습 시합이라고 할까요, 축구 동아리 내에서 한 청백전에서 다쳤죠. 저도 그 시합을 봤어요. 다다시는 주니어유스팀에서 올라와서 선생님도 기대하시는 것 같았고 1학년 중에 혼자서만 주력 팀에 들어갔어요. 그래서 시합에 나갔는데, 다다시가 부상을 당할 때 태클을 한 사람이 다다시와 같은 미드필더 포지션인 2학년 선배였어요. 뒤에서 태클을 하는 바람에 선생님도 즉시 그 선배를 퇴장시켰을 정도로 심한 플레이였죠."

안나는 눈을 내리깔고 이야기하며 그때의 광경이 머리를 스쳤는지 미간을 살짝 찌푸렸다.

"수술을 해야 할 정도로 큰 사고였지만 외부적으로는 그 이상 큰 문제로 발전하지 않았어요. 주변 선배 중에는 다다시가 먼저 태클을 했다고 상대를 편드는 사람도 있었고, 결국 둘 중 일방적으로 잘못한 사람은 없다는 식으로 이야기가 흘러가더라고요."

가즈토는 실제로 어땠는지 모르니 눈을 가늘게 뜨고 물을 수밖에 없었지만 안나는 힘없이 고개를 저었다.

"다다시도 분명 태클을 하긴 했지만 휘슬도 불지 않은 평범한 태클이었어요. 그러니 다다시에게도 책임이 있다고 하는 건 너무해요."

그렇군. 가즈토는 상급생인 것을 앞세운 부조리한 의견들이 나왔음을 알 수 있었다.

"하지만 다다시를 다치게 한 2학년 선배도 일단 다다시에게 사과했고 징벌 같은 것도 받은 마당이라 일이 더 커지지는 않았어요. 다다시도 그때는 시합에 열중하느라 그런 플레이가 나왔다고 생각했을 거예요. 그래서 수술한 뒤에도 열심히 재활 치료를 받아서 하루빨리 복귀하려고 했던 것 같아요."

그러고 보면 프로 세계에서도 부상을 당한 이후 재활 치료를 거쳐 부활하는 선수가 많다. 가즈토는 다다시가 부상을 당해 동아리를 그만뒀다고만 생각했지만 그런 단순한 이야기가 아니었던 것이다. 부상을 당해서 끝이 아니라 선수 생활을 포기하는 데는 마음의 문제도 개입한다.

"솔직히 말해서 그 뒤로는 제가 잘못한 것 같아요." 안나는 괴로워하며 말했다. "하지만 들어 버렸는걸요. 다다시를 다치게 한 선배가 같은 2학년 선수한테 '다다시가 건방져서 혼내 주려 했고, 모든 게 잘 풀렸다'라는 식으로 이야기하는 걸……. 그냥 조용히 가슴속에 묻어 두면 됐는데 괘씸한 마음에 다다시에게 그 이야기를 해 버렸어요."

안나는 또다시 이맛살을 찌푸렸다.

"다다시는 그 이야기를 듣고 그럴 줄 알았다며 냉정한 척했지만 속으로는 충격받았겠죠. 다치게 한 선배도 그렇지만 주변 선배들이 그런 행동을 용인했다는 점이 실망스러웠던 것 같아요. 다다시는 재활 치료를 이어 가는 동안 시합을 보러 오지 않게 됐고 이제는 축구를 그만둘지도 모르겠다는 말을 꺼내기 시작했어요."

저녁놀이 지면서 안나의 얼굴이 더 그늘졌다. 산책하려고 리드줄을 당기던 쿠키는 포기한 것처럼 자리에 얌전히 앉아 있다.

"하지만 말은 그렇게 했어도 다다시는 지금껏 축구에 모든 걸 바쳐 왔으니 복귀하고 싶은 마음이 반쯤 남아 있었을 거예요. 그 마음마저 사라진 계기가 바로 여름방학에 다다시를 다치게 한 2학년 선배가 공격당한 사건이에요."

"뭐?"

"저도 당사자한테 직접 이야기를 들은 건 아니지만, 동아리 활동을 마치고 돌아오는 길에 금속 야구 배트를 든 몇 명에게 둘러싸여 다리가 부러질 때까지 맞았다고 해요. 실제로 그 선배는 그날 이후 동아리 활동에 참가하지 못하게 됐고요."

"무슨 일이 일어난 거지?" 가즈토는 안나의 이야기를 어떻게 받아들여야 할지 알 수 없었다. "다다시가 다친 것과 관련이 있는 거야?"

그러나 곰곰이 생각하면 그 질문은 의미가 없었다. 관련 있다고 생각하니 안나도 이런 이야기를 꺼냈을 것이다. 없다고 생각하는 건 가즈토의 일방적인 추측일 뿐이다.

"다다시에게 물으니 자기는 모른다고 했어요. 그런데 마음에 걸리는 게 있어요."

이 아이는 대체 지금 무슨 이야기를 하는 걸까. 심상치 않은 기운을 띄고 있는 것만은 분명해서 가즈토는 마음의 준비를 했다. 가즈토의 침묵이 뒷이야기를 재촉하는 형태가 되어 안나는 이야기를 이었다.

"그 사건이 일어난 날 다다시는 제게 스타벅스에 가자고 했어요. 이 삼일 전에 전화를 걸어서 동아리 활동이 언제 끝나느냐고 물었거든요. 전 어차피 만날 거면 일단 집에 가서 샤워하고 옷을 갈아입고 만나고 싶어서 그렇게 말하고 7시 무렵이 어떠냐고 했어요. 하지만 다다시는 밤에는 다른 약속이 있으니 동아리 활동이 끝나고 곧장 만나자더군요. 그럼 그날이 아니라 조금 더 여유 있는 다른 날이 괜찮지 않을까 싶었지만, 다다시가 한사코 그날이 좋다면서 계속 동아리 활동이 몇 시에 끝나느냐고 물어서……"

안나의 이야기에서 풍겨 오는 복수의 냄새를 맡고 가즈토는 숨이 가빠졌다.

"아무튼 그 사건이 일어난 이후 2학년 선배들 사이에서 다다시가 그 일에 관련된 것 같다는 이야기가 퍼졌어요. 전 그때 다다시와 만났다는 이야기를 하면서 부정했지만 '그런 건 당연히 알리바이 만들기다. 녀석들이 다다시의 친구라는 것도 알고 있다'라는 대답을 듣고 반박을 못 했어요."

만약 계획적으로 벌인 일이라면 조잡하고 손바닥 안이 훤히 들여다보이는 계획이다.

"다다시에게도 확인했어요. 방금 말했다시피 자기는 모른다고 하더군요. 하지만 그렇게 말하는 다다시의 모습이 왠지 미심쩍어서…… 뭔가 숨기고 있다는 생각이 들어서 전 누구의 말을 믿어야 좋을지 헷

갈리기 시작했어요."

안나는 고개를 숙이고 어깻숨을 내쉬었다.

"솔직히 관련돼도 상관없어요……. 아니, 상관없지는 않겠지만 그런 짓을 한 다다시의 심정은 이해가 돼요. 만약 저한테 먼저 털어놓고 그렇게 해야 직성이 풀리겠다는 식으로 말했다면 저도 납득하고 협력 했을지 몰라요. 하지만 아니라고만 하면서 아무것도 알려 주지 않으면 그 뒤로는 그 이야기를 믿을지 안 믿을지만 남게 되잖아요. 한때는 믿어 주자고 생각하기도 했지만 결국 전 그러지 못 했어요……. 죄송해요. 다다시를 의심했다는 이런 이야기를 아버지 앞에서 무신경하게 늘어놓아서……."

"아니……."

강하게 받아치지 못한 건 괴로워하는 안나와 마찬가지로 가즈토도 괴로웠기 때문이다.

"그러다가 얘는 다다시한테 붙은 애라며 저한테도 선배들의 괴롭힘이 심해져서 여름방학 도중부터는 저도 동아리 활동에 못 가게 됐어요. 그뿐만 아니라 다다시에게서도 자기와 당분간 만나지 않는 게 좋겠다는 말을 듣고……. 그런 상황에 이번 사건이 일어난 거예요. 그래서 최근 며칠 동안 다다시 주변에서 무슨 일이 일어났는지 저도 모르고, 전화를 받지 않는 걸 보니 다다시와 상관없는 일이 아니라는 느낌이 점점 들어서 어찌할 바를 모르게 됐어요."

가즈토는 안나의 마음을 편하게 해 줄 말을 지니지 못했다. 안나가 자신의 처지와 다다시와의 관계를 이렇게 털어놓으면서 마음속 응어리가 조금은 가셨기만을 바랐다.

안나에 대한 생각이 가즈토의 가슴을 스친 건 찰나였다.

그보다 가슴속에서 아직 소화되지 않은 것들이 너무 많았다.

안나의 이야기를 듣고 먼저 느낀 것은 일종의 뒤틀림이었다.

안나의 이야기와 가즈토가 파악한 이번 사건의 정황. 구라하시 요시히코가 살해되고 다다시를 포함한 아이 몇 명의 행방이 묘연해진 상황 사이에는 거대한 뒤틀림이 존재한다. 단순한 견해를 쉽게 끼워 맞추기에 아직 모르는 게 너무 많다고 생각했다.

그리고 뒤틀림의 끝에 보이는 것이 어렴풋하면서도 손에 닿을 곳까지 와 있는 느낌이라 가즈토는 초조한 심정으로 정체를 밝혀내려고 했다.

"그 선배가 다다시한테 다시 복수하지는 않았니?"

가즈토의 머릿속에 멍이 들어서 온 다다시의 얼굴이 떠올랐다.

그러나 안나는 고개를 저었다.

"그런 일은 없었을 거예요. 다다시가 얼굴이 부어서 학교에 온 적이 있어서 혹시나 싶어 물었더니 그런 건 전혀 아니라고 했어요. 단순한 제 착각이었고 다다시의 대답에 거짓은 없어 보였어요."

안나도 가즈토와 같은 생각을 떠올린 듯했지만 부정하는 말에 별로 망설임이 느껴지지 않았다.

뒤틀림의 끝이 그게 아니라면…….

"이번 사건에 혹시 그 2학년 아이들이 관련됐을 가능성은 있을까?"

조금 비약이 있기는 해도 완전히 맥락이 어긋난 발상은 아니라고 생각했다. 즉 다다시를 다치게 한 2학년 선배들에 대한 복수에 구라하시 요시히코가 가담했고, 이번에 다시 그 일의 복수를 당했다는 가설이다.

그러나 안나는 역시 고개를 가로저었다.

"아마 없을 거예요. 지금 매니저를 하는 친구에게 넌지시 물어봤는데 오늘 동아리 활동에 다들 참여했다고 했어요. 사건에 관련됐다면 동아리에 나올 여유가 없을 테고, 그러니 그럴 가능성은 없을 거라 생각해요."

안나도 그 가능성은 떠올린 듯했다. 그렇다면 부정할 수밖에 없을 것이다. 적어도 직접적으로는 누구도 관여하지 않았다.

"저희 동아리 2학년 선배 중에 성질이 급하다고 할까요, 다혈질 같은 성격으로는 다다시를 다치게 한 그 선배가 제일 심해요. 나머지는 입으로 이러쿵저러쿵해도 그런 무모한 짓을 저지를 사람들이 아니고 고등학교 생활을 바쳐서까지 그런 짓을 저지르지는 않을 거예요."

가즈토는 가볍게 고개를 끄덕였다.

끝이 보이지 않는다.

현실이 그대로 뒤틀려 있다.

그러나 한편으로 끝을 찾아내려고 하다가 뒤틀린 현실 끝에 있는 어렴풋한 것의 정체가 보이기 시작한 느낌도 들었다.

끝은 보이지 않는데 오로지 그것만은 무시할 수 없는 가능성으로 계속해서 자라나고 있다.

"그 이상은 저도 모르겠어요……. 뭔가 더 알아낼 수 있을 거라 생각해 이곳에 왔는데."

그렇게 말하고 안나는 고개를 들었지만 가즈토는 안나의 얼굴에서 우울함을 떨쳐내 주지 못했다.

"미안하구나. 부모도 모르는 것투성이라. 다다시가 나타나야 알 수 있겠지. 그러니 오늘 경찰에 실종 신고를 하고 왔다. 내가 할 수 있는 일이라고는 그 정도라 나도 나 자신이 싫어지는구나."

"무사히 다시 나타나 주면 좋을 텐데……."

안나의 초연한 중얼거림이 가즈토의 머릿속에 녹아들어 찌릿한 자극을 만들었다.

이 아이도 그 가능성을 의식하고 있었다.

가즈토는 손으로 얼굴을 닦고 억지로 마음을 가라앉히려 했다.

안나의 말을 빌리면 그야말로 어찌할 바를 모른다는 게 이런 기분일 것이다.

이럴 때 이 아이에게 가장 필요한 말은 뭘까. 가즈토는 '그러게 말이다'라는 한마디조차 입에 담을 수 없었다.

그 말은 자신의 마음과 미묘하게 어긋났다.

"이야기를 들어 주셔서 고맙습니다."

가즈토에게서 더는 아무것도 나올 게 없다는 걸 이해했는지 안나는 고개를 살짝 숙였다.

"나야말로 고맙구나."

안나와 헤어지고 가즈토는 강변을 걸었다. 기세가 한풀 꺾였는지 쿠키의 걸음걸이가 무거웠다. 조금 걷다가 그냥 집에 돌아가기로 했다. 멀리서 자전거를 타고 가는 안나의 뒷모습이 보였다.

안나의 이야기만 듣고 다다시와 주변의 인간관계를 전부 파악할 수는 없다.

그러나 안나의 이야기에는 폭력에는 당하면 반드시 갚아 준다는 행동 원리가 깔려 있고, 일단 다툼에 한번 휘말리면 사람은 가해자도 피해자도 될 수 있다는 암시가 포함돼 있다.

다다시는 피해자일지도 모른다.

가즈토는 그런 가능성을 강하게 의식하며 흥분 섞인 한숨을 내쉬었다.

그렇게 된 배경까지는 알 수 없다. 이해하기에는 아직 사실의 조각이 부족해 와닿지 않는다.

그러나 다다시가 가해자가 아닌 피해자라고 생각하면 전제가 아무리 충분하지 않아도 와닿았다.

사소한 폭력이면 몰라도 이번 일처럼 흉악 사건이면 다다시의 성격을 고려해도 그 가능성이 훨씬 크다.

목격자의 증언 등을 종합하면 현장에 있는 차에서 도망친 건 두 명이라고 한다.

그리고 기요미가 기자에게 들은 이야기로는 다다시를 포함한 세 명의 소년이 현재 행방불명 상태라고 한다.

기요미에게 이야기를 들었을 때는 사람 수의 차이가 암시하는 의미를 진지하게 떠올리지 못했다. 목격자가 두 명이더라도 그들이 사람 수를 잘못 말했을 수도 있다는 생각이 머릿속 어딘가에 남아 있었다.

하지만 숫자가 모두 옳다면…….

구라시 요시히코 외에도 피해자가 한 명 더 있다는 말이 되지 않을까.

그것만 놓고 봐도 다다시가 피해자일 수 있다는 견해에 신빙성이 생긴다.

어쩌면 기요미도 입에 담지 않았지만 그 가능성을 눈치챘을지 모른다. 기요미의 모습을 다시 떠올리자 그런 느낌이 들었다.

그럴 만도 하다. 다다시가 피해자고, 하물며 행방이 아직 묘연하다는 건 생사를 걱정해야 하는 상태임을 암시하기 때문이다.

생각만으로도 무시무시한 일이다.

그러나 다다시가 가해자로서 구라하시 요시히코 사망 사건에 가담했고 지금도 도주 중이라고 생각해도 무서운 건 마찬가지다.

안타깝게도 이번 사건에 평화로운 진실 따위는 없어 보였다.

12

평소에는 7시 전에 끝나는 저녁 식사 준비가 오늘은 8시 넘어서까지 늦어지고 말았다.

기요미는 식욕이 전혀 생기지 않아 좀처럼 부엌에 설 기분이 아니었다. 미야비는 자기 방에 틀어박혀 있다. 가즈토도 쿠키와 산책하고 돌아온 이후 말없이 소파에 앉아서 골똘히 생각에 잠겨 있다.

쿠키만 구슬프게 울며 배고픔을 호소해서 기요미는 힘겹게 엉덩이를 일으켜 도그푸드 캔을 따 주었다.

그리고 일어선 김에 냉장고에 있던 채소를 썰어 볶음밥을 만들고 뜨거운 물을 부은 시판 레토르트 국을 그릇에 덜어 식탁에 올렸다.

밥 먹으라고 미야비를 부르려고 해도 2층까지 들리도록 소리칠 자신이 없었다. 기요미는 계단을 올라가 미야비의 방에 달린 아코디언식 커튼을 걷었다.

"밥 먹어."

방 안을 보니 미야비는 책상 앞에 앉아 스마트폰을 만지작거리고 있었다. 고등학교에 들어간 다음에 사 주려고 했는데 다다시가 고등학교에 입학할 때 덩달아 사 줬다.

공부하고 있던 게 아닌 것 같지만 잔소리를 하고 싶지는 않았다. 공부에 집중할 기분도 아닐 것이다.

미야비는 나직이 대답하고 스마트폰을 내려놓고 불을 끄고 방을 나왔다.

"인터넷에 이번 사건에 대해 이런저런 글이 잔뜩 올라와 있어."

계단을 내려오며 미야비가 기요미의 등 뒤에서 말했다.

"응?"

"오빠에 대한 글도 있더라. 'I'나 'I카와' 같은 이니셜을 써서 아는 사람이 보면 오빠란 걸 알 만한 글도 있어."

"어떤 글인데?"

"이런저런……. 뭐가 진짜인지는 모르겠지만."

인터넷 게시판 같은 곳에서 사건에 대한 소문이 퍼지는 걸까. 부엌 식탁 앞에 앉은 가즈토와 눈이 마주쳤지만 그는 아무 말도 하지 않았다. 인터넷에서 제멋대로 적어 대는 글 따위에 일일이 신경 쓰거나 진지하게 받아들일 필요는 없다. 부모 입장에서 미야비에게 그렇게 말해야겠지만 지금은 기요미와 가즈토 모두 소문 수준의 이야기라도 좋으니 정보를 바라는 게 현실이었다.

"내일 학원은 어쩌지."

미야비는 입맛이 별로 없는지 밥을 먹는 시간보다 숟가락으로 볶음밥을 휘젓는 시간이 더 길었다.

"어쩌냐니……?"

"노래방 약속을 갑자기 취소하는 바람에 미오랑 아이들과도 서먹해졌고…….."

"그런 건 사과 한마디 하면 끝날 일 아니니?"

기요미가 말했지만 미야비는 이해하지 못하는 듯했다. 미야비가 애초에 이야기를 꺼낸 본질적인 이유는 다른 곳에 있는 듯했다. 기요미가 침묵하고 있자 미야비는 볶음밥을 뒤섞으며 말을 이었다.

"그리고 휴식 시간에 다들 사건에 대한 이야기만 해서……. 난 뭐라고 해야 좋을지 모르겠더라고. 오늘은 아직 오빠가 사건과 관련된 걸모르니 그 정도였겠지만 이렇게 인터넷 같은 곳에 글이 돌아다니는걸 보면 다들 곧 알게 될 테고 그럼 그런 이야기가 나올 때 내가 어떻게 반응해야 좋을지 모르겠어."

중학교 3학년인 미야비를 둘러싸고 있는 세계를 상상하면 얼마나 심각한 고민인지 쉽게 알 수 있다. 기요미도 즉시 마땅한 대답이 떠오르지 않았다.

"아직 밝혀진 건 하나도 없어." 느닷없이 가즈토가 입을 열었다. "하나하나 신경 쓸 필요 없다. 당당하게 행동하면 되는 거야."

목소리에 깜짝 놀랄 만큼 힘이 들어가 있지만 미야비의 마음에 와닿을지는 미지수였다.

"그렇게 말해도……." 미야비는 얼굴을 살짝 찌푸렸다. "오빠가 사건에 관련된 것 자체는 이제 바뀔 수 없는 사실 아니야?"

"관련됐다고 해도 어떻게 관련됐는지 아직 모르지." 가즈토는 딱 잘라 말했다. "범인인지 피해자인지 하는 사안에서 아직 밝혀진 게 없다는 거야."

기요미는 입술을 살짝 깨물었다. 남편도 그 가능성을 떠올렸음을 깨달았다.

그러나 떠올렸다고 해도 미야비에게 억지로 들이밀지는 않았으면 했다.

"그럼 어떤……."

미야비는 말하다가 말고 입을 다물어 버렸다. 눈을 크게 뜨고 기요미를 향해 "어?" 하고 의아해하는 눈빛을 보낸다.

"경찰 쪽에서 연락이라도 오지 않는 한 아직 모르니 그런 소문 같은 거에 일일이 귀 기울일 필요가 없다는 뜻이야." 기요미가 얼버무리듯 말했다. "아빠가 말을 이상하게 했네."

"말을 이상하게 했다니?" 가즈토는 그야말로 냉정하게 되물었다. "사실이 그런데 뭐가 이상해?"

"그만해."

기요미는 감정을 억누른 목소리로 대화를 잘랐지만 가즈토는 멈추지 않았다.

"당신도 아무것도 모른다고 하면서 다다시가 이번 사건과 전혀 관련 없다고 생각하는 건 아니잖아?"

"그러니까 지금 같은 때에 꼭 이상한 가능성까지 떠올릴 필요는 없다는 얘기야."

이번에는 조금 강한 어조로 대화를 자르려고 했지만 가즈토는 더 자극을 받았는지 이맛살을 찌푸렸다.

"이상하긴. 충분히 떠올릴 만하지. 다다시가 친구 집단 폭행에 가담했다는 것보다 훨씬 그럴싸한 가능성이야."

"그게 무슨 소리야?" 기요미가 먼저 감정을 폭발시켰다. "당신은 지금 우리 다다시가 죽어도 괜찮다는 거야?"

평소에는 거의 들을 수 없는 기요미의 감정적인 목소리에 가즈토는 순간 놀란 듯이 침묵했다. 그러나 반론을 떠올리기 위해 시간을 버는 것처럼 보이기도 했다.

"그런 말을 하는 게 아니야." 가즈토는 입을 비죽이며 말했다. "현실적으로 가능성이 있는 이상 염두에 둬야 한다는 소리지."

"아무것도 밝혀지지 않았는데 그런 가능성을 떠올리는 건 속으로 그러기를 바란다는 거나 마찬가지야."

"그럼 어쩌라고?" 가즈토는 툭 내뱉듯이 되물었다. "당신은 지금 그 녀석이 범인인 게 낫다는 거야?"

"굳이 어느 쪽이 나은지를 따지면 그쪽이 훨씬 낫지." 기요미가 말했다. "당연하잖아."

"사람이 죽었어. 당신은 그게 어떤 뜻인지 알고 있어?"

"알아."

"아니, 몰라." 가즈토는 단정 짓듯 말했다. "세상 사람들 눈에 범인은 살인귀야. 다다시가 그렇다는 말이라고."

"그렇다고 해도 그렇게 된 데는 그 아이 나름의 이유가 있을 거야. 그걸 알기도 전에 그렇게 말하는 건 아니잖아."

"사람이 죽은 마당에 이미 이유 따위 필요 없어. 그게 전부야. 무슨 이유가 있어도 세상 사람들이 보기에는 그냥 살인범일 뿐이라고."

기요미는 자기 아들 이야기를 하는데 '살인범, 살인범' 하고 무신경한 말을 해 대는 남편의 모습에 기가 막혀 순간 눈물이 터질 뻔했다.

"우리가 애지중지 키운 아이가 그렇다는 뜻이야. 그걸 당신은 받아들일 수 있겠어?"

"받아들일 수밖에 없지. 그게 부모야. 전부 인정하고 새 삶을 살게 해야지."

"말은 쉽지." 가즈토는 탄식하며 고개를 절레절레 흔들었다. "만약 다다시가 그런 짓을 저질렀다면 걔는 이미 우리가 아는 다다시가 아니야. 난 다다시가 그런 짓을 저지를 아이라고 생각하지 않고 생각해 보려고 해도 안 돼. 만약 다다시가 정말 그런 짓을 저질렀다면 그 아이는 내가 모르는 다다시라고 할 수밖에 없지. 그리고 그 일을 계기로 이 집을 나갔을 때 다다시는 이미 다른 사람이 돼 버린 거야. 이건 그 정도로 큰일이야. 우리가 모르는 인간을 쉽게 고친다든지 새 삶을 살게 한다는 식으로 말할 문제가 아니라고."

"다다시는 다다시야."

기요미는 이치에 맞지도 않는 말을 당당히 내뱉었다. 이렇게 된 이상 더는 이치나 논리를 따질 때가 아니었다.

"살아만 있으면 어떻게든 다시 시작할 수 있어." 기요미는 감정이 벅차올라 마침내 눈물이 터졌다. "하지만 죽으면 그걸로 끝이라고."

"모순이야." 가즈토는 냉정히 잘라 말했다. "그런 말은 사람을 죽이고 경찰에게 쫓겨 도망 다니는 인간에게는 허락되지 않아. 나는 다다시가 그런 인간이 아니라고 믿고 싶어. 그뿐이야."

기요미는 얼굴을 감싸고 어깨를 들썩였다.

"그건 다다시가 죽어도 상관없다는 말이랑 똑같잖아. 어떻게 부모 입장에서 그렇게 냉정한 말을 할 수 있어?"

"당신이야말로 부모 입장에서 그 아이를 좀 더 믿어 주면 안 돼?"

"말도 안 되는 소리 하지 마!"

같은 부모인데 어떻게 이런 생각의 차이가 생기는 걸까. 기요미는 분해서 견딜 수 없었다. 왜 무슨 일이 있어도 그 아이를 지켜 주겠다고 하지 않는 걸까. 남편이 그렇게 말해 주기만 하면 나도 조금 더 마음을 다잡고 기운을 차릴 수 있을 텐데.

남은 볶음밥을 싱크대 구석에 있는 음식물 쓰레기봉투에 버렸다.

그릇에 담겨 있을 때는 간신히 음식다운 모양새를 지키던 볶음밥이 비닐봉지에 들어간 순간 더러움을 두른 역겨운 쓰레기로 전락한다.

식욕이 생기지 않으니 어쩔 수 없었다. 아깝지도 않거니와 왠지 가족의 형태가 맥없이 무너지는 모습과 비슷하다는 생각도 들었다.

미야비의 볶음밥도 버렸다. 미야비도 밥을 거의 입에 대지 않고 잘 먹었다는 말도 없이 2층으로 올라가 버렸다.

가즈토만 아직 식탁 앞에 혼자 남아 숟가락을 움직이고 있다. 그러나 움직임이 몹시 굼떠서 볶음밥의 양이 별로 줄지 않았다.

잠시 후 그는 포기한 것처럼 숟가락을 내려놨다.

"미안…… 잘 먹었어."

이런 것보다는 좀 더 중요한 걸 사과해 줬으면 한다고 기요미는 생각했다.

부부가 어차피 남이라는 건 안다. 가즈토는 무슨 일이든 타당한 이유를 찾기를 좋아하고 그러므로 건축 일에서도 디자인과 구조에 대해 하나부터 열까지 의뢰인을 설득하는 사람이라는 것도 알고 있다.

그러나 그러한 특기를 소중한 가족의 생사 문제에까지 발휘하는 걸 어떻게 동의하라는 말인가.

남편은 마음속에서 이미 아들을 죽였다. 아들을 믿어서 그런 거라는 말도 안 되는 이유를 들며 아들의 죽음을 바라는 것이다.

그런 생각은 도저히 받아들일 수 없다.

내가 잘못된 걸까.

다다시가 범인으로 사건에 가담하고 지금도 도주 중이라고는 상상도 할 수 없다. 믿고 싶지 않았다.

그러나 인간인 만큼 반드시 그러지 않으리라 단언할 수는 없다. 아이들 사이에서만 이해할 수 있는 이유 같은 게 있을지 모른다. 애초에 그럴 마음은 없었는데 당시 분위기나 친구들끼리 주고받은 자극적인 행동이 등을 떠미는 형태가 되어 돌이킬 수 없는 결과를 초래했을 수도 있다.

그리고 아직 아무것도 밝혀지지 않은 이상 다다시가 가해자도 피해자도 아닌 처지에 있다거나 이번 사건과 전혀 무관할 가능성이 아예 없다고는 할 수 없다. 남들은 욕할지 몰라도 기요미의 가슴에는 그런 평화로운 현실을 바라는 마음이 아직 남아 있었다.

가즈토는 식탁 앞을 떠나 말없이 거실을 나갔다.

사무실에 가려는지 현관문이 여닫히는 소리가 들렸다.

이런 시간에 일하러 가는 걸까. 기요미는 그렇게 생각했지만 순간 미야비가 입에 담은 인터넷 게시판 이야기가 머릿속을 스쳤다. 사무실 컴퓨터로 확인하려는 것일 수도 있다.

기요미도 신경이 쓰여서 캐비닛 위에 둔 작업 도구 중 태블릿 PC를 꺼냈다.

식탁으로 돌아와 브라우저 애플리케이션을 클릭했다.

뉴스를 몇 개 훑어봤지만 새로운 소식이 보도된 뉴스는 없었다.

트위터에서 '도자와'로 검색해 봤다. 그러나 언론 보도를 공유한 트윗들만 표시됐다.

그중에는 자신의 의견을 덧붙인 것들이 많았는데 '범인을 중형에 처하라', '이 쓰레기들은 살아갈 가치가 없다', '어리다고 계속 봐 주면 이런 녀석들이 앞으로 계속 활개 칠 거다' 같은 가차 없는 말의 전시장이었다. 세상 사람들의 일반적인 감정이 이런 걸까. 나 자신이 어떻게 받아들여야 할지 모르는 상황인 만큼 세간의 엄중한 평가를 보며 기요미는 이번 사건의 무게를 다시 체감했다.

— 도자와 사건, 범인 일당에게 차를 빌려준 사람을 조사하는 중으로 보임.

순간 그런 트윗이 눈에 들어왔다. 글쓴이의 계정 이름에 '나이토 시게히코'라고 적혀 있다.

전에 우리 집에 왔던 프리랜서 기자다.

나이토의 계정에 직접 들어가 봤다.

- 도자와 사건. 피해자는 지극히 평범한 소년. 주변 사람들에게서 나쁜 이야기
  는 나오지 않음.
- 도자와 사건. 친구들 사이에 갈등이 있었나. 피해자 주변에 행방이 묘연해진
  사람이 몇 명 있음.
- 도자와 사건. 도주를 돕는 사람이 있을 가능성.
- 도자와 사건. 피해자가 한 명이라고 단언할 수 없다?
- 도자와 사건. 범인들의 행방이 묘연한 상황. 도쿄 안에서 잠복 중?

취재를 통해 수집한 정보를 하루에 두세 번꼴로 등록하고 있는데, 짧은 데다 구체적인 글은 아니다. 자세한 건 아마 주간지 기사로 송고할 것이다.

미야비가 인터넷에서 봤다는 글은 어디 있을까. 기요미는 대형 인터넷 커뮤니티의 사건 관련 게시판에 들어가 글을 확인하기로 했다.

사건을 오락화하는 저속한 제삼자의 의견이 다수 적힌 글 사이에서 축구 관련 게시판이 이번 사건에 대한 화제로 달아오르고 있다는 글을 발견했다. 부슈도자와 FC유스팀 게시판이 있다고 해서 그곳에 들어가 봤다. 그러자 다다시와 주변 아이들을 잘 알고 이번 사건의 전후 사정을 제법 아는 듯한 이들의 글이 잔뜩 올라와 있었다.

- 부슈도자와 주니어유스팀 출신들의 악^惡의 포메이션.
  S야마(18) 수비수. 거듭된 더티 플레이로 다른 팀의 눈엣가시 취급을 받는 문
  제아. 코치의 아들이라는 배경을 악용해 1군에 계속 머물렀음. 유스팀에는 당
  연히 올라가지 못함.

I카와(17) 미드필더. 유스팀에 올라가지 못하고 도자와고 축구부에 들어간 뒤로도 계속 건방지게 굴어 결국 선배한테 혼남. 몇 개월 뒤 그 선배는 의문의 병원행.

W무라(17) 공격수. 다리는 빠르지만 축구 감각이 빵점이라 유스팀에 올라가지 못함. 그 빠른 다리는 결국 신발 절도와 이번 사건 도주에 활용됨.

– 도망친 사람은 둘이라던데.

– W무라는 도망치는 속도가 너무 빨라서 아줌마 눈에 보이지 않았다는 설.

– 차는 S야마가 지역 선배에게 빌렸다고 함. 그 사람은 차가 설마 이런 일에 쓰일 줄은 몰랐던 모양. 뭐 미성년자에게 차를 빌려준 시점에 이미 같은 죄를 물어야겠지만.

– S야마는 주니어유스팀에서 중앙 수비수를 맡았던 걔 말인가. 시합에서 같이 뛴 적이 있지. 몸싸움을 벌일 때 내 배에 펀치를 여러 방 날리더군. ^^

– 아무래도 S야마가 주범 같네.

– W무라를 아는데 그렇게 나쁜 녀석으로는 안 보였어. 신발 절도는 어디서 들은 얘기야?

– 스티커 사진이 인터넷에 돌고 있어.

– 스티커 사진을 찍으면서 훔친 신발을 자랑한 건가. 그걸 인터넷에 올리다니.

– I카와를 혼내 준 선배가 결국 병원에 실려 갔다니. 뭔가 무섭네.

– 이 녀석들이 흉악하게 변한 계기가 I의 부상이니까. 그 일에 대한 복수로 선배를 공격한 애들이 이 멤버들과 피해자인 K. K도 동정할 게 못 돼. 이 녀석들과 알고 지낸 시점에 이미 자업자득.

– 한마디로 쓰레기들의 분열이란 건가.

– 피해자인데 동정할 게 못 된다는 건 너무하네. 그렇게 따지면 I카와를 다치게

한 도자와 상고의 H타도 문제인 건 마찬가지고 복수당했다고 뭐라고 할 처지
는 못 되지 않나?

- 사건과 직접 관련이 없는 사람은 언급하지 마라.

- 백 퍼센트 관련 없다고 단언할 수는 없지.

- 주범은 결국 S야마? 아니면 I카와? S야마가 한 살 위라고 하니 역시 이 녀석이
  주범인가.

- 사람이 죽었으니 가담한 녀석은 전부 같은 죄를 물어야지. 시신 유기 계획은
  S야마가 세운 듯하지만.

- I카와도 의심해 볼 만해. W무라는 그때그때 분위기에 휩쓸리는 타입.

- 차 사고를 낸 건 헛발질의 대가였던 W무라 아닐까? 수비수를 제치고 골키퍼
  도 제쳤지만 슛이 빗나가고 자기 몸으로 골네트를 흔드는 놈이었지.

- TV 뉴스 인터뷰에 나온 사람, I의 아버지 아니야?

- 뭐라고 했어? 얼굴 나왔어?

- 얼굴은 안 나왔어. 개를 산책시키러 나왔는지 개가 화면에 비치더군. 아들과
  연락이 되지 않아 걱정된다던데.

- 그러고 보니 I카와 집에서 개를 키웠지.

- 개 산책이라니. 이럴 때 참 한가하네.

- I의 부모는 디자이너. 집도 세련됐지.

- 뭔가 허세스러운걸. 그래서 아들도 허세스러웠나.

- 집 위치가 금방 밝혀질 것 같던데?

- S야마 코치 아빠한테도 인터뷰를 땄으면 좋겠다. 자기 아들의 더티 플레이에
  는 '나이스 태클'이라며 박수를 보내고 다른 아이들의 태클에는 엉덩이를 걷
  어차던 명코치.

― 그나저나 금방 붙잡힐 줄 알았는데 의외로 안 나타나네. 혹시 누가 엮여 있는 건가?

― 필사적으로 도망치고 있겠지. S에게서 전화로 사람을 두 명 죽여서 도망 다닐 수밖에 없다는 이야기를 들은 녀석이 있다고 해.

― 정말이야? 두 명이 도망쳤다는 아줌마 증언이 맞는 건가?

― 또 한 명은 어딨어?

― 야, 진짜냐? 그럼 한 명이 더 죽었다면 걔는 지금 어디에?

― 어디 숨겨 뒀든지 아니면 이미 묻었을지도. 둘이면 각자 한 명씩 처리하려고 했을 법도 해.

글을 보는 동안 기요미의 심장이 격렬하게 요동쳤다. 다다시와 이 집에 관한 정보가 아무렇지 않게 올라와 있다.

얼마나 많은 이들이 이 글을 읽었는지는 알 수 없다. 가즈토는 건축 디자이너이기는 하지만 그냥 디자이너와는 조금 다르다. 어차피 인터넷에 떠도는 글들은 이런 수준이니 모든 걸 진지하게 받아들일 생각은 없다.

그러나 다다시에 대한 정보가 나온 것을 보니 완전히 엉터리라고 무시하기 어려운 것도 사실이다. 행방불명인 다른 두 아이도 이 글에 지목된 아이들이라고 봐야 하지 않을까.

다다시는 동아리를 그만두고 역시 주니어유스팀 시절 동료 친구들과 주로 교류한 듯하다. 그들도 유스팀에 올라가지 못하고 아마 축구 자체를 그만뒀을 것이다. 시간이 많으니 여름방학 때 밤늦게까지 놀다 들어오는 일이 잦았다.

S야마란 아마 시오야마를 지칭할 것이다. 기요미는 다다시의 연습과 시합을 보러 간 게 손꼽을 정도지만 시오야마 코치의 이름은 알고 있었다. 그 아들이 다다시의 한 학년 위라는 말도 들은 적이 있다.

W무라는 누군지 짚이는 바가 전혀 없었다. 그러나 이 아이도 구라하시 요시히코처럼 주니어유스팀 시절부터 다다시와 알고 지낸 것으로 보인다.

그리고 다다시가 동아리 활동 중에 다리를 다친 것을 계기로 내가 모르는 갈등이 있었던 모양이다.

다다시가 선배 때문에 다쳤다는 건 기요미도 어렴풋이 알고 있었다. 이름이 홋타라고 했나. 별로 질이 좋은 아이는 아닌 듯했다. 다다시가 부상 당시 상황을 설명했을 때 그 아이가 얼마나 위험한 플레이를 했는지 알게 됐고, 동아리 고문 선생님이 집에 병문안을 온 것도 예삿일이 아니라는 것을 암시했다. "제가 주의 깊지 못했던 것도 있어서……" 하고 기요미 앞에서 고개를 숙일 때는 청렴하고 솔직한 선생님이라는 느낌이 앞섰지만 다다시 입장에서 생각하면 그런 사죄만으로 넘기지 못할 부분이 있었으리라는 것도 뒤늦게 깨닫게 됐다.

아무래도 다다시는 홋타에게 복수를 했나 보다. 언제인지는 알 수 없다. 얼굴에 멍이 들어서 왔을 때일까. 칼을 샀을 때일까. 아니면 그보다 전인 여름방학 무렵일까.

그 복수가 과연 사실이기는 할까. 사건이 겉에 드러나지 않은 건 그냥 아이들 사이의 다툼이라는 형태로 끝나서일까. 아니면 잘잘못을 따지면 본인도 곤란해지니 홋타도 일을 크게 만들기 어려웠을까. 어쨌든 그때 합세한 친구들이 이번 사건과 관련된 아이들이라면 인터넷 게시판의 소문도 진실성을 띠게 된다.

그리고 그 복수에 가담한 멤버 사이에 분열이 생겼다는 게 인터넷 커뮤니티의 견해다. 그 뒤로는 상상력을 발휘할 수밖에 없다. 다다시와 친구들이 훗타를 병원에 실려 가게 했다는 설은 소문의 영역이고 증거가 전혀 없을 수 있다. 그럴 때 이를테면 구라하시 요시히코가 그 일을 발설하려 했고 다른 아이들이 구라하시의 입을 막으려고 움직였다. 그런 가설은 어떨까.

물론 내가 소설 같은 걸 일상적으로 읽기 때문에 떠올리는 그럴싸한 동기일 뿐이고 현실은 조금 더 엉뚱할 수도 있다.

아들이 누군가에게 복수를 계획했고 그 뒤로 동료들과 갈등이 생겨 결국 누군가의 목숨을 빼앗기까지 했다는 악몽 같은 사건의 이유를 그럴싸하게 추리하는 행위가 과연 옳은지 의문이 들지 않는 건 아니다. 하지만 그렇게라도 이유를 만들어 안도하지 않으면 가슴속에서 억눌린 불안감이 당장에라도 고개를 쳐들 것 같았다.

시오야마가 사건 이후 지인 중 누군가에게 전화를 걸어 사람을 두 명 죽였으니 도망 다닐 수밖에 없다는 말을 했다고 한다.

피해자가 꼭 한 명이 아닐 수 있음을 깨닫고 기요미의 마음은 줄곧 무거웠다.

그러나 차에서 도망친 사람이 두 명이라고 해도 현재 행방이 묘연한 세 명 중 한 명이 반드시 피해자일 거라고 단언할 수는 없다. 가해자로서 그날 차에만 타지 않고 다른 역할을 맡았을 수 있고, 가능성이 낮지만 애초에 사건과 아예 관련이 없을 가능성도 전무하다고 할 수 없다. 바로 조금 전까지는 그런 믿음이 있었다.

그러나 이런 글들을 보면 의지할 곳들이 맥없이 사라지고 만다.

시오야마가 사람을 두 명 죽였다고 한다. 그 이야기는 과연 얼마나 신빙성이 있을까.

이런 부류의 인터넷 게시판 글을 헛소문이라고 잘라 말하기는 쉽다. 그러나 이 이야기가 완전한 엉터리에 헛소문이라면 이 사람은 왜 일부러 이런 글을 썼을까.

기요미는 충동적으로 인터넷 게시판 창을 닫았다.

얼굴을 감싸고 한숨을 내쉬었다.

머릿속에서 펼쳐지는 진회색 구름은 한숨으로는 사라지지 않았다.

13

다음 날 아침 가즈토는 침대 안에서 신문 배달원의 오토바이 소리 같은 걸 들었다.

잠을 잤는지 못 잤는지 스스로도 구분이 안 됐다. 감각으로는 머리가 마비된 것처럼 사고가 정지된 채 밤의 몇 시간을 보냈을 뿐이고 눈꺼풀 안쪽에는 침대에 누울 때와 같은 피로가 들러붙어 있었다.

가즈토는 집 바깥에서 커튼을 희미하게 비추는 빛을 감지하고 깜빡이던 눈을 비비고 침대 밖으로 나갔다.

옆 침대에서 기요미가 몸을 뒤척이며 가즈토에게서 등을 돌렸다. 어젯밤 사무실에서 인터넷 게시판 등을 확인하고 집에 돌아오고 나서 아내와는 한 마디도 하지 않았다. 입을 열어 봐야 쓸데없는 언쟁만 벌어질 것이다. 기요미는 남편의 사고방식에 실망한 듯하지만 가즈토는 아내가 엄중한 현실을 보지 못한다는 생각이 앞섰다.

화장실에서 세수를 하고 거실 소파에 앉았다. 러그 매트 위에서 잠든 쿠키가 인기척을 느끼고 눈을 뜨고 옆에 다가와서 머리를 쓰다듬어 주었다.

조용한 아침이로군. 가즈토는 빈정거림 섞어 그렇게 떠올리고 몸을 일으켜 신문을 가지러 집 밖에 나가려고 했다.

현관 자물쇠를 풀고 문을 열었다. 속으로 '이 시간에 설마' 하고 생각했지만 기자의 모습은 보이지 않아 조금 안심했다. 그러나 곧장 발밑에 깔린 테라코타 타일에 이상한 얼룩이 묻은 것을 눈치채고 몸이 굳었다.

하얗게 흩뿌려진 것은 아무래도 달걀 껍데기 같았다. 그리고 테라코타 타일을 더럽힌 것이 달걀 내용물인 것도 깨달았다.

밖에 나가 주위를 둘러봤지만 인기척은 없다.

현관문에 달걀을 집어 던졌는지 군데군데 묻은 난액이 문 겉면을 타고 흘러 떨어지고 있다.

소중한 집이 더럽혀졌다는 생각에 가즈토는 대번에 피가 거꾸로 솟았다.

어젯밤 사무실에서 돌아와 거실에서 TV를 켜고 뉴스를 보고 있을 때 도자와 사건 보도로 가즈토가 기자의 질문에 답하는 영상이 나왔다. 피해 소년 주변에 현재 행방이 묘연한 친구가 몇 명 있고 사건과의 관련성을 포함해 경찰이 신중히 수사를 진행 중이라는 아나운서의 내레이션에 "어제부터 연락이 안 돼서 걱정하고 있습니다" 하는 가즈토의 모습이 합쳐져 방송된 것이다.

기자가 약속한 것처럼 가즈토의 얼굴은 비치지 않았지만 대신 쿠키가 보였다. 가즈토의 말투는 당시 기자의 질문에서 벗어나려고 한 상황을 고려하면 어쩔 수 없다고 해도 건성으로 대답하는 느낌이 강했고, 아마 사건에 대해 잘 모르고 방송을 본 평범한 시청자는 사건과 관련성이 높은 소년의 아버지가 사태의 심각함을 전혀 모르고 느긋하게 개 산책을 나왔다고 받아들였을 것이다.

영상은 저녁 뉴스에서도 방송됐는지 인터넷 게시판에 관련 글이 있었다. 다다시를 거의 지목하는 듯한 험담이 드문드문 보였고, 이번 사건에 관심이 높고 근처에 사는 사람이라면 정보를 바탕으로 집 위치를 알아낼 법한 글도 눈에 띄어 가즈토의 불안감을 부채질했다.

가즈토는 거실에서 도자와 경찰서 데라누마 형사의 명함과 무선 전화기를 가져와 현관 문턱에 앉아 도자와 경찰서에 전화를 걸었다.

"네, 도자와 경찰서입니다."

전화를 받은 상대는 데라누마의 목소리가 아니었다.

"여보세요. 이시카와라고 합니다만 데라누마 형사님이나 노다 형사님 계십니까?"

"아, 이곳에는 아직 안 오셨습니다."

어떻게 할지 고민했지만 일단 모르는 상대여도 좋으니 호소하고 싶었다.

"저는 이시카와 다다시의 아버지입니다. 지금 집 밖에 나가 보니 누가 저희 집 현관문에 날달걀을 던졌는지 더럽혀져 있네요."

"아…… 네. 데라누마 형사님께 전해 드리면 될까요?"

상대는 직접 대응할 마음이 없는 듯하다. 경찰은 그 정도 일로 움직이지 않는다고 말하고 싶은 걸까. 가즈토는 혀를 차고 싶은 마음을 꾹 누르고 "네. 그렇게 해 주시죠"라고 대답했다.

전화를 끊고 신문을 읽으며 데라누마의 전화를 기다렸지만 30분이 지나도 올 기색이 없었다. 아직 이른 아침이라 어쩔 수 없다고 생각하면서도 점차 인내심에 한계를 느꼈다. 무엇보다 얼른 현관에 묻은 달걀 자국을 없애고 싶었다.

다다시의 실종 신고를 했을 때도 처음에는 무사태평하던 경찰에게 이런 피해를 신고해 봐야 제대로 된 수사를 해 주지 않을 것이다. 가즈토는 일방적으로 결론짓고 청소부터 하기로 했다. 일단 사무실에서 디지털카메라를 가져와 증거로 피해 상황을 찍었다. 그리고 호스를 외부 수도꼭지에 연결해 현관 주변을 씻어 내고 문은 물걸레질 후 왁스로 광택을 냈다.

현관 주변이 깨끗해지면서 일렁이던 감정도 조금 잦아들었다. 하지만 손은 멈추지 않았다. 애초에 집수리든 청소든 한번 시작하면 철저히 해야 직성이 풀리는 성격이다. 테라코타 타일은 현관 앞뿐만 아니라 마당에 깔린 부분까지 모조리 솔질을 했다. 철제 문기둥과 우편함도 물로 닦고 밀랍을 먹여 윤을 냈다.

10년, 20년 뒤까지 모델하우스로 활용할 수 있도록 디자인뿐만 아니라 자재 하나하나에 정성을 기울인 집이다. 세월에 따른 변화를 맛볼 수 있는 부분 외에는 항상 수리해 새 건물의 느낌을 유지해 왔다.

그런 소중한 집을 어디 사는 누구인지도 모를 날건달이 더럽히게 내버려 둘 수 없다. 너무 훌륭한 집이라 차마 달걀을 던질 마음이 못

들게 해 주마. 가즈토는 그런 일념으로 문기둥에 달린 문패를 정성을 다해 닦았다.

모든 작업을 마친 뒤에는 나무 주변에 돋은 잡초를 제거했다. 한 달에 두 번은 손질하니 높게 자란 풀은 없지만 자잘한 것들이 싹을 틔웠다. 가즈토는 일일이 잡초를 집어서 뽑았다.

누가 집 앞을 지날 때마다 고개를 들어 또 집에 못된 짓을 하러 오는 녀석이 아닌지 경계했다. 그러다가 왜건 차량 한 대가 집 앞에 멈춰 섰다. 현관 주변을 청소하고 한 시간 남짓 지났을 때였다.

차에서 방송국 카메라를 든 남자를 포함한 몇 사람이 내리는 모습을 보고 가즈토는 청소 도구를 정리하기 시작했다.

"안녕하세요! 이시카와 다다시 군의 아버지 되십니까? 다이이치 TV에서 나왔는데 잠깐 이야기 좀 들을 수 있을까요?"

기자는 이웃집에 들릴 만큼 쩌렁쩌렁한 목소리로 물었다.

"거절하겠습니다. 민폐예요."

가즈토의 대답에도 아랑곳하지 않고 기자는 "얼굴은 찍지 않을 테니 질문 두어 개만 대답해 주세요" 하고 출입구에 발을 들였다.

"멋대로 우리 집 부지에 발을 들이지 마세요!" 가즈토는 버럭 소리쳐서 그들의 움직임을 제지했다. "당신들이 제멋대로 보도한 탓에 지금 우리가 무슨 꼴을 당하는지 압니까?"

"어제 하신 인터뷰 말씀이라면 저희는 그쪽과 다릅니다. 뭔가 하고 싶은 말씀이 있다면 들어 드리겠습니다."

"없습니다. 그냥 내버려 두길 바랄 뿐이에요."

"다다시에게서 연락은 없었습니까?"

카메라맨이 카메라를 이미 이쪽으로 향하고 있다.

"없었습니다."

"걱정되시나요?"

사람을 우습게 보는 듯한 질문에 가즈토가 기가 차서 등을 돌리자 기자의 목소리가 뒤따라오는 것처럼 귀를 파고들었다.

"그럼 딱 하나, 딱 하나만 부탁드립니다. 이번에 숨진 구라하시 요시히코 소년에 대해 한 말씀 해 주십시오."

가즈토는 고개를 돌려 기자를 노려봤다.

"제가 왜 그런 걸 답해야 합니까? 왜 우리 아들이 범인이라도 되는 것처럼 이야기해요? 아직 밝혀진 것도 없는데 왜 범인으로 단정 짓느냐는 말입니다."

"아뇨. 그런 의도는 전혀 없습니다." 기자는 태연하게 말을 돌렸다. "다만 사건 발생 전후에 아드님의 행방이 묘연해졌다고 하니 걱정하는 아버지의 마음과 사건에 대한 심정 같은 게 어떤지 궁금할 따름입니다."

"그럼 그렇게 물으셔야죠. 아직 우리 아들이 피해자일 수 있습니다. 그런 가능성도 고려하고 묻는 겁니까?"

"구체적으로 어떤 말씀이시죠?"

구체적으로는 또 무슨 소리인가. 본인의 생각이라는 건 일절 없고 어쨌든 상대 입을 열게 하면 이기는 거라고 생각하는 기자의 말투에 넌더리가 나서 가즈토는 다시 등을 돌렸다.

"아드님이 피해자라고 생각하시는 이유를 알려 주시죠. 혹시 뭔가 알고 계신 사실이라도 있는 겁니까?"

가즈토는 기자의 질문을 무시하고 집 안으로 돌아갔다.

밥과 된장국, 채소 절임뿐인 아침 식사를 하고 있자 집 전화가 울렸다. 기요미가 수화기를 들고 "아, 안녕하세요" 하고 격식을 차린 목소리로 말하더니 "네…… 네…… 맞습니다" 하고 고분고분 대답했다.

"토요일 밤에 나간 뒤로 아직 안 돌아왔고 어제는 경찰분들도 오셔서 이것저것 물으셨는데 저희도 지금 뭐가 어떻게 된 건지 모르는 상황이라……."

"네. 아무래도 중학교 때 들어간 축구팀 아이들 사이에서 뭔가 문제가 있었던 것 같기는 한데……."

"시끄럽게 해서 정말 죄송합니다. 네…… 그런가요. 알겠습니다. 네…… 죄송합니다."

아내가 지나치게 저자세로 사건에 대해 설명해서 가즈토는 무슨 전화인지 궁금해하며 듣다가 기요미가 수화기를 내려놓자마자 "누구야?" 하고 물었다.

"학교 교감 선생님." 기요미가 대답했다. "학교에도 경찰과 언론사에서 전화가 와서 오늘 아침부터 긴급회의 중이래."

언젠가 이런 사달이 일어날 것은 예상했지만 이른 시간부터 그야말로 숨이 턱 막힐 이야기였다.

"그쪽에서 뭐 아는 건 없는 건가?"

"부랴부랴 회의를 열고 우리한테 어떻게 된 일인지 물을 정도니 없는 것 같아."

무뚝뚝하게 대답하는 기요미의 얼굴을 보다가 가즈토는 문득 한마디 하고 싶어졌다.

"그건 그렇고, 아무리 학교라고 해도 그렇게 굽실거리지는 마."

"뭐?"

"그러면 처음부터 우리가 꼭 가해자 같잖아. 학교에서도 그런 식으로 생각할 거라고."

가즈토가 말하자 기요미는 대답하지 않고 시선을 피하며 다시 숟가락을 들었다.

"데라누마 형사님인가요?"

"네, 데라누마입니다."

가즈토는 아침을 다 먹고 소파로 가서 다시 도자와 경찰서에 전화를 걸었다. 이번에는 데라누마가 받았다.

"이시카와 다다시의 아버지입니다."

"아, 네. 이시카와 씨……. 어제는 감사했습니다."

데라누마는 짧게 인사하고 "그런데 무슨 일이시죠?" 하고 물었다.

"오늘 아침 저희 집 현관문에 누가 달걀을 던진 걸 발견해 연락드렸는데 혹시 못 들으셨나요?"

"아, 그렇습니까……? 이야기가 잘 전달이 안 된 것 같군요." 데라누마는 미안해하는 기색도 없이 대답했다. "어떤 상황인 겁니까?"

"문을 여니 현관 앞이 날달걀로 엉망이 돼 있었습니다. 경찰분들이 와 주실 것 같지 않아 청소는 이미 마친 상태고요."

"그렇습니까……. 큰일이 아니면 저희도 출동하기가 어려워서요. 아무튼 그런 일은 평소에 충분히 주의하시는 게 좋을 것 같습니다."

절대 큰일이 아니라고 할 수 없고 아무리 주의해도 이런 건 막지 못한다. 왠지 남의 일처럼 말하는 대답에 석연치 않으면서도 경찰에 의지하는 것 자체가 틀렸을지 모른다는 맥 풀리는 생각도 들어 가즈토는 울분을 어디로 향해야 할지 알 수 없었다.

"아들 일은 그 뒤로 뭔가 밝혀진 건 없습니까?"

가즈토는 마음을 가다듬고 화제를 돌렸다.

"현재까지는 아직 보고드릴 만한 사안이 안 나왔습니다."

"핸드폰 미세 전파로 위치를 추적한다고 하신 건 어떻게 됐습니까? 아직도 못 밝혀낸 건가요?"

"죄송합니다만 수사의 진척 상황을 전부 말씀드릴 수는 없어서요." 데라누마가 담담히 대답했다.

"그건 다다시를 범인 중 한 명으로 보니까 하는 말씀이겠죠. 형사님은 다다시가 사건과 어떻게 관련됐는지 아직 모른다고 직접 말씀하시지 않았나요? 저희는 아들이 행방불명돼 걱정된다는 순수한 이유로 실종 신고를 했습니다. 형사님들도 그렇게 권하셨고요. 그 일에 대해 뭔가 더 밝혀진 게 없는지 묻는 건 당연하지 않겠습니까?"

강하게 몰아붙이자 수화기 너머에서 "그렇습니다만……" 하고 곤혹스러워하는 목소리가 들렸다. 신음하는 듯한 탄식이 몇 초 이어지더니 "그럼 그것만 알려드리지요" 하고 데라누마가 운을 뗐다.

"미세 전파는 포착되지 않았습니다."

"포착되지 않았다고요?"

"네." 데라누마가 대답했다. "추정해 볼 상황이 여럿 있지만 그중 가장 가능성이 큰 건 핸드폰 안에 있는 SIM 카드를 뽑아 버렸을 가능성이죠. 그리고 다른 카드를 집어넣어서 쓰는…… 그런 경우라면 그전의 미세 전파는 물론 사라집니다."

"다다시가 그랬다는 겁니까?"

"단정할 수는 없습니다. 그럴 가능성이 있다는 것뿐이죠. SIM 카드를 다른 경로로 조달해서 교체하는 건 추적 불가능한 핸드폰을 만들 때 쓰는 흔한 수법입니다."

"범죄의 세계에서는 흔할지 모르지만 다다시는 평범한 고등학생입니다."

"평범한 고등학생도 이 정도는 알고 있어도 이상하지 않습니다."

"다다시가 지금 그렇게 약삭빠르게 도주 중이라는 건가요. 역시 범인 취급이군요." 가즈토는 빈정거리며 말할 수밖에 없었다.

"그런 의도로 말씀드린 건 아닙니다만 저희는 앞으로도 모든 가능성을 염두에 두고 대응할 생각입니다."

다다시가 범인일 가능성도 충분히 염두에 두고 있다는 말이나 똑같다. 말투는 어제보다 더 냉정하게 들렸다.

가즈토는 떠올린 김에 물어보기로 했다. "다다시 말고 또 행방불명된 아이들 핸드폰은 어땠죠?"

"역시 거기까지는 말씀드릴 수 없습니다."

"마찬가지로 전파가 포착되지 않은 겁니까?"

데라누마는 대답하지 않았다.

도주 중인 다른 아이들의 상황도 마찬가지라면 다다시도 도주를 위해 그렇게 했다고 해석해도 무방해진다.

아니. 가즈토는 생각을 가다듬었다.

"구라하시의 핸드폰은 어땠습니까?"

"알려 드릴 수 없습니다."

"그 애 핸드폰도 전파가 끊기지 않았나요? 전파가 끊겼다, 끊기지 않았다로 피해자, 가해자를 가릴 수는 없는 것 아닌가요?"

"물론 그 말씀이 맞습니다." 데라누마가 대답했다.

"데라누마 형사님. 전 다다시도 구라하시와 똑같이 피해자라는 생각만 듭니다."

"그건…… 저로서는 뭐라고 말씀드릴 수 없군요."

"행방불명된 아이 중 한 명이 지인에게 전화로 사람을 두 명 죽였다고 했다는 소문이 도는 것 같던데 경찰 쪽에서도 파악하고 있나요?"

"어디서 들으셨습니까?"

"인터넷에서 봤습니다."

"흠…… 그렇군요." 데라누마는 혼잣말하듯 중얼거렸다. "죄송합니다만 그 말씀에도 답변이 곤란할 것 같네요."

"차에서 도망친 아이가 두 명. 행방이 묘연한 아이가 세 명. 그럼 나머지 한 명은 구라하시와 마찬가지로 피해자겠죠."

그때 부엌 식탁 앞에서 가즈토의 이야기를 듣던 기요미가 자리에서 일어나 침실로 들어가더니 문을 쾅 닫아 버렸다.

가즈토는 신경 쓰지 않고 말을 계속했다.

"그 피해자가 분명 다다시일 겁니다. 그런데 경찰분들을 비롯해 언론과 세상 사람들은 다다시를 거의 범인처럼 취급하고 있어요."

"그런 의도는 전혀 없습니다."

"의도가 있는지 없는지 모르겠지만 수사로 밝혀진 사안을 확실히

공표해 주시지 않으면 세상 사람들은 소문만 믿고 제멋대로 공격 대
상을 정해 울분을 풀기 시작합니다. 이대로 있으면 날달걀을 넘어 저
희에게 또 어떤 위해가 닥칠지 모르는 상황이에요."

"그건 충분히 주의해 주셨으면 합니다만, 수사 중에 얻은 정보를 일
일이 공표할 수 없다는 것도 모쪼록 이해 부탁드립니다. 그리고 저희
가 모든 가능성을 염두에 두고 수사를 진행 중이라는 것도요."

"다다시가 범인이 아니라는 걸 얼른 밝혀 주십시오."

"아버님의 말씀은 잘 알겠습니다." 데라누마는 그렇게 대답하고
"참, 말이 나온 김에, 라고 하면 좀 그렇지만, 이번에는 제가 하나 물어
도 될까요?"

"뭐죠?"

"사건이 일어나기 전에 아드님이 소형 나이프 같은 걸 지니고 있는
걸 봤다거나 혹은 어디선가 입수했다고 들으신 적 없었습니까?"

구라하시의 시신에서는 흉기에 찔린 상처가 나왔다고 한다. 그것과
관련된 이야기라는 건 가즈토도 금세 알아차렸다.

다다시가 가지고 있던 칼은 이미 압수했으니 부정해도 된다. 실제
로도 가즈토는 그렇게 말하려고 했다.

그러나 상대가 경찰인 만큼 어쩌면 다다시가 어느 점포에서 공작용
칼을 산 사실을 이미 파악하고 있는 게 아닐까 하는 의심이 들었고,
오해가 생기지 않도록 털어놓는 게 나을 거라고 생각을 고쳤다.

"솔직히 말씀드리면 열흘쯤 전에 본 적이 있습니다. 칼을 가지고 있
는 걸 발견했죠. 뭐에 쓸 거냐고 물었지만 확실히 대답해 주지 않아
제가 압수해서 맡아 두고 있습니다. 그뿐입니다."

"아버님이 칼을 압수하셨다……. 확실한가요?"

"확실합니다. 제 사무실 공구함에 넣어 뒀습니다."

가즈토가 딱 잘라 말하자 데라누마도 "그런가요" 하고 이해한 것처럼 대답했다.

"지금 다시 생각하면 그 애도 뭔가 나름의 신변의 위험을 느꼈을지 모르겠네요."

가즈토는 문득 감상적인 기분에 휩싸여서 말했다. 조금 더 다다시의 주변 상황을 파악하고 있었다면 현실은 다른 방향으로 향했을지 모른다. 그렇게 생각했지만 한편으로는 아무리 신중했어도 내가 과연 그런 걸 알아차릴 수 있었을까 하는 냉정한 생각도 고개를 들었다. 다다시와 미야비에게는 너희의 미래를 알고 있다고 말한 적이 있지만 안타깝게도 나는 초능력자가 아니다.

"그렇군요. 알겠습니다."

데라누마에게는 와닿는 이야기가 아니었는지 그의 맞장구에 감정은 실려 있지 않았다.

오늘은 오후 휴식 시간을 겸해 다카야마 건축의 시공으로 공사를 진행 중인 아키타 저택의 상량식이 예정돼 있다.

공사의 반환점이자 요즘은 시공주의 의향에 따라 생략할 때도 많은 축하 의식이지만 시공주인 아키타 부부는 그런 것을 소홀히 하지 않는 성격인지 간소화하기는 해도 확실히 하고 싶다고 했다.

오늘은 대길일은 아니지만 건축 길일이고 평소에는 회사 일 때문에 바쁜 부부도 짬이 난 듯했다. 중간에 설계 변경 등 예측하지 못한 일이 발생하기는 했지만 현장에서도 어떻게든 상량식을 이날에 맞추기 위해 열심히 작업을 진행해 왔다. 가즈토도 자신을 둘러싼 상황 때문에 크게 내키지는 않았지만 얼굴도장은 찍어야 한다고 생각했다. 점심이 가까워져 오자 침실로 들어가 와이셔츠와 슬랙스로 갈아입었다.

침대에 누워 있는 기요미를 곁눈질하며 침실을 나갔다. 대화는 한마디도 없다. 내가 경찰에 말하는 것을 듣고 기분이 상했다는 건 알지만 위로를 해 줘야겠다는 마음은 들지 않았다.

2층에 올라가 미야비의 방을 들여다봤다.

"학원은 몇 시부터냐?"

미야비는 책상 앞에 앉아 있지만 노트를 펼치지는 않았다. 미야비는 멍한 얼굴로 가즈토를 봤다.

"1시부터인데……."

"조금 이르기는 한데 바래다주마. 아빠는 오늘 점심을 밖에서 먹어야 하고 엄마도 몸 상태가 안 좋아서 못 챙겨 줄 것 같네. 돈 줄 테니 역 앞 맥도널드든 어디든 가서 먹고 와라."

미야비는 대충 고개를 끄덕이고 "어쩌지……" 하고 중얼거렸다.

"어쩌냐니? 안 가려고?"

미야비는 대답하지 않았다.

"모처럼 데려다주겠다는데 가는 게 낫지 않겠어? 집에서 가만히 있어 봐야 뭐가 나오는 것도 아니고."

그렇게 말하자 미야비는 떨떠름한 얼굴로 "응……" 하고 고개를 끄덕였다.

미야비가 준비하기를 기다렸다가 함께 집을 나갔다.

"아, 잠시만요."

아침과는 또 다른 방송국 기자단이 집 앞에서 기다리고 있다가 두 사람을 보자마자 쫓아왔다. 집 안에 있을 때 인터폰을 몇 번 눌렀지만 가즈토는 반응하지 않았다.

"지금 바쁩니다. 다음에 하세요."

"어디 가시죠?"

"무슨 상관입니까. 그나저나 집 주변에서 계속 이러고 있으면 이웃한테 민폐입니다. 그만들 하세요."

"2~3분이면 충분하니 잠깐 시간 좀 내주시죠."

"그럴 시간 없습니다." 가즈토는 딱 잘라 거절하고 현관 앞에서 굳어 있는 미야비에게 말을 걸었다. "얼른 타라."

"행방불명인 아드님에 대해 한 말씀 부탁드립니다."

가즈토는 무시하고 미야비를 차 뒷좌석에 태우고 자신도 운전석에 올라탔다.

"피해자인 구라하시 요시히코에 대해······."

시동을 걸고 앞에 있는 방송국 기자들을 칠 기세로 차를 출발했다.

"무서워······."

기자들을 따돌리고 조용히 한숨을 내쉬었을 때 뒤에서 미야비가 중얼거리는 소리가 들렸다.

"괜찮아?"

가즈토의 질문에는 답하지 않고 미야비는 오히려 "오빠, 아직 범인으로 확정된 건 아니지?" 하고 확인하듯 되물었다.

"물론이지."

"만약 오빠가 범인이면 어떻게 되는 거야? 언론사에서 더 많이 몰려오지 않을까?"

물론 그럴 게 눈에 선하지만 긍정해 봐야 딸의 불안감만 부채질할 뿐이니 가즈토는 일부러 입을 다물었다.

"내 입시는 어떻게 돼? 가족이 그런 사건의 범인이면 도시마 여학원에 응시해도 떨어지는 거 아니야?"

"그게 무슨…… 그럴 리 있나."

"그럴 리 있어. 사립은 그런 쪽으로 엄격하니까. 아무리 열심히 공부해도 그런 흠결이 있으면 떨어뜨릴 거야."

"너무 생각이 과해. 넌 너니까 오빠 일과는 상관없어."

"다른 사람들은 그렇게 생각하지 않을걸." 흥분했는지 미야비의 목소리가 높아졌다. "살인 사건의 범인 가족들은 보통 집을 이사한대. 극단적인 선택에 내몰리는 사람도 적지 않고. 가족은 상관없다는 식의 논리가 통하지 않아. 나도 아마 직장을 못 구하고 결혼도 못 하게 될 거야."

"말도 안 되는 소리 하지 마라."

"하지만……."

"다다시가 범인이라고 생각하고 싶지 않지만." 가즈토는 말했다. "만약 그렇다고 해도 책임 있는 건 부모인 아빠랑 엄마지. 너와 상관없는 일은 신경 쓰지 않아도 된다."

미야비는 침묵하다가 잠시 후 다시 입을 열었다. "범인이 아니라면 괜찮겠지만……."

가즈토는 룸미러로 미야비를 봤다.

미야비는 애써 감정을 억누르듯 냉정한 표정을 짓고 있지만 눈에는 희미하게 눈물이 맺혀 있다.

"엄마 앞에서는 못할 말이지만…… 오빠가 범인이 아닌 게 나아. 범인이면 다 망해."

범인이 아니면 어떤 가능성이 커질까. 다 알고 하는 말이 틀림없다.

딸은 지금 나와 같은 생각을 하고 있다. 가즈토는 그렇게 생각했다.

그렇다고 의지가 되지는 않았다. 딸의 입에서 튀어나온 생각은 그야말로 잔인한 기운을 머금고 있고, 나 자신도 같은 마음이라고 쉽게 용인할 수는 없었다.

그러나 그런 생각을 내뱉을 수밖에 없는 미야비가 딱하다는 생각이 들었다.

미야비를 역 앞에 내려주고 니이자에 있는 아키타 저택 공사 현장으로 향했다.

아키타 저택은 기둥이 2층까지 올라갔고 지금은 마룻대가 지붕 위에 올라가는 중이었다.

높은 곳에서 기술자들이 서로 대화를 주고받으면서 위치를 미세하게 조정하며 마룻대를 결속하고 있다. 아키타 부부가 아이들과 함께 그 모습을 올려다보고 있었다.

"어떻게든 완성돼 가네요."

가즈토가 옆에 가서 말을 걸자 부부는 웃는 얼굴로 고개를 숙였다.

"송구스럽습니다. 저희가 원하는 게 너무 많아서." 남편이 미소를 쓴웃음으로 바꾸고 말했다.

"아뇨. 무리한 부탁이면 저도 받아들이지 못했을 겁니다." 가즈토는 손사래를 쳤다. "이번에는 어떻게든 할 수 있을 거라 예상했고 과감한 시도를 통해 더 좋은 결과물이 나왔다고 봅니다."

"다 선생님 덕분이에요." 아내가 말하고 다시 고개를 꾸벅 숙였다.

"당치도 않습니다. 다 현장에 계신 분들이 열심히 해 주신 덕분이죠. 오늘 인사하면서 고생하셨다는 말 한마디 해 주시면 좋을 것 같습니다."

"그러겠습니다." 남편은 그렇게 대답하고 머지않은 미래에 자신들의 삶의 터전이 될 거대한 목조 구조물을 올려다봤다. "골조뿐인데도 이렇게 완성돼 가는 모습을 보니 뭔가 감동적이네요."

"원래 이런 목조 축조 공법은 골조만으로도 황홀할 만큼 아름답지요. 그렇죠?"

"네." 부부가 고개를 끄덕였고 뒤이어 남편이 말했다. "아름답고 그야말로 튼튼해 보이네요. 목조 주택은 지진 같은 게 닥치면 큰일이지 않을까 하는 걱정도 조금 있었는데 이 골조를 보고 안심했습니다."

"집은 역시 골조가 중요합니다." 가즈토는 말했다. "약간의 진동 같은 건 영향을 주지 못하는 집을 만들고 있으니 걱정하지 않으셔도 됩니다."

"감사합니다. 사전에 상의할 때 선생님이 '집은 가족의 형태 그 자체'라고 하신 말씀을 돌이켜 보면 집이 먼저 지어지겠지만 이 집에서 사는 동안 저희도 더 끈끈하게 맺어진 가족이 되지 않을까 싶네요."

집은 가족의 형태 그 자체. 가즈토의 건축 철학이자 주문식 주택을 의뢰한 의뢰인에게 종종 하는 말이기도 하다.

그러나 의뢰인 남편의 말은 가즈토의 귀에 왠지 조롱 섞인 것처럼 들렸다. 정말로 그런 의도가 있었는지 그의 얼굴을 되돌아봤지만 얼굴에서는 순수한 반짝임만이 느껴졌다. 가즈토의 집안을 덮친 먹구름을 부부가 아는 기색은 없다.

"공물은 준비하셨나요?"

가즈토가 화제를 바꾸자 부부는 옆에 둔 종이봉투 몇 개에 눈길을 향했다.

"네. 말씀하신 건 전부 가져왔습니다."

"그럼 준비할 때는 저도 도울 테니 말씀하십시오."

"잘 부탁드립니다."

가즈토는 부부 옆을 떠나 현장 감독과 나란히 서서 상량 과정을 지켜보는 다카야마 건축 사장에게 발걸음을 향했다.

"고생하십니다."

가즈토의 목소리를 듣고 다카야마 사장이 가볍게 고개를 끄덕이며 반응했다.

"여, 왔군."

그의 태도가 왠지 차갑게 느껴져 가즈토의 발걸음이 순식간에 무거워졌다.

"나중에 이야기하지."

꼭 다가오는 것을 제지하듯 말해서 가즈토는 고개를 끄덕였다. 다카야마는 머리 위 작업 현장으로 눈길을 되돌렸다.

사건에 대해 뭔가 들었을지 모른다……. 거의 직감적인 생각이 머리를 스쳤다.

의뢰인 부부 쪽으로 돌아가는 발걸음도 무거웠다.

상량을 무사히 마치고 가즈토는 부부 중 남편과 함께 2층에 올라가 제단을 만들었다. 공물을 늘어놓고 작업원들이 모이자 기둥 끝에서 간소한 상량 의식을 치렀다. 소금과 쌀, 술을 사방에 뿌리고 끝내기 박수로 의식을 마친 다음 아래에 빙 둘러앉아 도시락을 먹었다.

"오늘 이렇게 상량식을 무사히 마칠 수 있었던 건 다카야마 건축을 비롯한 현장에 계신 여러분, 그리고 이시카와 선생님 덕분입니다. 꿈에 그리던 이 집이 완성될 날을 가족이 다 함께 간절히 기다리고 있지만, 현장에 계신 여러분들께서는 부디 별다른 사고 없이 앞으로도 안전에 주의하며 작업해 주시기를 부탁드립니다. 그럼 남은 기간도 잘 부탁드리겠습니다."

아키타가 주뼛주뼛 인사하자 간이 탁자 앞에 앉은 사람들에게서 박수가 터졌다.

가즈토에게도 인사 차례가 돌아왔다.

"오늘 이렇게 화기애애하게 상량식을 치를 수 있었던 건 시공주인 아키타 가족분들께서 새집에 거는 열정과 희망 덕이라고 생각합니다. 그리고 가족분들이 꿈꾸는 집이 점차 형태를 갖춰 가는 모습을 두 눈으로 보며 이 일에 종사하는 기쁨을 새삼 되새길 수 있었습니다. 상황에 따라서는 앞으로도 현장 작업원분들이 '이 건축가는 왜 이렇게 설계를 복잡하게 해서 나를 고생시키나'라고 생각하는, 좋게 말하면 장인의 실력을 선보일 기회가 또 생길지 모르지만 모쪼록 그런 과정들도 무사히 돌파해 훌륭한 집이 만들어졌을 때 여러분과 함께 또 기쁨을 나눌 수 있을 거라고 생각합니다."

가즈토는 지금 자신의 기분상 힘찬 목소리를 낼 수 없어서 어떻게든 평소대로 하자고 의식했지만 중간에 현장 작업원들 사이에서 가벼운 웃음소리가 들렸고 인사가 끝난 뒤에는 시공주가 인사했을 때와 별반 다르지 않은 박수가 터져 나왔다.

그러나 주변을 얼핏 둘러봤을 때 다카야마 건축 사장만은 이야기를 들었는지 못 들었는지 가즈토에게 눈길 한번 주지 않고 손뼉을 치는 모습도 볼 수 없었다.

다카야마 사장도 간단히 인사했지만 앞으로도 사고 없이 무사히 작업을 이어 가고 싶다고만 할 뿐 목소리에는 평소의 활기가 없었다.

인사를 얼추 다 마치고 삼삼오오 모여 도시락을 먹었다. 작업원 중에는 시공주가 권한 맥주에 입을 대는 사람도 있었지만 차를 타고 온 가즈토를 포함해 다카야마 사장은 완곡히 거절했다.

도시락을 다 먹고 다카야마 사장이 자리를 벗어나 노송나무로 만든 토대에 걸터앉아 담배를 피우기 시작했다. 그 모습을 힐끗거리고 있자 얼마 안 돼 다카야마와 눈이 마주쳤고 그는 가볍게 손을 들었다.

가즈토도 자리에서 일어나 다카야마 사장 옆으로 갔다.

다카야마는 가즈토가 옆에 앉아도 잠시 말없이 담배만 피우다가 이내 입을 열었다.

"하나즈카 사장한테 들었네. 이시카와 선생네 아들이 그때 말한 하나즈카 사장 외손자 사건과 관련돼 있다며?"

"하나즈카 사장님이 그러시던가요?"

다카야마는 힘없이 고개를 끄덕였다.

"가해자들이 지금껏 붙잡히지 않았고 심지어 상대도 미성년자라는 점 때문에 현재 수사가 어떻게 진행돼 가는지 전혀 알 수 없나 봐. 그래서 하나즈카 사장의 친척과 딸 부부 주변 사람들이 애가 타서 이런저런 소문을 수집하고 있는데 그 와중에 선생네 아들 이름이 나왔고 하물며 신빙성도 제법 높다는 거 아니겠어?"

"그런가요." 가즈토는 무겁게 그의 이야기를 받아들였다.

"게다가 방송 기자와 인터뷰한 사람도 얼굴은 나오지 않았지만 선생 맞지?"

가즈토는 인상을 쓰며 고개를 끄덕였다.

"저희 아들이 토요일 밤부터 행방이 묘연한 건 사실입니다. 경찰이 집에 찾아와 상황을 듣고 갔고 그 뒤로 실종 신고를 했고요."

"하나즈카 씨 외손자와 친구 사이였다는 건 알았나?"

"저는 전혀 몰랐는데 중학교 때 같은 축구팀에 있었다더군요."

그 말을 듣자 다카야마는 담배 연기와 함께 깊숙이 한숨을 쉬었다.

"그것 참 큰일이군……. 선생은 어쩔 생각인가?"

질책의 기운이 섞인 한탄을 듣고 가즈토는 순간 말문이 막혔지만 어떻게든 냉정하게 대답하려고 했다.

"물론 구라하시 요시히코의 일은 안타깝게 생각하고 하나즈카 사장님도 제가 아는 분인 만큼 가슴이 아픕니다. 하지만…… 저희 아이가 사건과 어떤 식으로 관련됐는지 아직 아무것도 밝혀진 게 없습니다."

그러자 다카야마는 가즈토를 날카롭게 노려보고 조용히 혀를 찼다.

"무슨 소리야. 그쪽은 이미 죽었어. 돌이킬 수 없다고. 그쪽 입장이 되어 생각해 보게. 이건 어떻게 관련됐는지 차원의 문제가 아니야. 그런 건 상관없어."

"아뇨. 아닙니다." 가즈토는 항변했다. "제가 하고 싶은 말은 그게 아니라 저희 아들이 아직 사건의 가해자인지도 정확히 밝혀지지 않았다는 겁니다."

"응……?" 다카야마는 이맛살을 찌푸리며 가즈토를 봤다.

"어쩌면 저희 아이도 피해자일 수 있습니다. 아직 모릅니다."

다카야마는 가즈토에게서 시선을 피하고 낮게 신음하고 침묵하더니 잠시 후 힘없이 고개를 가로저었다.

"선생. 그건 조금 억지스러운 이야기 같군. 선생 아들도 피해자라면 왜 아직 발견되지 않았겠나?"

"그건 저도 이유를 모르겠습니다. 경찰은 저한테도 아무것도 알려주지 않으니까요."

"어렵군. 어려운 일이야." 다카야마는 혼잣말하듯 중얼거렸다. "선생. 그 얘기는 옆에서 들으면 꼭 당장 아무것도 밝혀지지 않은 상황을 역이용하는 면피용 변명으로만 들리네."

"하지만 정말로……."

가즈토의 반론을 차단하듯 다카야마는 다시 말을 이었다.

"이건 나도 들은 이야기라 사실인지 아닌지 모르겠지만 가만히 입 다물고 있을 위인이 못 돼서 말하겠네. 사실이 아니라면 정말 미안하네. 선생네 집 아들, 이름이 다다시라고 했나? 아무튼 그 애가 평소에도 성격이 꽤나 난폭해서 같은 축구팀 선배한테도 '나한테 공 안 돌리고 뭐 하는 거야?'라는 식으로 거리낌 없이 말하는 타입이라더군. 성격이 그러하니 중학교 시절에는 1군에도 올라가 활약한 모양이고. 반면 구라하시 요시히코는 줄곧 2군에 머물러 있어서 다다시와는 대등한 친구라기보다 함부로 맞서지 못하는 사이라는 느낌이었다고 하네.

그런데 결국 다다시가 그 팀의 고등학생팀에는 오르지 못했다지? 실력이 뛰어나도 독선적인 플레이 때문에 팀워크를 저해할 때가 많아 올라가지 못했다는 소문이 돌았나 보더군. 내가 축구는 일본 대표팀 시합 정도만 보는 수준이기는 해도 실력이 뛰어나다고 해서 반드시 시합에 투입되는 게 아니란 것 정도는 아네.

그래서 고등학교 동아리에 들어가 축구를 계속했다고 하는데 부상을 당해 그것도 못 하게 됐다더군. 미래에 J리그 선수로 뛰고 싶다고 틈만 나면 주변에 말하고 다녔다고 하니 아마 거기서부터 어긋나지 않았을까? 아무튼 그때부터 조금 비뚤어져서 구라하시를 데리고 밖으로 돌기 시작했대. 구라하시는 성격이 온순한 아이라고 하니 그런 꼬임을 거절하지 못했겠지. 그러다가 점점 비행의 강도가 심해져 밤새 집에 안 들어오고 놀고 나쁜 친구들과 어울리고 그룹에서 나가겠느니 못 나가느니 문제로 다투게 되다가 급기야 최악의 사건으로까지 발전했다…… 지금 그런 소문들이 돌고 있네."

다카야마는 입으로는 소문이라고 하면서 마치 사실이라고 주장하는 눈빛으로 가즈토의 반응을 살폈다.

"그 소문이 어디까지가 사실인지 전 잘 모르겠습니다." 가즈토는 눈을 내리깔고 말했다. "다다시가 축구에 열중했던 건 사실이니 진심으로 프로 선수를 목표로 했을 수 있고, 열의가 넘친 나머지 건방진 태도로까지 이어졌을지도 모르죠. 하지만 어디까지나 아들이 아직 어려서 그런 거라고 생각합니다. '내 실력으로 보면 J리그는 어렵겠지만 하부 리그팀 정도는 들어가 착실히 몇 년간 실력을 쌓고 공부해서 지도자가 되겠다' 같은 현실적인 생각은 떠올리지 못했겠죠. 말하자면 유스팀에 오르지 못하거나 부상을 당한 것에도 불운의 요소가 있었다고 하지만 중요한 건 많은 사람들이 성장해 가며 현실을 깨닫는 동시에 시야가 트이고 사고방식도 건강해진다는 겁니다.

그런 것들을 좌절로 받아들이는 건 본인 마음이지만 그것도 어른이 돼 가는 과정 중 하나에 불과하죠. 저희 아들이 그런 것도 이겨 내지 못할 아이였다는 건 좀처럼 믿지 못하겠습니다. 축구를 하던 시간이 비어 한가함을 주체하지 못하는 친구들과 어울리게 됐다……. 거기까지는 이해할 여지가 있습니다. 하지만 거기서부터 시작해 이런 사건까지 일으키는 건 너무 비약이 심합니다. 저희 아들이 그렇게까지 모든 걸 포기했다고 생각하지는 않습니다. 친구들 사이에 어떤 갈등이 있었는지 몰라도 저희 아들이 그 중심에 있었고 구라하시가 희생양이 됐다는 건 좀 상상하기가 어렵네요."

다카야마는 잠자코 듣다가 이내 고개를 옆으로 살짝 기울였다.

"믿고 싶지 않은 심정은 이해하지만 아이들이 그렇게 하나하나 논리를 따져 가며 움직이지는 않지 않겠나?"

"굳이 말로 하면 논리라 해야겠지만 그렇지 않습니다. 이건 아들의 성격과 저 자신의 경험을 전부 고려한 느낌 비슷한 겁니다."

"업무상의 논리라면 데이터나 근거를 바탕으로 성립한다고 하지만, 글쎄 난 좀 납득하기 어렵군. 그냥 느낌을 말하는 거라면 나도 마찬가지일세. 난 머리가 나빠서 세상만사 모르는 것투성이야. 하지만 누가 잘못이 없고 고통받고 있는지 정도는 아네. 그런 사람을 편들어 주고 싶은 게 내 본능 같은 거고.

선생. 난 말이지. 선생과 벌써 10년 정도 알고 지냈지만 하나즈카 사장과는 30년 넘게 교류해 왔네. 이번 일로 어느 쪽 편에 설지를 고르라면 하나즈카 사장을 택할 수밖에 없어. 그러지 않으면 내 평소 신조에 반하게 되고 업계에서 설 곳도 잃어버릴 걸세. 업계에서 잔뼈가 굵은 이들은 다들 내 말과 행동을 주시하고 있을 테니. 인간으로서 경멸받으면 그걸로 끝이야.

그러니 선생. 어쩌면 난 앞으로 선생의 일을 받지 못할 수도 있을 것 같네. 적어도 하나즈카 도장 역시 앞으로 선생과 일을 하지 못할 테고. 거래처가 줄어들어 선생도 일하기가 어려워지겠지만 어쩔 수 있겠나. 그리고 나도 그만큼 일을 더 못하게 되니 곤란한 건 마찬가지일세. 하지만 상황이 이런데 방법이 없지. 내가 아까 큰일이라고 한 건 그런 뜻이네. 선생도 못 믿겠다고 할 것만 아니라 앞으로 현실을 좀 더 직시해야 할 거야. 선생과 이렇게 둘이 대화를 나누는 김에 말해 둬야겠다고 생각했네.”

가즈토는 눈앞이 점차 캄캄해지는 느낌을 받으며 다카야마의 이야기를 들었다.

사건 때문에 일을 전처럼 할 수 없는 상황을 가장 두려워했다.

가즈토가 설계를 맡은 일에서 목조 축조 공법을 활용한 집을 지을 수 있는 건 최근 5~6년간 거의 모든 시공을 다카야마 건축에 맡겨 온 덕이다. 그전에는 다른 건축 사무소에도 의뢰했지만 자연스럽게 다카야마 건축으로 몰리게 됐다. 그 정도로 실력이 확실하고 가즈토의 요청도 충실히 실현해 주었다.

가즈토가 맡은 일에서 목조 축조 공법과 철근 콘크리트 등의 다른 공법의 비율을 따지자면 7 대 3 정도 될까. 가즈토는 자연의 나무를 아낌없이 활용한 목조 축조 공법을 선호했고 그 점이 건축가로서 장점이 된 측면도 있다. 다카야마 건축과 관계가 끊기면 손발이 묶이는 거나 마찬가지다.

미야비가 그랬다. 살인 사건 범인의 가족은 보통 집을 이사하고 극단적인 선택에 내몰리는 사람도 적지 않다고.

나는 앞으로 이 난관을 헤쳐 나갈 수 있을까.

다다시가 범인으로 확정된 건 아니다. 머리로는 오히려 피해자일 가능성이 크다며 수없이 되뇌었지만 거대한 불안감은 멋대로 퍼져 갔다.

"구라하시의 시신이 오늘 중에는 하나즈카 사장 딸 부부의 집에 돌아온다고 하네. 그래서 날짜상 내일은 경야 의식*을 해야 한다더군. 그쪽은 그쪽대로 지금 힘든 상황일세. 악몽의 한복판에 선 느낌이겠지. 아무튼 그런 이야기까지 들은 마당에 나는 선생 편을 들 수는 없어. 모쪼록 언짢게 생각하지 않아 줬으면 하네."

아직 밝혀진 게 없는 상황에서 범인 취급을 하는 데는 끝까지 저항하고 싶었다.

그러나 그 근거가 자신의 희망적 관측일 뿐이라 다카야마 같은 상대를 설득하기에는 힘이 달린다는 것을 깨달았다.

가즈토는 더는 입을 열 수 없었다.

* 장례식 전날 식단 앞에 고인을 기리며 밤샘을 하는 의식.

I4

가즈토가 집을 나간 뒤로 잠시 밖이 웅성거렸지만 이내 잦아들었
다. 기요미는 비실비실 침실을 나가 부엌 의자에 앉아 잠시 멍하니 있
었다. 미야비가 학원에 가야 하니 점심밥을 준비해야겠다고 생각했지
만 몸이 생각대로 움직이지 않았다. 그러는 동안 2층에 인기척이 없
다는 것을 깨닫고 이미 학원에 간 것 같다는 생각에 이르렀다. 머릿속
에서 현실을 파악한 것은 고작 그 정도고 그 뒤로는 끝없이 몰려오는
불안의 파도에 시달리고 있었다.

가즈토가 경찰에 전화해 다다시를 피해자라 생각한다고 호소하는
소리를 듣고 있으니 혼란이 더 심해져 가만히 있을 수 없었다.

대체 남편은 무슨 생각으로 경찰에 그런 말을 한 걸까. 기요미는 도
무지 이해할 수 없었다.

그 말은 다다시가 살해됐다고 하는 거나 마찬가지다.

자신은 그런 상황을 바란다는 거나 마찬가지다.

거짓말이라고 해도 그런 말은 듣고 싶지 않았다. 결국 남편은 자기
아들이 살인범인 것을 인정할 수밖에 없다는 마음이라 그렇게 말하는
게 아닐까. 책임을 회피하고 싶을 뿐인, 도피를 위한 희망적 관측이다.
그런 주장에 동조할 수는 없다.

다다시는 분명 살아 있을 것이다. 기요미는 조금 무리해서 믿고 아
들이 지금쯤 뭘 하고 있을지를 떠올리기로 했다.

경찰도 아직 행방을 파악하지 못한 듯하다. 수사가 어디까지 진행
됐는지 몰라도 미성년자가 엮인 사건이라 진척이 있다고 해도 정확하

지 않은 정보를 공표하지는 않을 것이다.

경찰의 손아귀에서 도망치고 있다면 그건 또 그것대로 걱정이다. 기요미는 아들이 부디 현실을 비관해 이상한 생각을 품지 않기를 바랐다.

가즈토는 오늘 상량식에 간다고 했나.

기요미는 일이라 어쩔 수 없다고 해도 이런 상황에 태연하게 경사에 얼굴도장을 찍는 무신경함이 부럽다고 비아냥거리며 생각했다. 정작 기요미는 일이 전혀 손에 잡히지 않았다.

밖에서 차가 멈추는 소리가 들렸고 잠시 후 인터폰이 울렸다. 요즘 초인종 소리에 묘한 공포감이 싹트기 시작했다. 또 기자가 찾아왔을 거라고 생각해 웬만하면 집에 없는 척할 생각으로 스크린을 확인했는데 그곳에 가스카베에 사는 언니의 얼굴이 비쳤다.

걱정되는 마음에 상황이 어떤지 보러 온 듯하다. 와 준다고 달라질 건 없지만 솔직히 어느 정도 의지는 될 것 같았다.

자물쇠를 풀고 현관문을 열었다. 사토미의 얼굴보다 먼저 뒤에 우두커니 선 깡마른 사람을 발견하고 기요미는 순간 가슴이 덜컥했다.

"엄마……."

기요미의 어머니 후미코는 딸의 말에 호응하듯 고개를 한 번 끄덕였다.

"네가 오히간에 못 내려올 것 같다고 해서 잠깐 얼굴 좀 보러 왔다."

어머니는 씁쓸한 커피에 설탕 한 스푼의 단맛을 더한 듯한 애달픈 미소를 짓고 기요미를 봤다.

"이렇게 멀리 와도 괜찮아?"

"이런 건 먼 축에도 못 들지. 차만 타면 올 수 있으니."

웃는 엄마의 안색이 나쁘지 않은 것 같아 기요미는 안심했다.

"네가 말하지 말라고 했다는데 같이 사는 마당에 영원히 숨길 수는 없는 노릇 아니겠니."

어머니도 이야기를 들었나 보다. 기요미는 말해 버린 언니를 원망하듯 힐끗 쳐다봤지만 뭐라고 할 수는 없어서 그냥 "들어와" 하고 두 사람을 집 안에 들였다.

"애들 아빠는 꼭 참석해야 하는 일이 있어서……. 오늘은 미야비도 학원에 갔고."

남편과 딸이 집에 없다고 설명하는 기요미에게 어머니는 "그래" 하더니 웬 보자기를 부엌 식탁에 내려놨다.

"기요미. 점심은?"

"아직."

"그래, 다행이네." 어머니는 그렇게 말하고 보자기를 펼쳤다. "왠지 안 먹었을 것 같아서 집에서 만들어 왔어."

주먹밥이 든 호일 상자를 보고 기요미는 정겨운 느낌이 들었다. 맞아, 엄마가 싸 준 도시락은 이랬지……. 그 기억은 싸늘한 가슴에 잠시나마 온기를 선사했다.

가즈토와 미야비 몫도 가져왔는지 반찬은 3단 도시락 상자에 가득 차 있었다.

"전부 유기농으로 만들었으니 맛있을 거야. 기요미. 이럴 때일수록 잘 챙겨 먹어야 해. 체력이 부족하면 정신력도 꺾여 버리니."

"고마워……. 차 끓여 올게."

자상한 어머니의 모습에 눈시울이 시큰해져 어떻게든 몸을 움직이려고 부엌으로 향했지만 사토미가 "괜찮으니 얼른 먹기나 해" 하고 제지하는 바람에 기요미는 손만 씻고 다시 식탁 앞으로 떠밀리듯 왔다.

"이게 매실장아찌가 든 주먹밥이고 이건 잘게 부순 연어를 넣은 거. 그리고 이 토란은 간이 잘 뱄고 연근도 달짝지근하게 볶아서 맛있으니 많이 먹으렴."

"고마워……. 엄마랑 언니는?"

"당연히 같이 먹어야지." 사토미가 차를 끓이면서 미소 지었다. "너 혼자 다 먹으려고?"

"다 못 먹지." 기요미도 희미하게 웃으며 답하고 젓가락을 들었다. "그럼 잘 먹을게."

식욕이 전혀 없지만 토란과 연근을 입에 넣자 풍부한 맛이 퍼졌고 반사적으로 입이 우물거렸다. 음식이 좁아진 듯한 식도를 부드럽게 지나갔다.

같이 밥을 먹자고 한 어머니는 도시락 상자를 딸 앞으로 내밀고 딸이 먹는 모습만 지켜봤다. 남이 빤히 쳐다보고 있으면 밥도 넘어가지 않지만 그래도 기요미는 입을 계속 움직였다.

언제였을까.

기요미는 불현듯 어머니가 손수 만든 요리를 울면서 먹은 기억을 떠올렸다.

초등학교 2, 3학년 무렵. 아주 오래전 일이다.

왜 울었는지도 기억한다.

친구 집에 놀러 갔는데 친구가 돈이 생겼으니 쇼핑을 하러 가자고 했다. 기요미가 용돈으로 백 엔 동전을 하나씩 받던 시절이었는데 그 아이는 천 엔 지폐를 기요미에게 보여 줬다. 기요미는 깜짝 놀랐지만 순순히 친구를 따라가서 과자와 장난감을 사 와 친구 집에서 함께 먹으며 놀았다.

잠시 후 친구의 어머니가 돌아왔다. 친구의 어머니는 과자와 장난감을 발견하더니 어떻게 이렇게 많이 샀느냐며 캐물었다. 친구가 가지고 있던 돈은 용돈이 아니라 거실 어딘가에 있던 돈을 슬쩍한 것이었다.

친구의 어머니는 아이를 나무랐다. 그리고 기요미가 사고 싶다고 해서 산 장난감이 있다는 것을 듣고 기요미도 질책했다. 기요미의 집까지 따라가 어머니를 만나고 두 아이가 무슨 짓을 했는지를 알렸다. 어머니는 그녀에게 사과했고 반을 부담하는 것으로 이야기가 마무리됐다.

지금 생각하면 두 어머니에게 모두 교육적인 의도가 있었을 것이다. 그러나 기요미는 자신의 어머니가 고개를 숙인 사실이 분해서 견딜 수 없었다. 집안 형편이 넉넉지 않은 것도 아는데 손해를 끼친 것도 충격이었다. 부유하지 않으므로 남의 돈을 쉽게 쓰려고 한 자신의 금전 감각에 화가 치밀었다.

친구의 어머니가 돌아가자 기요미의 어머니는 저녁밥을 차리기 시작했다. 어머니는 돈에 대한 이야기는 한마디도 하지 않았다. 그저 기요미에게 밥을 다 차렸으니 먹으라고만 했다. 과자를 먹은 탓에 식욕이 없었지만 그래도 따스한 밥을 한술 떠서 입에 넣어 꼭꼭 씹어 넘기자 온기가 배에까지 스며드는 듯했다.

그 후 기요미는 자신의 한심함과 억울함이 단숨에 밀려와 울면서 밥을 먹었다.

그때의 기억이 순간 되살아나 뇌리에 희미한 빛을 비추고 순식간에 사라졌다.

지금 눈앞에 있는 사람은 하얗게 센 머리에 주름이 눈에 띄고 두 뺨도 움푹 팬 늙은 어머니다.

그러나 기요미는 그 무렵과 마찬가지로 지금도 울음을 터뜨리고 있었다.

말썽꾸러기 어린아이처럼 큰 소리로 흐느꼈다.

"기요미." 어머니가 딸의 손을 잡고 문질러 주었다. "힘들지? 딱하게도…… 얼마나 힘들까."

"어떡해야 할지 모르겠어." 기요미는 오열하며 목소리를 쥐어짜 냈다. "다다시가 범인일지도 모른다…… 범인이 아니면 죽었을지도 모른다…… 그런 소리가 귀를 파고들어서 머릿속이 엉망진창이야."

기요미는 어머니의 손을 붙잡고 오열의 파도에 몸을 들썩이며 괴로운 심정을 토로했다.

"애 아빠는 다다시가 범인일 리 없다고, 그런 식으로 애를 키운 기억이 없다고만 하고…… 난 다다시가 살아 있으면 하는데, 부디 살아 있기만을 바랄 뿐인데…… 왜 이렇게 힘든 걸까."

"참고 또 참느라 힘들었겠지……. 응. 너라면 그랬을 거야."

사토미가 덩달아 울음 섞인 목소리로 말하며 눈물범벅이 된 기요미의 얼굴을 손수건으로 닦아 주었다.

"괜찮다, 기요미." 어머니가 그렇게 말하고 고개를 연신 끄덕였다.

"다다시는 분명 살아 있을 테니. 그렇게 훌륭하게 키운 애가 그리 쉽게 죽을 리 없으니 괜찮아."

"나도 그렇게 생각하지만……."

"아범도 워낙 갑자기 닥친 일이고 여러 가지로 마음의 준비가 되지 않아서 그런 말을 하는 걸 거야. 자, 얼른 눈물 닦고. 이제는 속이 좀 시원하지?"

기요미는 어머니의 말대로 사토미의 손수건을 빌려 볼에 흐르는 눈물을 닦았다. 티슈를 뽑아 코도 풀었다.

눈물은 아직 흐르지만 그래도 제법 안정을 되찾았다. 어머니는 딸의 모습을 보고 고개를 한 번 끄덕이고 다시 딸의 손을 잡았다.

"기요미, 지금 중요한 건 각오를 다지는 거야. 마음만 확실히 다지면 아무것도 무섭지 않은 법이니까. 앞으로는 말이지. 지금까지와는 다른 삶을 살게 될 수도 있어. 고개를 한껏 낮추며 풍파에 휩쓸리지 않도록 숨을 죽이고, 남들이 누리는 것들도 양보하며 사는 거야. 기요미. 엄마는 말이지. 우리 딸이 멋들어진 집에 살고 맛있는 걸 먹고 가족들 사이에 웃음이 끊이지 않는 행복한 인생을 살기를 바랐단다. 하지만 너도 그런 건 충분히 맛봤잖니. 세상에는 다른 삶의 방식이라는 것도 있는 거야. 꼭 이런 좋은 집에 살지 않아도 된다. 행복을 느끼는 것보다는 정말 잃어서는 안 될 걸 지키는 게 중요해. 매일 세상을 뜬 피해 아이를 향해 두 손을 모으고, 그런 식으로 부모인 네가 책임을 지는 거지. 그럼 다다시도 반드시 다시 일어설 수 있을 테니. 네가 다 등에 업으면 다다시도 다시 일어설 수 있어. 그러니까 기요미. 넌 자신을 버리고 다다시를 지킬 각오를 다져야 해……. 알겠지?"

어머니의 이야기를 들으며 기요미는 또다시 눈물이 멈추지 않았다. 눈물을 뚝뚝 흘리며 계속해서 고개를 끄덕였다.

어머니에게 공감받았다는 기분이 가슴속에 달라붙어 모든 불안감을 해소해 주는 듯했다. 배 아파 낳고 매일 밥을 차리고 몸을 씻기고 감기라도 걸리면 옆에 찰싹 붙어 간호하면서 인생의 하나부터 열까지를 알려 주며 소중하게 길러 온 내 자식이 앞으로 불행해질 것을 어머니는 용납하겠다고 한다. 땅바닥에 넙죽 엎드려 모래를 씹는 인생을 살게 되어도 받아들이겠다고 했다.

그렇다면 뭐든지 할 수 있을 거라 생각했다. 다다시가 무슨 짓을 저질렀든 용서하지 못 할 리 없다고 생각했다.

"엄마. 미안. 엄마 몸도 성치 않은데 자꾸 걱정만 끼쳐서…… . 하지만 엄마가 그렇게 말해 주니까 용기가 나네. 응. 다다시를 보살피면서 살아가면 돼. 고마워, 엄마. 정말 고마워…… ."

기요미가 말하자 어머니는 눈시울을 붉히며 딸의 손을 꼭 잡고 더 큰 용기를 북돋아 주고 싶은 것처럼 고개를 끄덕였다.

15.

집에 가니 차고에 경차가 세워져 있었다. 순간 누구 차인가 싶었지만 가스카베가 적힌 차 번호판을 보고 처형의 차라는 것을 떠올렸다. 아무래도 사건 때문에 걱정이 되어 상황을 보러 온 듯하다.

가즈토는 경차 옆에 차를 세우고 집에 들어갔다. 거실에는 기요미

말고도 처형 사토미와 장모 후미코가 보였다. 기요미와 장모는 소파 앞 러그 매트에 앉아 있고 기요미가 고개를 숙인 채 장모에게 정령을 받는 참이었다. 정령이란 상대의 이마에 손을 얹고 병과 상처를 치유하기 위해 기도하는, 장모가 믿는 종교의 기도법이다.

가즈토도 전에 처가에 갔을 때 어깨 결림이 심하다는 말을 언뜻 흘리자 장모가 정령을 권했다. 딱히 해가 될 것도 없다고 생각해 순순히 받았지만 기요미는 평소 종교적인 것들을 별로 좋아하지 않는지 어머니가 믿는 종교를 심신이 약한 사람들을 속이는 다단계 업체라도 되는 양 거리낌 없이 비판했다. 그때 장모는 딸에게도 정령을 권했지만 기요미는 에둘러 거절했다.

그런 아내가 지금은 얌전히 고개를 숙이고 어머니의 정령을 받고 있다. 그 모습을 보고 흠칫 놀랐지만 가즈토는 애써 태연한 얼굴로 장모와 처형에게 "안녕하세요" 하고 인사했다.

장모는 고개만 살짝 끄덕이고 계속 딸을 바라봤다.

"어서 와요. 차 끓일까요? 아니면 커피?"

사토미가 말을 걸어 와서 가즈토는 커피를 부탁했다.

"참 큰일이네요. 일도 해야 할 텐데…… 잠은 잘 자요?"

"네, 뭐……. 충분하지는 않지만."

부엌 의자에 앉아 있는 가즈토 앞에 커피 잔을 내려놓고 사토미도 앉았다. 집 안의 정적에 호응하듯 목소리를 약간 낮추고 그녀는 말을 이었다.

"기요미도 많이 힘들어하고 있고 이럴 때일수록 부부가 서로 힘이 돼 주는 게 중요해요."

"네." 가즈토는 나직이 대답했다.

"여러모로 힘들고 불안한 건 알겠지만 지금은 무엇보다 다다시가 무사하기를 기원해야죠. 생명이 가장 소중하니까요. 나머지는 전부 부차적인 문제고 나중에 방법을 떠올려도 돼요."

사토미의 말을 통해 기요미가 어머니와 언니에게 어떤 이야기를 털어놨는지 대략 알 수 있었다.

"결국 부모가 전부 떠안을 수밖에 없죠. 책임질 각오만 돼 있으면 그 뒤로는 그저 다다시의 무사 귀환만 바라면 된다고 봐요."

"그런 문제가 아닙니다."

가즈토는 지금껏 사토미와 대화를 나누다가 노골적으로 반박하거나 말대꾸를 한 적은 없었다. 의견이 달라도 흘려들으면 그만이라고 생각했다. 정색하고 언쟁을 벌여 봐야 서로 의만 상하고 득 될 건 없다고 판단했기 때문이다.

하지만 이번만큼은 그냥 입 다물고 있을 수 없었다.

"아무리 봐도 다다시가 범인 가운데 한 명이라면 저도 각오하고 모든 걸 받아들일 겁니다. 부모로서 져야 할 책임도 확실히 질 거고요. 하지만 지금 상황은 그렇지 않습니다. 오히려 다다시가 피해자일 가능성이 커요."

"확실하지 않잖아요. 벌써부터 그렇게 생각하는 건……."

"가능성이 큰 게 아니라 그게 더 낫다고 생각하는 거잖아."

묵묵히 어머니의 정령 기도를 받고 있던 기요미가 느닷없이 냉정하게 입을 열었다.

"아들의 무죄를 믿는 게 그렇게 욕먹을 짓인가?"

가즈토는 최대한 감정을 자제하고 받아쳤다.

"당신한테는 체면이 일순위야."

"기요미." 사토미가 타이르듯이 말했다. "그럴 리 없잖니."

"체면이라고 했는데, 그럼 당신은 가해자의 집에 어떤 어려움이 닥치는지 알기나 해?" 가즈토가 말했다. "오늘 아침에도 우리 집 현관문에 누군가가 날달걀을 던졌어. 다다시가 범인인 게 명백해지면 앞으로 우리한테 어떤 일이 일어날지 상상이나 해 봤냐는 거야. 미야비는 또 어떤 험한 꼴을 당할까? 단순히 책임을 지겠다느니 뭐니 하는 건 쉽게 할 소리가 아니야.

그리고 피해 아이는 하나즈카 도장 사장의 외손자야. 아까 만난 다카야마 건축 사장이 이러더군. 댁 아들이 범인이면 앞으로 함께 일을 못 하게 될 거라고. 다카야마 건축과 연이 끊기면 과연 다른 업자들도 나와 일을 하려고 할까? 이런저런 악소문이 돌고 의뢰인들의 발길이 끊길 게 확실해. 그런 걸 전부 알면서 하는 소리냐는 거야."

"알아." 기요미는 그런 건 문제가 아니라는 것처럼 대답했다. "애초에 손해 배상금을 내려면 이 집도 팔아야 할 테고 거처를 옮겨서 처음부터 다시 시작하는 게 당연하지 않겠어?"

"말은 쉽지."

집에서 독립한 이후 20년에 걸쳐 쌓아 올린 경력, 그리고 그 대표 성과라고 할 수 있는 이 집을 깨끗이 포기하고 처음부터 다시 시작하면 된다고 쉽게 말하는 아내의 무신경함을 이해할 수 없었다.

"처음부터 다시 시작한다는 게 어떤 뜻인지 알기나 해?"

"입에 풀칠만 하면 돼. 먹고살 수만 있으면 그걸로 충분해."

"일이 끊기면 먹고살 수 없다고."

"나도 일을 하니 먹고살 수는 있어."

"말도 안 되는 소리를 하는군."

정말로 말도 안 되는 이야기라고 생각했다. 그러나 한편으로는 묘하게 현실적인 사고방식처럼 느껴지기도 해서 가즈토의 반론은 다소 힘이 빠졌다.

기요미의 말을 해석하면 자신의 벌이로도 충분하고 말 그대로 먹고 살 수 있을 만큼의 돈만 있어도 된다는 뜻이다. 그 정도는 이미 각오하고 있다는 뜻이다.

그리고 그 각오 앞에서 가즈토의 경제력이나 오랜 경력 등은 무의미하다. 가치가 그 정도뿐이라고 하는 거나 마찬가지다.

무너지고 있다.

사건의 진실이 아직 밝혀지지 않았고 어느 쪽으로 굴러갈지도 모르는데 일상생활이 무너져 가는 소리가 무시할 수 없을 만큼 크게 들린다.

장모가 정령을 마치고 합장하고 고개를 숙였다. 그리고 천천히 몸을 일으켜 가즈토에게 다가와 환하게 웃으며 가즈토 옆에 앉았다.

"무슨 말을 하고 싶은지는 잘 알겠네." 장모가 말했다. "누구든 자기 자식이 그런 끔찍한 사건을 저질렀다고 생각하고 싶지 않겠지. 뭘 하든 남한테 폐를 끼치는 행동만은 하지 않아 줬으면 하는 게 부모 마음이니.

하지만 그런 일로 그렇게 으르렁거려서야 쓰겠나? '그럴 수도 있겠다', '그런 마음가짐도 필요할 수 있겠네' 식으로 서로를 헤아려 주는

게 중요하지. 지금은 생각이 달라도 괜찮네. 자식을 생각하는 마음은
어차피 둘 다 같을 테니. 나중에 사실이 밝혀졌을 때 이런 마음가짐이
가족을 지탱하고 유지해 가는 데도 도움이 될 거야. 그러니 서로 생각
이 달라도 다툴 필요는 없지 않겠나?"

가즈토는 탄식하고 마음을 가라앉혔다.

"저도 압니다……. 그냥 집사람이 시비 거는 것처럼 말해서."

"난 그렇게 쉽게 다다시가 피해자라고 생각하고 싶지 않아." 기요미
는 여전히 날 선 목소리로 말했다. "그리고 만약 다다시가 피해자라면
그 애한테서 칼을 빼앗은 우리한테도 책임이 있어."

"그건 또 무슨 논리지?"

"그렇잖아. 다다시가 제대로 된 무기만 갖고 있었어도 상대한테 맞
섰을 테고, 그럼 상대도 겁을 집어먹어 애초에 사건 자체를 일으키지
않았을지 몰라."

"그런 건 그냥 결과론이야. 아이가 별다른 이유도 없이 칼 같은 걸
갖고 있는데 누가 그대로 내버려 두겠어?"

"그대로 내버려 두든 결과론이든 간에 그게 다다시를 궁지에 몰아
넣은 원인 중 하나인 것만은 변함없어."

기요미의 논리는 정론이 아니기는 해도 가즈토의 마음을 예리하게
파고들었다. 내가 그때의 칼 소동을 적잖이 마음에 두고 있었던 것은
사실이다. 칼을 압수한 사실은 다다시가 가해자가 아니라고 믿는 데
중요한 근거가 될 수 있다. 하지만 다다시가 피해자였을 때는 기요미
와 가즈토의 가슴에 평생토록 회한의 씨앗으로 남을 사실이기도 했다.

그러나 가즈토는 그 역시 결과론이고 신경이 쇠약해진 탓에 남에게

강요하는 자학적인 사고방식에 불과하다고 생각했다. 다다시가 가해자라고 믿어야 할 이유는 되지 않는다.

"반대로 말하면 당신은 그게 무서우니까 다다시를 피해자로 믿고 싶지 않은 거잖아. 결국은 두려우니까 도망치는 거야."

"아니야. 난 그 애가 무사히 돌아오는 걸 믿고 싶을 뿐이야."

기요미는 가즈토를 노려보며 말했다. 눈물 맺힌 눈에서 비장감을 더한 기이한 기운이 느껴져 가즈토는 저도 모르고 눈을 돌리고 싶어졌다.

원래 아내는 이렇게까지 자기 의사와 감정을 공격적으로 표출하는 여자가 아니었다. 집안에서 다툼이 발생하거나 누가 감정적으로 흥분할 때도 늘 들어 주고 위로하는 역할을 맡았다.

어제 가즈토에게 반대 의견을 낼 때는 정신적으로 궁지에 몰린 나머지 어쩔 수 없이 내뱉는 비통한 외침처럼 들렸다.

그러나 지금은 뭔가 다르다. 이미 의지가 굳었고 가슴속에서 사토미가 말한 '각오'가 싹트고 있다……. 그렇게 느껴지는 눈빛이었다.

인터폰이 울려도 가즈토와 기요미가 움직이지 않자 사토미가 일어서서 대신 인터폰을 받았다.

"미야코 TV 기자입니다만 잠깐 이야기를 들을 수 있을까요?"

또 기자다. 가즈토가 고개를 흔들어 보였고 사토미는 "지금은 좀 어려울 것 같은데요"라고 했지만 상대는 교묘하게 말을 바꿔 가며 필사적으로 매달렸다. 그래서 직접 내쫓는 게 빠르다고 생각했는지 사토미는 인터폰을 끊고 밖으로 나갔다.

묵직하고 답답한 실내 분위기와는 달리 바깥이 시끌벅적해지기 시작했다. 현관문이 또다시 열리고 곧장 다시 닫힌다. 사토미와 교대하듯 거실에 들어온 사람은 미야비였다.

벽시계를 보니 고작 3시가 지났을 뿐이라 오늘은 집에 일찍 왔다고 생각했다.

"미야비, 왔니?"

할머니가 말을 걸어도 미야비의 표정은 어두웠다.

"일찍 왔네."

가즈토가 말하자 미야비는 그제야 굳게 다문 입을 열었다.

"도중에 나왔어."

"무슨 일이라도 있었어?"

미야비는 즉시 대답하지 않고 가슴에 쌓인 울분을 얼마나 내뱉을지 재는 것처럼 간격을 두고 운을 뗐다.

"사건에 대해 한 소리 들었어."

"뭐?"

"지금 도망 다니는 게 너희 오빠 아니냐고……. 가족이 범죄자면 도시마 여학원은 꿈도 꾸지 말랬어."

"누가 그런 소리를 했니?"

"니시 중학교에 다니는 여자아이. 사이가 별로 좋은 건 아닌데 그 애도 도시마 여학원을 목표로 해서 날 의식하는 것 같아. 걔라면 이번 일에 대해 분명 한 소리 할 것 같기는 했어."

아이들 세계에서도 악의적으로 말을 툭툭 내뱉는 사람은 있다. 그렇게 해서 상대의 우위에 설 수 있다고 본능적으로 느끼는 것이다.

"누가 뭐라고 하면 바로 집에 갈 거라고 생각했는데, 예상대로 한 소리 들어서 그대로 집에 와 버렸어."

미야비는 깨지기 직전의 유리처럼 아슬아슬한 마음으로 그 교실에 앉아 있었던 것이다. 딸의 모습을 상상하자 가즈토는 가슴이 아팠다.

"역시 사실이었어……." 미야비는 불안해하며 눈썹 끝을 내리고 툭 내뱉었다. "가족이 그런 사람이면 입시에 떨어진다는 게."

"말도 안 돼." 가즈토는 일축했다. "그게 무슨 상관이라고."

"도시마 여학원은 여러 면에서 엄격하다고 하니."

"상관없잖니." 기요미는 후련하게 말을 보탰다. "그런 이유로 떨어뜨릴 곳이면 오히려 이쪽이 사양하면 돼."

"상관있어."

입을 비쭉 내밀고 말하는 미야비를 무시하듯 기요미가 고개를 절레절레 흔들었다.

"공부는 어디서든 할 수 있으니 꼭 무리해서 도시마 여학원에 갈 필요는 없지. 그런 무신경한 친구가 있는 곳에 다녀 봐야 즐겁지도 않을 테고."

"어차피 그 애는 성적이 별로라 붙을 확률도 없어." 미야비는 기요미의 말에 호응하지 않았다.

"그건 너도 마찬가지 아니니?" 기요미가 덧붙였다. "붙을지 떨어질지 따지기 전에 시험을 칠 수 있을지도 아직 모르는 거니까."

"뭐……?"

"어떤 상황이 펼쳐지든 상관없게끔 마음의 준비를 해 두라는 거야."

미야비는 잠시 말을 잇지 못하더니 "지금 도시마 여학원에 지원 자체를 못 한다는 말이야?" 하고 쉰 목소리로 물었다.

아이가 불안한 마음에 하는 말이고 완곡하게라도 부정하면 좋을 것을 기요미는 대답 대신 침묵으로 일관했다.

"엄마!" 미야비는 눈에 눈물이 맺혀서 외쳤다. "대답해 봐!"

"미야비, 앉으렴." 그때 장모가 온화하게 말을 보탰다. "할머니가 긴쓰바* 사 왔으니 먹으렴. 우리 미야비, 긴쓰바 좋아하지?"

할머니는 미야비를 억지로 앉히고 식탁 위에서 과자 꾸러미를 펼쳤다. 사토미가 돌아와서 그 모습을 보자마자 "차를 끓여야 하나" 하고 말했다. 비로소 얼음장 같았던 분위기가 조금 누그러졌다.

그러나 기요미는 그런 평화조차 거절하듯 몸을 일으켜서 "일해야 해"라고 중얼거리더니 캐비닛 위에 정리해 둔 교정지를 소파 앞 낮은 탁자에 늘어놓기 시작했다.

하필 이럴 때 일이라니. 가즈토는 기가 찬 심정으로 아내를 바라봤다. 기요미는 지금 평범한 정신 상태가 아닌 게 틀림없었다.

미야비는 멍한 얼굴로 할머니가 준 긴쓰바를 우물거렸지만 정신은 다른 곳에 가 있는 듯했다. 쿠키가 옆에 가서 과자를 달라는 듯이 미야비의 다리에 엉겨 붙었지만 눈길도 주지 않았다.

"도시마 여학원이 아니면 돼?" 미야비는 먹다 만 과자를 내려놓고 소파 앞에서 교정지를 읽기 시작한 기요미를 보며 물었다. "진토쿠 여고는 괜찮아?"

기요미는 대답하지 않았다.

* 팥소에 밀가루 반죽을 묻혀서 구운 과자.

"우리 미야비는 똑똑하니까." 사토미가 진정시키듯 말했다. "여기저기 비교해 보고 좋은 곳에 가면 되지."

미야비는 이모의 말을 흘려듣고 기요미를 뚫어지게 쳐다보며 말했다. "도쿄에 있는 학교가 안 된다는 뜻이야? 아니면 사립이면 안 돼?"

"걱정 안 해도 된다."

가즈토는 옆에서 입을 열었지만 미야비의 불안을 씻어 줄 여력은 없어 보였다. 아이들 진로에 대한 문제는 지금껏 기요미에게 일임해 온 만큼 미야비도 선택권이 누구에게 있는지 알고 있다.

"엄마. 말 좀 해."

미야비는 일어서서 몰아붙이듯 말했다.

"그만하고 과자 다 먹으면 쿠키 산책 다녀오렴."

기요미의 대답은 그뿐이었다.

"뭐야 그게……." 무시당한 미야비는 발을 동동 굴리다가 불쾌한 기분을 내비치며 콧숨을 쉬었다. "안 갈래. 기자들이 밖에서 어슬렁대고 있는데."

"그래서?" 기요미가 감정 없이 되물었다.

"됐어. 내가 다녀올게."

가즈토의 말은 기요미의 귀에 닿지 않는 듯했다.

"아빠가 산책을 하러 나가면 사건이 한창인데 느긋하게 개 산책이나 한다고 생각하는 사람이 있을지 모르니 네가 다녀오라는 거야. 저것 봐. 쿠키도 가고 싶어 하잖니. 네가 가지 않으면 쿠키는 배변도 계속 참아야 해. 딱하지 않아?"

쿠키가 산책이라는 단어를 듣고 눈에 띄게 산만해지기 시작했다.

"기자들한테 둘러싸이면 어떡해?" 미야비는 정말로 가고 싶지 않은지 부루퉁하게 대답했다.

"조금 전 기자들은 돌아가긴 했을 텐데." 사토미가 말을 보탰다. "괜찮으면 내가 대신 다녀올게."

"미야비더러 가라고 해." 기요미는 가차 없이 잘라 말했다. "밝을 때는 위험하지도 않으니 얼른 다녀오렴."

"쿠키 산책 다녀오면 도시마 여학원에 응시해도 된다고 약속해 줄 거야?"

그야말로 순수한, 어린아이다운 교환 조건이라고 할 수 있지만 기요미는 낮은 탁자에 샤프를 탁 내려놓고 가즈토에게도 들릴 만큼 요란하게 한숨을 내쉬었다.

"미야비…… 너 언제까지 그렇게 어린애처럼 굴 거니?"

기요미의 냉랭한 눈빛을 보고 미야비는 대번에 몸이 굳은 것처럼 움직이지 않았다.

"뭘 하나 하면 반드시 보상이 따라야 한다고 생각하는 거야?"

"하지만……."

"세상은 원한다고 다 얻을 수는 없게 돼 있어. 이 방이 좋다고 하면 그 방이 내게 오고, 개를 키우고 싶다고 하면 사 주고, 플루트를 사고 싶다고 하면 사 주고, 학원에 다니고 싶다고 하면 보내 주고…… 그런 상황이 앞으로도 영원히 이어질 것 같니? 원하는 대로 해 주고 싶어도 못 해 주는 것도 생기는 거야."

"왜……?"

미야비의 목소리는 이미 울음소리의 형태로 구겨져 있었다. 어깨를 들썩이며 참지 못한 오열을 목에서 터뜨렸다.

"내가 왜 오빠의 희생양이 돼야 하는데?"

"희생양이라고 생각하지 말렴." 기요미가 말했다.

"사실이 그렇잖아……. 나는 아무 상관도 없는데."

"가족인 이상 상관없을 수는 없어."

"아빠는 상관없다고 했는데……."

"아빠는 널 어린아이 취급하니 그렇지. 앞으로 그런 건 통하지 않으
니 엄마가 미리 말하는 거야."

"그만해." 가즈토는 이제는 한마디 하지 않고 배길 수 없었다. "미야
비한테까지 왜 그러는 거야?"

"당신의 그런 모습이 어린아이 취급이라는 거야." 기요미의 창끝이
가즈토를 향했다. "가족이 각자 미래에 어떻게 처신해야 좋을지 궁리
하는데 미야비도 이제는 현실을 알아야 하는 게 당연하지 않아?"

"현실은 아직 밝혀진 게 하나도 없어. 벌써부터 미래, 미래 부르짖
어 봐야 소용없다고."

"오빠가 범인이 아닐 수도 있잖아." 미야비가 울면서 말했다. "어디
선가 남의 손에 죽었을 가능성도 있잖아."

"그만해라." 기요미의 목소리가 대번에 톤이 낮아졌다. "그러기를
바라는 게 아니면."

"바라는 게 아니야." 미야비는 말했다. "그게 사실이잖아."

"그만하라고 했다."

"도대체 왜 나한테까지 뭐라고 하는 건데?" 미야비는 그만두지 않
았다. "엄마는 역시 나보다 오빠가 더 소중해서 그래!"

"애가 지금 무슨 소리를 하는 거람?"

"예전부터 그랬어."

"엄마가 언제?" 기요미가 등줄기를 꼿꼿이 세우고 미야비를 노려봤다. "말해 보렴. 너보다 다다시가 더 소중하다고? 엄마가 언제 그렇게 차별했는데?"

"다 알아." 미야비는 이유 같지 않은 이유를 들며 울음을 터뜨렸다.

언제 그렇게 차별했는지 되묻는 기요미의 얼굴에는 어머니의 자긍심이 깃든 것처럼 보였다.

그 말대로 기요미는 지금껏 미야비를 내팽개치고 다다시만 챙기는 모습을 보인 적은 없었다. 어릴 때부터 미야비가 훨씬 손을 많이 타는 아이여서 다다시를 별로 안아 주지 못한 걸 뒤늦게 후회하듯 말했을 정도다.

그러나 아이의 감각은 예민하다. 미야비가 그렇게 느낀 데는 마땅한 이유가 있을 것이다. 그렇게 생각하면 지금 기요미의 태도는 이해가 되지 않는 부분이 많았다.

그렇다고 해서 가즈토는 아내를 비난하고 싶지는 않았다. 부모 자식 사이에도 궁합이라는 것이 존재한다는 걸 아는 동시에 궁합이 좋지 않은 것 정도로는 사랑이 흔들리지 않는다는 것도 알기 때문이다.

다만 그 이야기를 지금 미야비에게 해 봐야 이해하기 힘들 거라고 생각했다.

"미야비. 그렇지 않아." 어깨를 축 늘어뜨리고 우는 미야비의 뒷모습을 보며 장모가 입을 열었다. "엄마는 지금 그저 네 오빠가 걱정돼서 그러는 거야. 걱정되고 또 걱정돼서 그러는 건데 비교해서야 되겠니? 그러니까 미야비, 네가 이해해 주렴."

할머니의 말이 마음에 와닿았는지는 알 수 없었다. 미야비는 대답 없이 고개를 숙인 채 흐느끼며 그대로 2층으로 올라가 버렸다.

16

"기요미, 우리는 이만 슬슬 가 볼게."

사토미가 말을 걸자 일에 몰두하고 있던 기요미는 문득 정신을 차렸다.

시계를 보니 이미 6시를 지났고 레이스 커튼 너머로 보이는 창밖에도 땅거미가 깔려 있다.

"기껏 만들었는데 같이 먹고 가지."

쿠키 산책은 결국 사토미가 대신해 주었다. 그뿐만 아니라 장을 보고 와서 어머니와 함께 부엌에 들어가 지금 막 저녁 식사 준비도 마친 참이었다.

"여기 오기 전에 이미 다 차려 놔서." 어머니가 돌아갈 채비를 하며 말했다. "데워서 먹기만 하면 돼. 그러니 슬슬 가 볼게."

"어휴, 정말……."

기요미는 살짝 못마땅하게 한숨을 한 번 내쉬고 "고마워" 하고 감사 인사를 했다.

"미야비, 할머니랑 이모 가신다!"

2층을 향해 외쳤지만 방에 틀어박힌 미야비에게서 대답은 돌아오지 않았다.

"미야비는 밥을 먹으려나? 따로 접시에 덜어서 방에 갖다 주는 게 좋을까?"

사토미가 접시를 들고 어떡해야 좋을지 물었다.

"먹고 싶어지면 내려올 테니 그냥 둬도 돼."

기요미가 대답하자 사토미는 이해한 것처럼 접시를 다시 식탁에 내려뒀다.

"그럼 뒷일은 맡길게."

"응. 고마워……. 정말 힘이 됐어."

"제부. 우리는 이만 가 볼게요. 이제 식사하세요."

사토미가 밖에 나가서 사무실에 있는 가즈토에게 작별을 고하자 가즈토도 밖에 나왔다.

"힘들겠지만 부부가 힘을 합쳐서 극복하렴."

어머니가 인사 대신 말하자 가즈토도 순순히 "알겠습니다" 하고 대답했다.

"고마워, 엄마."

차를 타고 가는 두 사람의 모습을 끝까지 눈으로 좇았다. 시야에서 사라지자 대번에 마음이 허전해졌다.

그러나 두 사람에게 마냥 의지할 수는 없다.

집 안에 돌아가 가즈토와 간단히 저녁 식사를 마쳤다. 미야비가 내려오지 않은 탓에 엄마가 이것저것 만들어 준 반찬이 많이 남아서 접시에 덜고 랩을 씌워 냉장고에 넣었다. 대화가 없는 현실을 거짓으로 꾸미듯 가즈토가 TV를 켰다. 소파로 옮겨 간 남편과 반대로 기요미는 낮은 탁자에 둔 교정지를 부엌 식탁으로 가져가 다시 일을 시작하려 했다.

가즈토는 리모컨으로 채널을 바꾸며 도자와 사건을 다루는 뉴스를 찾는 듯했다. 기요미는 빨리 머릿속을 업무 모드로 바꾸고 싶었지만 불현듯 TV에서 귀에 익은 목소리가 들려서 의식이 그쪽으로 향했다.

"시끄럽게 해서 죄송할 따름이네요. 원래는 가족들이 나와서 한마디 해야 할 텐데 지금은 좀 정신이 없어서요."

언니의 목소리다. 모습과 얼굴은 화면에 비치지 않지만 포동포동한 실루엣에 오늘 입은 꽃무늬 원피스가 비치고 이 집 현관 앞인 것도 알 수 있었다.

화면에는 '실종된 소년의 친척'이라는 자막이 붙어 있다.

"어쨌든 피해 당사자와 가족분들께는 뭐라고 말씀드려야 좋을지 모르겠네요. 저도 정말 가슴이 아파요. 이 이상 피해자가 늘어나는 상황은 생각하고 싶지 않고 지금은 얼른 애가 나타나 주기만을 바랄 뿐이랍니다."

허리를 굽힌 채 저자세로 취재에 응하고 있다.

가즈토가 혀를 차는 소리가 또렷이 들렸다.

"저러면 꼭 우리 애가 범인이라고 하는 거나 마찬가지잖아."

일부러 기요미가 들으라는 듯이 혼잣말을 내뱉는다.

기요미는 아무 대답도 하지 않았다.

의식을 일로 되돌린다.

이번 마감은 반드시 지켜야 한다.

만약 다다시가 사건의 범인으로 붙잡히면 가즈토의 일은 즉시 벽에 부딪힐 것이다. 하나즈카 도장과 다카야마 건축 등 거래처가 등을 돌릴 테니 무엇 하나 진행할 수 없게 된다. 손해 배상 이야기 같은 게 나오면 이 집을 처분해야 하고 그렇게 되지 않는다고 해도 세간의 차가운 시선으로부터 벗어나기 위해 삶의 거점을 옮길 각오가 돼 있어야 한다. 새로운 곳에서 가즈토의 일이 다시 순탄한 궤도에 오를지도 미지수다.

앞으로 경제적으로도 내가 이 집을 떠받쳐야 한다. 기요미는 그렇게 생각했다.

교정 업무는 어디에 살든 할 수 있고 집안일이 업무 수주에 영향을 끼치지도 않을 것이다. 지금까지처럼 여유로운 생활은 바랄 수 없지만 먹고살 수는 있다. 미야비에게 사립 고등학교 진학을 포기시키고 어느 변두리의 소박한 셋집에서 가족이 오붓하게 살아가면 된다.

그러려면 어쨌든 눈앞에 놓인 이 일을 무사히 끝마쳐야 한다. 마감일을 지키고 확실히 마무리 짓는다면 업무와 관련된 내 신용도 떨어지지 않는다.

가즈토는 뉴스를 다 보고 목욕을 하고 나와서는 사무실과 거실, 침실을 정처 없이 왔다 갔다 했다.

밤이 깊어질 무렵 미야비가 방에서 나왔다. 기요미의 "먹을 만큼만 데워서 먹으렴"이라는 말에는 대답하지 않았지만 냉장고에서 꺼낸 반찬을 적당히 데워 소파 앞으로 가져가 먹고 아무 말 없이 다시 방으로 돌아갔다.

몇 번인가 집 전화가 울렸지만 사토미에게서 "집에 잘 도착했어"라는 보고 전화 말고는 사서함으로 연결시키고 받지 않았다. 다른 전화는 전부 언론사에서 온 것이었다.

오늘은 밤을 새워서라도 일을 끝낼 계획이었지만 저녁 식사를 마치고 세 시간 정도 일에 집중하자 목덜미와 어깨가 뻐근해지고 조금 갑갑해졌다. 욕조에 한 번 들어가 굳은 몸을 풀어 주자며 어깨를 돌리고 있을 때 기요미의 스마트폰이 울렸다.

액정 화면에 나이토의 이름이 표시돼 있었다. 예전에 취재하러 왔을 때 핸드폰 번호를 알려 줬다.

그 프리랜서 기자가 아군이 되어 줄 사람 같지는 않았다. 그는 어디까지나 사건 주변 냄새를 맡으러 돌아다니고 세상의 호기심을 충족시킬 기사를 써내는 글쟁이일 뿐이라고 생각했다. 원래라면 다른 언론사 기자들과 마찬가지로 거리를 두고 싶은 상대였다.

그러나 집 안에만 틀어박혀 있는 기요미에게는 사건 소식을 전해 줄 정보원이 없었다. TV와 신문 뉴스만으로는 부족하고 사실과 거짓말이 뒤섞인 인터넷 정보는 무엇을 어디까지 믿어야 좋을지 알 수 없다. 경찰은 아무것도 알려 주지 않는다. 게다가 취재하러 오는 기자들을 전부 문전박대만 해서는 알고 싶은 정보를 알아낼 방도가 없다.

그래서 취재를 한 것도 인연이라는 것처럼 기요미는 나이토가 원하는 대로 핸드폰 번호를 알려 줬다.

기요미는 전화를 받았다.

"밤늦게 죄송합니다. 이시카와 다다시 군의 어머님 전화번호가 맞습니까?"

"네, 맞아요."

"나이토 기자입니다. 어제는 신세를 졌습니다."

"저야말로."

짧은 인사를 나누고 상대의 반응을 살폈다.

"오늘 TV 뉴스에 실종된 소년의 친척이 인터뷰에 응하는 영상이 나왔는데, 가족분이 맞으시죠?"

"저희 언니예요."

"들어 보니 꼭 다다시가 범인 중 한 명으로 이미 지목된 것처럼 말씀하시더군요. 경찰에게서 수사 진행 상황을 듣고 하신 말씀은 아니시겠죠?"

"네, 그런 건 아니에요. 경찰은 아직 아무것도 알려 주지 않았어요."

"그렇겠죠." 나이토는 어쩐지 안심한 것처럼 말했다. "아, 실은 제 안테나에도 그런 정보는 포착되지 않아서 속으로 설마 싶었는데 다른 기자들이 그 영상을 보고 묘하게 들뜬 것 같아 조금 신경 쓰여서요."

지금껏 여러 번 전화를 걸어 온 이들이 전부 그 들뜬 기자들이었나.

그건 둘째치고 다다시가 가해자라는 정보가 나이토의 안테나에 포착되지 않았다는 말을 듣고 기요미는 약간 혼란스러워졌다.

"기자님한테는 어떤 정보가 들어왔나요?" 기요미는 물어봤다.

"아, 이런저런 분들을 만나 뵙고 있는데 정보가 영 부족하네요." 나이토는 얼버무리듯이 대답했다.

"가해자가 누구인지 혹시 감을 잡으셨나요?"

"아뇨, 아뇨. 경찰은 어떨지 모르겠지만 취재하는 입장에서는 아직 뜬구름을 잡는 느낌입니다. 그래서 뉴스 영상을 보고 '이런, 뭐가 어떻게 된 거지?' 하고 안절부절못하고 있는 거죠."

"주범인 아이는 알고 계시죠?" 기요미는 넌지시 떠봤다.

"아뇨, 아뇨." 나이토는 묘하게 말을 흐리며 쓴웃음 소리를 냈다. "왠지 제가 취재를 받는 느낌이군요."

"부슈도자와의 시오야마 코치 아들 아닌가요?" 기요미는 아랑곳하지 않고 던져 봤다.

"어디서 들으셨나요?" 나이토는 목소리를 살짝 낮추고 물었다.

"인터넷 정보예요."

"그렇군요." 나이토가 다시 누그러진 목소리를 냈다. "인터넷에서는 누구든 맘대로 써 대니까요. 별로 휩쓸리시지 않는 게 좋지 않을까 싶습니다."

"알아요." 기요미가 말했다. "하지만 경찰이 계속 숨기고만 있으니 그런 곳에서 정보를 얻을 수밖에 없잖아요."

"그렇다고 진위가 불분명한 이야기에 귀를 기울일 것까지는 없죠."

"하지만 아무것도 모른 채 그저 누가 붙잡히고 경찰이 뭔가 공식 발표하기까지 기다리는 건 무리예요. 다다시가 사건과 관련됐다는 걸 알게 되고 일 분 일 초가 얼마나 길게 느껴지는지…… 솔직히 말씀드리면 제가 나이토 기자님 전화를 받은 것도 기자님이 뭔가 아는 걸 알려 주시지 않을까 하는 기대감에서였어요. 다른 기자분들 전화는 받지도 않아요."

"그건 영광이라고 해야 할지 뭐라 해야 할지……. 뭐 저를 그만큼 믿어 주신다는 거니 영광으로 받아들여야겠죠." 나이토는 나직이 중얼거리고 잠시 침묵하더니 생각을 정리한 것처럼 다시 입을 열었다. "뭐 가능한 범위에서 제가 취재로 얻은 정보를 알려드리는 건 어렵지 않습니다. 그 정보가 어머님을 만족시킬지 아닐지는 별개로 하고요. 다만 그러려면 저도 조건을 하나 걸고 싶습니다."

"뭐죠?"

"소년들의 행방이 밝혀지고 사건의 사실 관계가 분명해지면 가족분들의 심경을 인터뷰하게 해 주십시오."

"인터뷰…… '주간 헤이지쓰'에 기고하는 건가요?"

"네. 지금 막 떠오른 생각이지만 편집부가 거절할 리는 없을 겁니다." 나이토는 그렇게 말하고 덧붙였다. "결과적으로 아드님이 가해자로 밝혀지든 피해자로 밝혀지든 상관없이 말입니다."

양쪽 가능성을 염두에 둔 제안을 강조하는 말에 기요미는 무심코 가슴이 덜컥했다.

"어머님이 어떤 진실을 원하시는지 모르겠지만 현 상황으로 보건대 아드님이 가해자와 피해자 중 어느 쪽 하나에 속한 건 맞겠죠."

나이토는 짐짓 몇 초간 침묵했다. 혹시나 기요미의 반응을 살피는 것일 수도 있지만 기요미는 아무 할 말이 없었다.

"생각해 보면 이런 경우는 좀처럼 없지 않을까 싶기도 합니다. 어느 쪽에 속해도 최악인 것도 모자라 두 입장의 차이가 너무도 크니까요. 달라도 너무 다르죠. 무신경한 의견으로 들린다면 죄송합니다만, 아무튼 사실이 밝혀졌을 때 현실의 모든 것이 한쪽으로 기울어지는 상황을 가족인 어머님이 어떻게 받아들일지가 몹시 궁금합니다. 가슴에 품은 솔직한 심경을 반드시 듣고 싶습니다."

나이토의 기자로서의 호기심은 불쾌하고 기요미의 신경에 거슬렸다. 그러나 그만큼 자신의 마음을 이해하고 있다고 할 수 있고 듣기 좋은 말만 앞세우며 접근해 오는 사람보다는 신뢰할 만하다고도 느껴졌다.

"알겠어요." 기요미는 골똘히 고민하다가 대답했다. "바로는 어렵겠지만 사건에 대해 말할 수 있는 시기가 오면 나이토 기자님께 이야기를 들려드릴게요……. 이걸로 됐죠?"

"대단히 영광입니다." 나이토는 호들갑스러운 대답을 선뜻 입에 담았다.

"그럼 알려 주시겠어요?"

"뭣부터 알려 드려야 할까요?"

"누군가가 전화로 시오야마 코치의 아들에게서 사람을 두 명 죽여서 도망 다닐 수밖에 없다는 이야기를 들었다는 게 사실인가요?"

"미성년자가 엮인 사건이라 개인의 이름을 특정해 말씀드릴 수는 없지만, 현재 행방불명된 사람 중 한 명과 그의 친구가 그런 내용의 전화 통화를 한 사실은 확인됐습니다. 다만 구라하시 요시히코 외에 누가 피해자이고 누가 도주 중인지 그 친구는 듣지 못했습니다. 그리고 그 통화 이후 상대와 연락이 끊겼다고 합니다."

"경찰은 그 아이를 주범으로 보고 있나요?"

"아마도 그렇겠죠. 그들에게 차를 빌려준 사람이 그 아이의 중학교 선배라고 하는데요, 상대가 미성년자고 무면허임을 알면서도 운전을 할 줄 아는 사람이 있다는 말을 듣고 무슨 일에 쓸지 묻지도 않고 바로 빌려줬다고 합니다. 아무리 선배라고 해도 굳이 따지면 후배가 성격이 더 드세서 오히려 선배 쪽이 질질 끌려다니는 관계였던 것 같습니다. 그런 성격의 아이고 다다시와 친구들보다 한 학년 위이기도 하니 그룹 안에서 뭔가를 할 때 주도적인 역할을 맡았다고 추정해 볼 수 있겠죠."

"도주 중인 두 아이는 지금 함께 도망 다니는 건가요?"

"그건 모르겠습니다. 따로따로 도주 중이라는 설도 있습니다."

"기자님이 트위터에 아이들이 도쿄 안에서 잠복 중일 가능성을 언급하셨던데 뭔가 근거가 있는 이야기인가요?"

"적지 않은 수사원이 시부야 지역을 중심으로 도내 번화가에 투입된 건 사실입니다. 현재 구라하시를 포함한 네 소년의 핸드폰 전파가 전부 끊겨 있는 상태죠. 따라서 경찰은 현재 CCTV 분석을 위주로 아이들을 추적하고 있을 겁니다. 그리고 도내에 그만큼 수사 인원을 할당한 걸 보면 뭔가 단서를 포착했다는 견해도 나올 수 있겠죠. 따라서 도주 중인 소년들의 신병 확보까지 그리 오래 걸리지는 않을 것 같습니다. 적어도 앞으로 이틀, 사흘 안에는 찾지 않을까 싶네요."

수사 진행 상황이 공표되고 있지는 않지만 경찰도 마냥 손을 놓고 있지는 않다. 신병 확보가 시간문제라는 말을 듣고 기요미는 긴장감에 휩싸였다.

"경찰은 도주 중인 다른 한 명이 누군지도 대략 파악하고 있나요?"

"거기에 대해서는 경찰도 신중하게 대응하느라 언론 관계자들에게 정보가 들어오지 않는 상황입니다. 다다시와 또 한 명의 아이가 체격 조건이 그리 다르지 않다고 하니 CCTV 영상만으로 판단할 수 없다는 의견도 있고요. 옷 같은 것도 피해 아이와 옷을 바꿔 입지 않았다고 단정할 수 없죠. 핸드폰 전파를 차단한 것처럼 아이들도 도주를 위해 여러 면에서 공을 들이는 모습을 보이고 있습니다. 어쨌든 이번 일이 청소년 범죄는 틀림없으니 경찰도 확인되지 않은 사안을 쉽게 발설하지 않을 겁니다."

"왜 이런 사건이 일어났는지는 밝혀졌나요?"

"여름방학에 다다시의 고등학교 선배가 동아리 활동을 마치고 집에 가는 길에 여러 명에게 습격당해 다친 사건이 일어났죠. 그 일이 계기가 됐다는 견해가 나오는 듯합니다. 그때 습격에 가담한 사람이 이번 사건과 관련된 세 사람, 즉 다다시를 제외하고 구라하시를 포함한 세 명이라더군요. 그 아이들의 친구에게서 직접 전해 들은 이야기고, 제게 말을 해 준 아이는 차를 빌린 주범격 아이한테 그 이야기를 들었다고 하니 사실 관계는 틀림없을 겁니다.

다만 그 뒤로 일이 어떻게 꼬였는지는 모르겠습니다. 누군가가 사실을 털어놓았을 수도 있고 서로 책임을 떠넘겼을지도 모르죠. 애초에 그 선배가 먼저 다다시를 다치게 했다고 하지만 그 뒤 일어난 일에 다다시가 정말 관련됐는지도 아직 확실하지 않습니다. 습격당한 아이의 일정을 파악하고 있었으니 다다시가 계획의 중심에 있는 게 분명하다는 의견이 있는가 하면, 그 계획을 진행한 건 주범격 아이의 독단적인 결정일 거라는 의견도 있습니다. 부상을 당한 그 선배 아이 주변 친구들도 잠자코 있지는 않았을 테니 그쪽에서의 책임 회피나 떠넘기기 등의 갈등이 있지는 않았을까 하는 게 취재를 이어 가는 기자들의 막연한 예상이기도 합니다."

아이들의 세계에서 일어난 문제고 동아리 활동 중에 일어난 뜻밖의 사고라고 섣불리 예단하기보다 어른으로서 조금 더 관여했어야 한다. 나이토의 이야기를 들으니 그런 생각이 머리를 스쳤지만 지금은 이미 늦었다.

"이제 와서 이런 걸 여쭙는 게 이상할 수도 있는데요." 기요미는 그렇게 운을 떼고 물었다. "이번 사건의 가해 아이가 붙잡히면 어떤 처벌을 받게 될까요?"

"글쎄요." 나이토는 신중하게 대답했다. "이번 사건을 통해 구라하시가 목숨을 잃었고 또 한 명의 피해자가 있을 가능성도 큰 것으로 추정됩니다. 이런 중대 사건은 아무리 청소년 범죄라고 해도 보통 형사 재판까지 가죠. 다만 18세 미만이면 사형은 나오지 않습니다. 사형이 무기징역이 되고 무기징역은 징역 15년 또는 20년의 유기형이 됩니다. 또는 거기까지 가지 않을 경우에는 부정기형이 적용되죠. 몇 년 이상, 몇 년 이하라는 형태로 형기가 결정되는 겁니다. 아마도 최장이 10년 이상, 15년 이하일 겁니다. 이번 경우에는 아직 자세한 사정이 밝혀지지 않았지만 상해치사에다가 피해자를 둘로 가정하면 주범격 아이는 부정기형의 최장기형 또는 유기형이 내려질 가능성이 있다고 봅니다. 또 살의가 명백했다면 무기형 가능성도 생기겠죠. 또 한 아이도 역할에 따라 달라지겠지만 폭행에 가담했다면 제법 오랜 기간의 부정기형을 각오할 필요가 있겠죠. 재판에서 형기가 확정되면 소년 교도소에 수감됩니다.

또 그것과 별개로 피해자 유족 측에서 가해자 쪽에 손해배상도 청구할 겁니다. 청구액은 각각 억 단위가 될 테지만 법원에서 현실적인 액수를 화해 조건으로 정해 몇십 년에 걸쳐 지불하게 될 거라고 예상합니다."

10년 이상, 15년 이하의 징역. 다다시는 조금 더 가벼운 형을 받게 될 거라고 생각하면서도 한편으로 지금은 낙관론을 버려야 한다고 마음을 고쳐먹었다.

물론 속죄의 날에 끝은 없겠지만 우선 15년을 견뎌야 한다. 사건이 일어난 지 아직 사흘밖에 안 된 것을 고려하면 정신이 아득해질 만큼 긴 시간이다. 그러나 다다시가 살아 있는 한 캄캄하기만 한 미래는 아닐 거라고도 생각했다.

"만약 그런 일이 벌어졌을 때, 혹은 지금도 그런 문제로 불안을 느끼실 만한 사안이 있다면 소년 사건에 정통한 변호사를 소개해 드릴 수 있습니다."

"그건 그때 다시 부탁드릴게요." 기요미는 일단 그렇게만 대답했다.

"어머님의 말을 들으면 어머님께서는 아들이 가해자일 확률이 높다고 생각하시는 듯하군요……. 아니면 그러기를 바라고 계신다거나."

기요미는 그 말에는 대답하지 않았다.

"아드님이 가해자라고 생각하는 특별한 근거가 있는 건 아니겠죠?"

"……네."

"흐음." 나이토는 조용히 신음했다. "그런 것도 역시 일종의 자식을 생각하는 부모의 마음이라는 걸까요. 아예 이해가 안 되는 건 아닙니다. 부디 그렇게 되기를 기원한다고까지 말씀드릴 수는 없겠지만……."

아예 이해가 안 되는 건 아니라는 말이 기요미의 귀에는 냉정하게 들렸다. 그러나 바꿔 말하면 지금 자신의 간절한 바람을 남들은 냉정하게 볼 수밖에 없다는 뜻이기도 하다.

그렇게 깨닫자 말로 표현하기 힘든 기분에 휩싸였지만 그렇다고 생각을 굽힐 수도 없는 노릇이다.

깨닫지 못한 척을 하면 된다고 스스로 되뇔 수밖에 없었다.

17.

"가즈토. 너희 집에 대체 무슨 일이 일어난 거냐?"

오랜만에 듣는 기후에 사는 형 가즈시게의 목소리였다.

"유키히사한테 들었다. 뉴스를 보니 너희 집이 맞더라. 인터뷰한 사람은 가스카베의 사돈댁 아니냐?"

가즈토는 책상에 팔꿈치를 괸 채 스마트폰을 귀에 갖다 대고 있다. 사무실에 틀어박혀 있지만 일을 하고 있었던 건 아니다. 인터넷에서 사건에 대한 정보를 수집하거나 멍하니 사색에 잠겨 있다가 한숨을 내쉬고 있던 와중에 받은 전화였다.

"맞아." 가즈토는 얼버무리기도 귀찮아서 그렇게 대답했다. "다다시가 사건에 관련된 듯하고 지금 실종 상태야."

"트렁크에서 시신이 발견된 사건 맞지?" 형의 뻣뻣한 목소리는 가즈토를 질책하는 것처럼 날카로웠다. "관련됐다니 어떻게 된 건데?"

"그건 아직 몰라."

"모르다니. 그런데 실종 상태라는 건 도망치고 있다는 뜻 아니냐?"

"아직 그렇게 밝혀진 건 아니야."

"시치미 떼지 마라. 사돈댁도 너희를 대신해서 사죄하러 나온 것 같던데?"

"시치미 떼는 거 아니야. 정말로 아무것도 밝혀지지 않았어. 다다시가 가해자인지 피해자인지도 아직 몰라."

딱 잘라 말했지만 가즈시게는 동생의 말이 무슨 뜻인지 깊게 생각하지 않고 혀를 쯧쯧 찼다.

"뭐가 어떻게 된 건지 모르겠지만 어쩔 작정이냐? 유키히사도 내년부터 취업 준비를 해야 하고 우리한테 폐가 될 행동은 안 해 줬으면 하는데 말이다."

교토의 대학에 다니는 유키히사와 다다시는 어렸을 때는 방학 때 종종 함께 놀기도 했지만 다다시가 중학생이 되고 나서는 얼굴을 마주할 기회가 없어졌다. 그래서인지 다다시의 안전을 걱정하기보다 자신들이 혹시라도 피해를 볼까 봐 걱정하는 마음이 앞서는 듯했다.

물론 그렇다고 해서 가즈토가 불만을 토로할 처지는 아니다.

"폐 끼칠 생각은 없어."

가즈토는 다다시가 사건에 어떻게 관련됐든 멀리 사는 친형 가족에게까지 영향을 끼칠 거라고는 생각하지 않아 불쾌한 티를 내 버렸다.

"그럴 생각이 있는지 없는지를 떠나 우리한테는 폐가 된다니까." 가즈시게는 꼭 이미 피해를 보고 있는 것처럼 말했다. "일가친척 중에 이런 사건을 일으킨 범죄자가 나온다는 것만으로 폐가 되고 대대손손 수치가 될 거다. 알고는 있냐?"

가즈토는 순간 아버지와 통화를 하는 듯한 착각에 빠졌다. 가즈시게와 아버지는 기분이 언짢을 때 나오는 말투가 닮았다. 대학교수였던 아버지와 장남으로 건실하게 자라 지역 화학 섬유 회사 연구실에서 근무하는 가즈시게는 왠지 성격도 비슷했다. 살아 계셨다면 아버지도 비슷한 말을 하지 않았을까. 가즈토는 그렇게 생각하고 씁쓸한 기분이 들었다.

"이런 말까지는 하고 싶지 않은데, 만약 지금 걱정하는 것들이 사실로 드러나면 법요 행사든 뭐든 널 이곳에 부르지 못할 거고 우리도 거기 못 갈 거다. 그만큼 심각한 일이니."

한마디로 연을 끊겠다는 걸까. 냉정하거나 엄격하다는 느낌보다 형답다는 생각이 앞섰다.

"마음대로 해. 난 나대로 집안일 때문에 지금 정신이 하나도 없어. 형까지 신경 쓸 여유가 없다는 말이야." 가즈토는 자포자기하지 않고 애써 냉정하게 대답했다. "근데 난 정말로 다다시가 이번 사건의 가해자라고 생각하지 않아. 그러니 폐 끼칠 생각은 없다는 말도 진심이고 법요 행사에 부르든 안 부르든 성묘 정도는 나도 내키면 갈 거야."

"아버지 얼굴을 떳떳이 볼 수 있겠다면 괜찮겠지만, 아무튼 뭐 나도 그러기를 바란다."

말과는 반대로 목소리에는 끈질길 정도의 의심과 매정함이 느껴졌다. 그대로 전화는 끊겼다.

어렸을 때부터 독립심이 강해 도쿄에 상경해서 대학에 진학한 가즈토와 달리 가즈시게는 지역 사회 속에서 살아가는 게 당연하다고 생각해 온 사람이다. 가즈토보다 성적도 좋았는데 지역을 벗어나는 선택을 하지 않았다. 보수성이 강한 기후현 풍습에 물들었다고도 할 수 있고 장남이니 차남이니 따지는 시대에 자란 영향도 있을 것이다.

그러나 보수적인 분위기와 거리를 두면서 살아온 가즈토도 만약 다다시가 사건의 가해자라면 앞으로 주변 시선을 신경 쓰지 않고 자유롭게 살아갈 수 없다는 것 정도는 차고 넘칠 만큼 이해하고 있다. 그리고 그런 상황이 당연히 두렵기도 했다.

기요미는 별로 두렵지 않은 듯하다. 가즈토는 아내의 사고방식이 도가 지나치다고 느꼈다. 이런 차이는 태어난 지역 고유의 분위기에 따라 다른 걸까. 남자와 여자가 본능적으로 취하는 입장 차이일까. 아니면 중심축을 사회에 두고 있는 사람과 가정에 두고 있는 사람의 차이일까. 가즈토는 알 수 없었다.

그러나 한 가지 확실하게 말할 수 있는 건, 아내가 머릿속에서 다다시가 죽었을 가능성을 지우고 싶은 것처럼 나 역시 다다시가 가해자 중 한 명일 가능성을 염원하며 무분별하게 믿지는 않는다는 것이다. 다다시의 목숨이 어떻게 되든 상관없다는 식의 문제가 아니다. 현실을 무리하게 꺾고 비틀어 생각하면 그 생각에 동조하는 분위기가 주변에서 유입된다. 그렇게 점점 비틀린 생각이 확고해지는 것이다.

기요미가 왠지 더 강경해 보이는 것은 언니와 어머니가 자신의 생각에 동조하듯 격려해 줬기 때문이다. 게다가 언니는 집 밖에 있던 기자들도 그런 자세로 대했으니 사정을 잘 모르는 세상 사람들의 눈은 조금씩 한쪽으로 쏠리고 있다. 가즈시게도 그중 한 명이다.

인터넷을 봐도 다다시를 범인 중 한 명으로 단정 짓는 의견이 다른 의견을 점차 압도하고 있다.

- S랑 I는 인간쓰레기. I의 복수 계획에 구라하시를 이용하고 그게 들키자마자 구라하시를 다시 사죄 담당 요원으로 삼아 합의를 도모함. 구라하시도 역시 모조리 뒤집어쓰고 싶지는 않았을 것. W는 결국 구라하시에게 붙음. 그리고

행방이 묘연해짐.

– H타 뒤에 무서운 애들이 있었다고 하니 S야마와 I카와도 쫄아서 돈으로 어떻게든 하려고 했음. 하지만 해결되지 않았고 구라하시와 W무라가 도망쳐서 일이 이렇게 됐음.

– S야마도 어느 쪽인지 따지면 결국 I카와에게 이용당한 것. 끝까지 도망치는 건 I카와겠지.

– 경찰과 언론 모두 I를 주목하는 것 같네. 체포는 이제 시간문제인가.

근거라고는 없어 보이는 억측이 인터넷 세계에서 하나둘 증식하고 있다. 객관적이고 양심적인 정보를 찾아 게시판을 살피는 동안 이런 의견들을 보고 가즈토도 평정심을 잃을 뻔했다. 역시 이런 걸 보고 있어 봐야 득 될 건 없다고 판단해 가즈토는 인터넷에서의 정보 수집을 그만뒀다.

사무실 불을 끄고 집에 돌아갔다. 밤중이지만 기요미는 아직 부엌 식탁에서 일을 하고 있었다. 별다른 대화 없이 가즈토는 침실로 가 침대에 파고들었다.

좀처럼 잠이 오지 않아 새벽 2시가 지나 침대에서 일어나 화장실에 갔을 때도 기요미는 여전히 일하고 있었다.

얼마 전까지 머릿속이 다다시에 대한 생각으로 가득해 일에 집중하지 못하는 것 같았지만 지금은 정반대다. 밀린 일을 해치우느라 그러기도 하겠지만 일에 집중해서 현실을 잊으려는 것처럼 보이기도 한다. 그러나 그토록 다다시를 걱정하던 사람이 이렇게 쉽게 의식을 전

환할 수 있을까. 가즈토는 미심쩍었다.

사전을 살펴보면서 열심히 교정지를 읽는 아내의 모습이 가즈토의 눈에 생소할 만큼 귀기가 어려 보였다. 마치 지금 나에게는 이 일밖에 없다고 작심한 것 같다.

다다시가 어딘가에 살아 있다는 희망을 버리지 않았을 것이다. 사건의 가해자일 가능성을 감수해서까지 희망을 버리지 않는 입장이다.

그 생각이 여전히 그대로라면…….

침실로 돌아간 가즈토는 문득 떠올리고 살짝 섬뜩해졌다.

아내는 내가 앞으로 일을 해 나갈 수 없는 상황을 이미 계산하고 있는 게 아닐까.

거래처들로부터 연락이 끊기고, 고객들이 떨어져 나가고, 이웃들의 차가운 시선까지 섞여 결국 도자와에서 이사할 수밖에 없어져도 자신이 교정 일만 계속한다면 먹고살 수는 있다는 생각이 굳어져 이미 삶의 방향을 그쪽으로 틀어 버린 게 아닐까.

말도 안 된다.

가즈토가 아내의 그런 방향성을 인정하기 어려운 것은 자신의 입장은 조금도 반영되지 않았기 때문이다.

지금껏 힘들게 형성해 온 인맥과 신용이 모두 떨어져 나간다. 새로운 땅에서 다시 일을 시작해도 이전과 같은 성공은 바랄 수도 없다. 만약 사건에 대한 소문이 그곳에까지 퍼지면 어떡해야 할까. 이름을 숨기고 일을 해 나갈 수는 없다. 최악의 경우 일을 받지 못하는 자칭 건축가가 되어 나이만 속절없이 먹어야 할 수도 있다.

떠올리는 것만으로도 오싹한 미래다.

그러나 기요미는 점차 그런 상황을 계산해 두고 있다.

그 안에서 가즈토는 그저 공짜 밥을 얻어먹는 존재에 불과하다.

사회에서 존재 가치가 사라진 남자는 가정 안에서도 존재 가치가 없는 거나 마찬가지다.

생각할수록 무시무시한 이야기였다.

조금 전보다 정신은 더 말똥말똥해졌다.

결국 새벽이 다 되어 세 시간 정도 얕은 잠을 잤다.

눈을 떴을 때는 순간 몸이 마비된 것처럼 움직이지 않았다. 잠에 취해서인지 아니면 극도의 긴장 때문인지 바로는 알 수 없었다.

그만큼 무서운 꿈을 꿨다.

나를 둘러싼 현실이 조금씩 되돌아왔지만 꿈속 세계보다는 희망적이었다.

내 손으로 다다시를 죽인 꿈이었다.

엄밀히 말하면 죽이는 꿈을 꾼 것은 아니다. 그랬으면 꿈속이었어도 그만두었을 것이다.

이미 죽인 뒤였다.

생각해 보면 나는 내 손으로 다다시를 죽인 것을 알고 있었다.

이미 죽여 버린 마당이라 돌이킬 수 없었다.

다다시의 방에 내가 죽인 다다시가 방치돼 있고 기요미와 미야비는 눈치채지 못한 채 평소의 일상을 보내고 있다. 우메모토와 다카야마 사장 등 업무 관계자도 집을 드나들었다.

언제 들킬지 몰라 가슴 졸이면서도 다다시는 사람을 죽였으니 내가 아들을 죽이는 건 어쩔 수 없다고 합리화하는 생각이 머리를 스쳤다.

그러나 곰곰이 생각하면 나 자신도 이미 살인을 저질렀고 그 사실이 주변에 알려지면 모든 게 끝이다. 그런 의미에서는 내가 아무리 합리화해 봐야 해결되는 건 없으니 새삼 아연실색해지는 것이다.

잠시 후 도자와 경찰서의 데라누마와 노다 형사가 집에 오고 있다는 이야기로 집 안이 들썩이고 마침내 나는 절망에 빠진다……. 가즈토는 그런 악몽에서 돌아와 눈을 뜨자마자 피로가 쌓인 깊은 한숨을 내쉬었다.

이 얼마나 우스꽝스러운 은유인가. 가즈토는 간신히 호흡을 가다듬고 몸을 뒤척이며 그런 생각을 했다.

나는 이미 다다시를 죽였다. 아들이 사건의 피해자라고 믿는 건, 즉 그런 것이다. 마음속에 사는 악마가 그런 내 생각을 구태여 눈앞에 들이밀려 하고 있다.

꿈속의 다다시가 사람을 죽인 것으로 정해진 건 분명 아내의 영향일 것이다. 다다시의 무죄를 믿는다고 하면서 무의식중에 영향을 받아 버린 것이다. 아니, 실제로는 다다시의 무죄를 믿는 게 아니라 기요미가 바라는 상황이 현실이 되어 내 삶을 끝낼 가능성으로부터 눈을 돌리려는 것일지도 모른다는 생각도 들었다.

마음속에 사는 악마는 그런 생각을 훤히 꿰뚫어 보고 있다. 다다시가 피해자라고 아무리 주장해도 네가 속으로 아들을 못 본 척하고 죽이는 건 마찬가지라고, 그렇게 해서 해결될 건 없다고, 그리고 그런 네가 앞으로 너 자신의 인생을 걱정하는 건 우습기 짝이 없다고…… 그렇게 외치는 게 아닐까.

제기랄.

서서히 정신을 차리면서 가즈토는 냉정해졌다.

나는 마음속에서 다다시를 죽이지 않았다.

정말로 그저 믿고 있을 뿐이다.

내 아들을 믿는 게 뭐가 나쁘다는 말인가. 그것과 내 삶을 지키려 하는 건 별개의 문제다.

분리할 수 없는 문제처럼 함께 생각하니 더 혼란스러워진다. 이대로 계속 아들을 믿고 나는 나대로 당당히 살아가면 된다.

밖에서 누군지 모를 인기척이 느껴진다. 거실에서 인터폰 벨 소리가 들렸다. 이렇게 이른 시간부터 기자일까. 시계가 8시를 가리키는 것을 보고 가즈토는 침대에서 나갔다.

거실을 보니 기요미가 부엌 식탁 앞에 앉아 교정지를 보고 있다. 침대에 누운 것 같지 않으니 밤새워 일했을 것이다.

그러나 어젯밤 귀기가 느껴진 뒷모습에서 지금은 피로가 배어나는 것처럼 보였다.

"무리하지 마. 몸 상해."

가즈토가 무심코 말을 걸자 신호탄이라도 된 것처럼 기요미는 샤프를 내려놓았다. 진도를 꽤 나갔는지 "좀 쉴게" 하고 가즈토와 교대하듯 침실에 들어갔다.

또다시 인터폰 벨 소리가 들렸다. 스크린에 언론사 기자처럼 보이는 이의 얼굴이 비치고 있다.

무시하고 커피를 끓이는데 2층에서 느닷없이 미야비의 비명이 들렸다. 깜짝 놀라 계단을 뛰어 올라가 미야비의 방을 확인했다.

잠옷 차림의 미야비는 겁먹은 표정으로 가즈토를 보자마자 커튼을 친 창문을 가리켰다.

"카메라로 이 방을 찍고 있었어." 당장에라도 울음을 터뜨릴 목소리로 미야비가 말했다.

커튼을 걷어 밖을 확인하자 촬영용 접사다리 위에 올라 이쪽으로 TV 카메라를 향하는 카메라맨이 보였다. 다다시의 방을 찍으려는 걸까. 그러나 아들의 방은 위치상 안쪽에 있어서 멋대로 미야비의 방으로 카메라를 향한 듯했다.

미야비가 혼비백산한 건 카메라의 존재뿐만 아니라 다른 보도진의 모습도 보여서일 것이다. 열 명 가까이 있으니 언론사 한 곳은 아니다. 수사가 진행될수록 이렇게 될 거라고 걱정한 광경이 눈앞에 펼쳐져 있었다.

"신경 쓰지 마. 커튼 쳐 둬."

아무 해결도 안 되겠지만 가즈토는 미야비에게 말하고 거실로 돌아갔다. TV를 켜고 모든 방송국의 뉴스, 시사, 버라이어티 프로그램을 확인했지만 도자와 사건 수사에 진전이 생겼다는 보도는 찾아볼 수 없었다.

또다시 인터폰 벨 소리가 울렸다.

"적당히 좀 하십쇼. 아침 일찍부터 뭐 하는 짓입니까?"

가즈토는 참지 못하고 통화 버튼을 눌러 상대에게 퍼부었다.

"다다시 군의 아버님이신가요? 잠깐 이야기 좀 들을 수 있을까요?"

"제가 할 말은 없습니다. 그리고 멋대로 딸 방을 찍지 마세요. 도촬하는 겁니까?"

"저희는 아닙니다."

"어느 방송국인지 모르겠지만 비상식적인 행동은 주의해 주세요."

"어쨌든 잠깐만 나와 주실 수 없을까요? 여쭤볼 게 좀 있는데."

"전 할 말이 없다고 말씀드렸을 텐데요."

"하지만 아버님……."

"그럼 실례하겠습니다."

억지로 통화를 끝마치려 하자 상대는 "저, 잠깐만요" 하고 성급히 말했다.

"문패에 페인트 같은 게 칠해져 있는데 괜찮으시겠습니까?"

"네?"

"그리고 누가 현관문에 달걀을 투척한 것 같네요."

또 이런 일이……. 가즈토는 무심코 혀를 찼다. 이렇듯 남의 상처에 소금을 뿌리려는 녀석들이 존재한다.

가즈토는 폴로셔츠와 면바지로 갈아입고 청소 도구를 들고 밖에 나갔다.

기다리고 있던 보도진이 우르르 몰려왔다. 현관 앞에는 어제와 똑같이 달걀 껍데기와 난액이 여기저기 흩뿌려져 있고 문기둥에 달린 문패에는 스프레이로 뿌린 듯한 붉은 페인트가 칠해져 있었다.

"도대체 누가 이런 짓을 하는 거야?"

답답한 마음에 혼잣말을 중얼거리고 다가오는 보도진을 눈짓으로 견제하자 그들 중 한 명이 누명이라도 쓴 것처럼 "저희는 아닙니다" 하고 말했다.

"와 보니까 이렇게 돼 있더군요."

만약 기자가 이런 짓을 저질렀다면 그건 또 그것대로 해외 토픽감이라는 엉뚱한 생각이 들었지만 웃을 기분은 아니었다. 가즈토는 일단 어제와 마찬가지로 현관 앞을 청소하기 시작했다.

"아드님에게서는 아직 연락이 없습니까?" 기자 중 한 명이 물었다.

"없습니다."

"경찰에게서 뭔가 들으셨나요?"

"못 들었습니다. 아들이 집에 오지 않아서 신고한 이래 그쪽에서는 아무것도 알려 주지 않고 있습니다."

"어제 무렵 뭔가 새로운 이야기가 들리거나 한 건 없습니까?"

"그러니까 없다고 했죠. 경찰 수사가 어떻게 진행되고 있는지는 당신들이 훨씬 잘 알지 않습니까?"

"아뇨. 이런 종류 사건은 경찰도 입이 무겁고, 뭐가 어떻게 되고 있는지 예상이 잘 안 되네요."

"어제 친척분이었나요? 어떤 여자분께서 방송국 취재에 응하셨죠? 인터뷰를 들어 보니 경찰에게서 뭔가 들은 이야기가 있는 것 같던데요." 다른 기자가 은근슬쩍 물었다.

"대체 어떻게 취재한 건지 모르겠지만 아무튼 저희 아들을 가해자로 인정할 만한 증거는 아무것도 나오지 않았습니다. 경찰도 저희를 그런 식으로 대우하지 않았고요. 오히려 저는 아들이 피해자가 아닐까 생각합니다."

"피해자라는 증거는 있습니까?" 기자가 신중하게 물었다.

"아쉽지만 그것도 없습니다."

가즈토가 솔직하게 대답하자 보도진 사이에서 맥 빠진 한숨 소리가 새어 나왔다.

"저희는 믿을 수밖에 없습니다." 가즈토는 청소하는 손을 쉬지 않고 말했다. "아들을 믿어 줄 수밖에 없는 겁니다. 물론 한편으로 무사히 살아 있기를 바라는 마음도 있습니다. 아내가 특히 그런 마음이 강하죠. 그러니 저희 처형의 인터뷰 같은 것도 나온 거고요. 다양한 가능성을 고려하느라 가족 모두의 마음이 계속 요동치고 있습니다. 그러니 기자 여러분들께서도 부디 신중하게 취재해 주셨으면 하는 바람입니다. 아직 정해진 것도 없는데 이런 식으로 괴롭히는 사람들 때문에 저희가 고통받고 있는 모습을……"

거기서 가즈토는 손을 멈추고 보도진 쪽을 바라봤다.

"여러분들은 어떤 심정으로 바라보고 계십니까?"

순간 기자들 사이에 침묵이 흘렀다. 그러나 오래가지 못하고 어색한 분위기를 꺼리듯 한 명이 입을 열었다.

"저희는 사건 관계자의 인권과 취재원의 사생활을 충분히 존중하고 있습니다. 다만 지금은 인터넷 때문에 원래 지켜져야 할 것들이 무너지는 경향이 있기는 하죠."

과연. 자신들 언론에는 죄가 없고 뉴스의 일부만 보고 멋대로 부풀리거나 악의적으로 왜곡하는 사람들이 나쁘다고 생각하는군. 가즈토는 기자의 말에 납득했다. 그러나 거의 자포자기하는 심정이 섞여 있었다.

"그러나 저희 언론에는 사건의 본질만이 아닌 그런 문제를 세상에 알리는 역할도 있으니 가슴에 쌓인 솔직한 심정을 꼭 들려주셨으면 합니다."

"방금 말씀드렸죠. 그 이상 말씀드릴 건 없습니다."

"아드님이 열흘쯤 전에 대형 마트에서 공작용 칼을 구입했다는 이 야기가 들립니다만 그건 알고 계십니까?"

"오늘 피해자 구라하시 요시히코의 경야 의식이 열린다고 하는데 요, 피해 소년에게 한마디 부탁드립니다."

"행방불명된 아드님께 하고 싶으신 말씀은 없습니까?"

일렬로 늘어선 기자들이 던지는 질문에는 마음만 먹으면 대답할 수 있는 것도 한두 개 있었지만 가즈토는 입을 닫는 쪽을 택했다.

이들도 이들 나름의 정론대로 움직이고 있고 자신에게 주어진 임무를 달성하기 위해 이렇듯 나를 둘러싸고 있다. 그러나 그렇기 때문에 더 다루기 어렵다고도 할 수 있다. 그들의 말과 행동에는 온기라는 것이 일절 느껴지지 않고 상대하고 있으면 그저 한기만이 들 뿐이다. 가즈토는 몇 시간 동안 대화를 나누어도 이들과 마음이 통할 리는 없을 거라 생각했다.

담담히 쏟아지는 기자들의 질문을 흘려들으면서 청소를 이어 가다가 문득 자학적인 의문이 고개를 들었다.

나도 내 나름의 정론대로 움직이고 있다. 이치를 따지기 좋아한다는 말을 들을 때도 있다. 그렇다면 혹시 아내의 눈에도 내가 감정 없는 사람처럼 보이는 게 아닐까.

그럴지도 모른다.

정론이라고 해도 어차피 그 사람의 입장과 정체성에 근거한 것에 불과하다. 입장이 다르면 내세우는 논리도 달라진다. 이치에 맞아도 상대에게 반드시 통할 거라 단언할 수 없고, 오히려 이치가 맞아서 받아들이지 못하는 상황이 발생할 수도 있다.

결국 무엇이 옳다는 식의 해답은 없다.

사안이 이토록 심각해지면 서로 한 발자국씩 물러서서 합의에 이를 수 없고, 결국 진실이 밝혀지기 전까지 잠자코 기다려야만 한다.

현관 앞 청소를 마치고 문기둥 앞으로 갔다.

금속 공예가에게 의뢰해서 만든 연철 문기둥 위에 고정 장치로 아크릴 문패를 달았다. 공들여 가공한 거대한 비늘 같은 철면이 평소에는 중후한 은빛 광택을 내뿜으며 일종의 예술 작품처럼 멋을 뽐내지만 지금은 붉은 페인트가 모든 것을 엉망으로 만들었다.

가즈토는 분노를 억누르며 카메라로 피해 상황을 찍었다.

이제는 엄연한 범죄다. 그러나 경찰에 신고해 봐야 해결되지 않을 거라는 체념이 들었고, 한시라도 빨리 더러운 것을 닦아 내고 싶다는 마음이 더 강했다.

일단 가지고 있는 페인트 제거제로 없앨 만큼 없애 보자…… 가즈토는 그렇게 생각하고 사무실로 돌아갔다.

문패는 잠시 떼어 두는 게 좋을 것이다. 그렇게 생각하며 사무실에 들어가 공구 선반에서 페인트 제거제와 문패를 분리할 때 쓰는 렌치 등을 꺼냈다.

렌치를 꺼내고 서랍을 닫으려다가 불현듯 손이 멈칫했다.

옆으로 긴 서랍에는 렌치나 드라이버 등 작은 공구가 칸막이별로 세세하게 구분돼 수납돼 있다. 열 자루 세트의 끌 등 날붙이가 오른편 안쪽에 있고 그 앞에는 공작용 칼이 보관돼 있다.

다다시에게 압수한 공작용 칼도 그 안에 들어 있을 터였다.

하지만 보이지 않았다.

가즈토는 우메모토가 늘 쓰는 창가 책상 쪽을 봤다. 우메모토가 여기 든 공구를 사용할 때도 있다. 그러나 책상 위에 다다시의 공작용 칼은 보이지 않았다. 찾을 곳을 다 찾아도 없었다. 우메모토는 요즘 설계용 모형 제작에 매달리고 있는데 그런 칼을 쓰는 모습은 보지도 못했다. 그는 늘 커터칼을 사용하고 그 칼은 책상 위 연필꽂이에 꽂혀 있었다.

가즈토는 찜찜한 기분 그대로 다시 사무실을 나섰다. 문패를 떼어내고 페인트 제거제로 페인트를 지운다. 묵묵히 팔을 움직이면서 머리로는 공작용 칼을 떠올렸다.

우메모토가 취미용 조립 등을 할 때 쓰려고 집에 가져갔을 수도 있다. 훔쳐 갔을 리는 없다. 그럴 사람은 아니다. 가즈토에게 미리 양해를 구하는 것을 잊었거나 말할 타이밍을 놓쳤을 것이다.

그럴 확률이 크다고 생각하지만 부디 그래 줬으면 하고 바라는 마음도 있었다. 어쨌든 우메모토가 내일 출근할 때까지 마냥 기다리고 있어서는 안심할 수 없다.

우메모토에게 전화해 보자. 그런 결론에 다다랐을 때 밖에 있는 기자들의 핸드폰이 일제히 울리기 시작했다. 저마다 업무 연락 같은 걸 주고받더니 다 끝난 건가 싶었을 때 이렇다 할 인사도 나누지 않고 뿔뿔이 흩어져 순식간에 집 앞에서 자취를 감췄다. 새로운 취재 대상이라도 생겼을 수 있지만 가즈토에게서도 더 이상 취재할 거리가 없다고 판단했을 것이다. 끈질기게 들러붙은 것치고는 맥이 풀릴 만큼 싱거운 결말이었다.

현관 앞에 혼자 남은 가즈토는 당혹감을 떨쳐 내고 떼어 낸 문패 등을 들고 사무실로 돌아갔다. 공구를 정리하고 수화기를 들어 우메모토의 핸드폰에 전화를 걸었다.

"잘 쉬고 있나? 휴일에 미안하군."

상대가 전화를 받아서 가즈토가 운을 떼자 우메모토는 "아, 아닙니다. 수고하십니다" 하고 긴장 풀린 목소리로 대답했다. 평소와 다름없다고 하면 다름없다.

"물어볼 게 좀 있는데."

"네? 뭐죠?"

"사무실 서랍에 넣어 둔 공작용 칼이 하나 안 보이는데, 혹시 쓴 기억 없나?"

"아아." 우에모토는 당황하는 기색 없이 말했다. "그거, 아마 다다시가 가져갔을 텐데요."

"뭐……?"

"서랍을 뒤져서 뭘 가져가더군요. 자세히 보지는 못했지만 아마 칼이었을 겁니다."

가즈토는 소스라치게 놀라 간신히 입을 열었다.

"언제?"

"아마 연휴 전 금요일이었을 겁니다. 저녁에 선생님이 안 계실 때 와서 가져가더군요. 제가 쓴 적은 없습니다."

머리를 세게 한 대 얻어맞은 기분이었다.

가즈토는 신음 섞어 "그런가……" 하고 전화를 끊었다. 의자에 깊숙이 앉아 얕고 거친 호흡을 반복했다. 새하얘진 머릿속에 아무것도 떠오르지 않았다.

바보 자식……. 그런 말이 목 언저리까지 차올랐다.

의지하고 있었던 것이 온데간데없이 사라져 버렸다.

이제는 무엇을 어떻게 믿어야 좋을지 알 수 없었다.

18

기요미가 눈을 뜬 시간은 오후 1시에 가까웠다.

매일 수면 부족에 밤새워 일하느라 정신없이 잠에 빠져들었다. 거실에서 전화 소리가 들린 듯했지만 정신을 차릴 만큼 잠기운이 가셨을 때는 이미 끊겨 있었다.

몸을 일으켜 사이드 테이블에 둔 매너모드 상태의 스마트폰을 확인하니 나이토 기자에게서 부재중 전화가 와 있었다. 두 시간 정도 전에 걸려 온 전화다.

거실로 나가 집 전화를 확인하니 이쪽에는 친정에서의 착신 기록이 남아 있었다. 사서함에 녹음된 음성 메시지를 재생하니 사토미의 목소리가 흘러나왔다.

"여보세요. 기요미? 실종된 아이 중 한 명이 발견됐다는 뉴스가 나와서 전화했는데…… 나중에 다시 걸게."

메시지를 듣자마자 기요미는 가슴이 철렁했다. 잠들어 있는 사이에 뭔가 큰 변화가 있었던 모양이다.

거실에는 가즈토와 미야비 둘 다 보이지 않았다. 일단 TV를 켜 봤지만 뉴스는 나오지 않았다.

나이토의 연락도 그 일 때문일까. 생각해 봐도 다른 건 떠오르지 않아서 기요미는 확인하고 싶어졌다.

스마트폰을 집어 들어 나이토에게 전화를 걸었다.

나이토는 곧장 전화를 받았다.

"죄송해요. 전화를 못 받아서……. 무슨 일이라도 있었나요?" 기요미는 인사도 제대로 못 하고 물었다.

"네. 오늘 아침에 아이 한 명의 신병이 확보돼 소식을 전하려고 전화드렸습니다."

"언니에게서도 메시지가 왔는데…… 근데 아직 뉴스는 못 봤어요." 기요미는 그렇게 알리고 물었다. "그 아이가 누군지는 밝혀졌나요?"

"네……. 아니, 오늘 아침에는 밝혀지지 않았지만 그 뒤 취재를 통해 알아냈습니다." 나이토는 숨을 한 번 내쉬고 말을 이었다. "다다시는 아닙니다."

무심코 낙담하는 탄식이 기요미의 입에서 새어 나왔다.

"코치의 아들인가 보네요."

나이토는 이름을 대지는 않았지만 말만 들어도 누군지 감이 왔다.

"그 아이 한 명만 발견된 건 무슨 의미인가요?"

시오야마 코치의 아들은 다다시와 구라하시 요시히코보다 한 학년 위고 이번 사건의 주범으로 지목받던 아이다. 그런 아이만 혼자 신병이 확보됐다는 것이 무엇을 의미하는지 기요미는 알 수 없었다.

"그 부근의 정보는 지금 경찰이 조사 중이라 저도 자세한 건 모릅니다만, 들려오는 이야기로는 아이들이 각자 따로따로 도망쳤을 가능성을 추측하고 있는 것 같습니다. 이번에 신병이 확보된 소년은 시부야 쪽에 사는 지인의 아파트에 숨어 있다가 붙잡혔다고 합니다. 도쿄 쪽으로 도망치기 전까지는 또 한 명의 소년과 함께 있었던 것 같지만 거기서 갈라지는 게 붙잡히지 않을 거라 판단했는지, 아니면 다른 이유 때문인지는 몰라도 아무튼 중간에 갈라진 것 같습니다."

또 한 명은 아직 필사적으로 도주 중인 걸까. 그 아이가 다다시라고 생각하자 기요미는 서글퍼졌다. 앞날을 비관해 이상한 생각을 품거나 하지는 않을까. 수중에 돈도 없을 텐데 밥은 제대로 먹고 다닐까. 이런저런 걱정이 희미한 현실감과 함께 고개를 들기 시작했다.

"그런데 이렇게 된 이상 또 한 명이 발견되는 건 이제 시간문제겠죠." 나이토가 말했다. "신병을 확보한 아이의 진술도 곧 나올 테고 시부야 일대 CCTV 분석 같은 것도 진행하고 있을 테니 아마 하루 이틀 안에 행방이 밝혀지지 않을까 싶습니다."

시간문제라는 말에 기요미의 심장 고동이 빨라졌다.

"저, 만약 경찰이 저희 아들의 신병을 확보한다면……." 기요미는 물어봤다. "면회를 하거나 필요한 물건 같은 건 넣어 줄 수 있나요?"

"만약 체포될 경우 최초 72시간 동안 면회할 수 있는 사람은 변호사뿐입니다. 물건은 경찰서에 따라 다른 듯한데 아마 옷이나 수건 같은 생필품은 괜찮을 겁니다."

"밥은요? 배가 고플 수도 있는데 직접 싼 도시락을 넣어 줄 수는 있을까요?"

"그건 경찰서 쪽에 물어보셔야 할 겁니다. 다만 신병이 확보돼도 즉

각 체포라는 형태로 이어지는 경우도 많아서 경찰 쪽에서 이런저런 준비를 마치기 전까지 아이의 안정에 도움이 된다거나 조사에 이점이 있다고 판단하면 받아들일 가능성이 없지는 않겠네요."

"그런가요……. 고맙습니다. 또 무슨 일이 생기면 알려 주세요."

"알겠습니다." 나이토는 대답하고서 한마디 더 덧붙였다. "다다시…… 무사하면 좋겠군요."

기요미의 속을 떠보는 듯한 말투였지만 기요미는 솔직하게 "감사합니다" 하고 대답했다.

통화를 마치고 기요미는 마음이 가라앉도록 잠시 가만히 있었다.

다다시가 사건의 가해자라고 해도 얼른 붙잡아 줬으면 좋겠다고 생각했다. 이 이상 도망 다니는 건 무엇보다 당사자가 힘들다.

그러나 또 한 명의 아이가 다다시라고 아직 확정되지 않은 이상 그아이의 소재지가 밝혀졌다는 뉴스를 듣는 상황이 두렵기도 했다. 듣고 싶지 않다고도 생각했다.

기요미는 소극적인 마음이 싹트기 시작하는 것을 의식하고 없애고 싶은 충동에 휩싸였다. 어떤 마음으로 있건 또 한 명의 아이가 발견되는 것은 나이토의 말처럼 시간문제일 것이다.

완전히 닫아 둔 커튼 틈새를 통해 밖을 확인했다. 집 앞에 인기척은 없다. 아침의 소란스러운 분위기가 거짓말처럼 조용해졌다. 경찰이 시오야마의 신병을 확보하자 다들 그쪽을 취재하러 갔을 것이다. 수사는 확실히 진척을 보이고 있다.

나도 다다시가 붙잡힐 경우를 대비해 미리 할 일을 해 놓아야 한다. 기요미는 그렇게 생각했다. 만약 다다시가 가해자라면 장을 보러 가기도 어려울 것이다. 그래도 직접 싼 도시락 하나쯤은 전해 주고 싶었다. 가즈토의 말처럼 다다시가 우리가 알던 아이가 아니라고 해도 그런 사소한 것들 하나하나를 보며 부모가 변함없이 내 편이라는 걸 느낄 테고 사건 때문에 얼어붙은 마음을 사르르 녹여 도주 중에 쌓인 피로까지 풀릴 것이다. 그러면 다다시는 원래의 착한 심성을 되찾을 것이 분명했다.

일은 이미 진도를 많이 빼 뒀으니 어떻게든 될 것이다. 일단은 장을 보러 가자.

기요미가 옷을 갈아입고 나갈 채비를 하고 있자 사무실에 있었던 것 같은 가즈토가 돌아왔다.

"잠깐 장 좀 보고 올게."

남편과 눈이 마주쳐서 기요미는 일단 그렇게 말했지만 가즈토는 잔뜩 잠긴 목소리로 건성으로 대답을 했다. 왠지 표정에 생기가 없고 얼굴도 창백해 보인다.

물론 사건이 일어난 이후 안색이 줄곧 좋지 않을 수밖에 없고 자신도 피로가 한계까지 차올라 눈을 조금 붙이기는 했지만 안색은 남편과 별로 다르지 않을 거라고 생각했다.

"아이 한 명의 신병이 확보됐대. 다다시는 아니야." 기요미는 지갑을 넣은 가방을 들며 말했다. "들었어?"

가즈토는 처음 듣는다는 듯이 눈을 살짝 부릅뜨고 기요미를 쳐다봤다. "누구?"

"축구부 코치의 아들이라던데."

가즈토도 인터넷 정보 등으로 사건의 인과관계를 대략 파악하고 있는지 짧은 대답으로 바로 이해하는 듯했다.

"그런데 한 명만 붙잡히다니. 뭐가 어떻게 되는 거지?"

"중간에 따로따로 도망친 것 같아. 시부야 쪽에서 발견됐대."

기요미가 대답하자 가즈토는 나직이 신음하고 입을 다물었다. 또 한 명이 발견되는 것도 시간문제인가. 남편이 그렇게 생각하는지 알 수 없지만 기요미의 눈에는 그렇게 비쳤다.

자전거를 타고 역 앞 쇼핑센터로 향했다.

다다시가 경찰에 붙잡혀도 당분간은 면회할 수 없다.

이런 상황에서 내가 어머니로서 할 수 있는 일은 사랑이 듬뿍 담긴 도시락을 만드는 것 정도다. 도시락 하나에 모든 애정과 정성을 담아서 만들면 엄마의 주먹밥이 내 마음을 흔든 것처럼 다다시의 마음에도 전해지는 게 있을 것이다.

점심시간이 지나고 저녁시간 전인 이 시간대는 평소라면 손님이 뜸하지만 연휴 마지막 날이라 그런지 쇼핑센터 주차장이 자전거로 가득 찼고 점내도 쇼핑하러 온 손님으로 들끓었다.

도시락에 다다시가 좋아하는 햄버그스테이크는 꼭 넣어야 하니 다진 고기와 양파를 사야 했다. 달걀도 신선한 걸 사 두자. 파를 썰어 넣은 달걀말이를 해도 좋을 것이다. 도시락통 내부가 칙칙해지지 않게 시금치나 브로콜리 같은 채소도 넣고 싶다. 그리고 생선도 한 조각.

머리에 떠오른 것을 만들면 통에 다 들어가지도 않겠지만 자세한 건 나중에 만들 때 생각하기로 하고 기요미는 일단 장바구니 가득 식재료를 샀다.

가져온 에코백으로 부족해서 계산대에서 받은 비닐봉지에 식재료를 넣고 카트에 얹었다. 마트를 나가려다가 입구 쪽 푸드 코트 앞에서 발걸음을 멈췄다. 푸드 코트 한구석에 음료수 등을 앞에 놓고 테이블 주변에 둘러앉은 소년들이 있었다.

기요미는 그중 한 명이 왠지 낯익었다.

한 명이 시선을 눈치채고 기요미 쪽을 봤다. 그 아이도 덩달아 기요미에게 눈길을 향했다.

내 생각이 맞았다. 나카자토 요스케다. 다다시의 중학교 시절 같은 반 친구고 2, 3학년 때는 집에도 종종 놀러 왔다. 기요미는 그때마다 쿠키를 구워 줬는데 요스케는 항상 준 사람이 기분 좋아지게 접시를 깨끗이 비우고 웃는 얼굴로 고맙다고 인사하는 아이였다.

그 뒤로 다다시와 서로 다른 고등학교에 진학해서 그런지 요즘은 다다시의 입에서 별로 이름을 듣지 못했다. 보지 못한 사이에 키가 조금 컸고 얼굴의 앳된 기운도 제법 사라졌다.

나카자토 요스케는 기요미를 알아보고 눈을 크게 뜨더니 반사적으로 몸을 일으켰다. 그리고 그대로 기요미를 향해 잰걸음으로 다가왔다.

"오랜만에 뵙네요." 요스케는 고개를 꾸벅 숙였다.

"오랜만이구나, 요스케." 기요미가 대답했다. "건강해 보이네."

기요미는 애써 밝은 목소리로 화답했지만 요스케의 얼굴에는 웃음기가 없었다. 이렇게 다가와서 말을 건 것을 보면 사건에 대해 하고 싶은 이야기가 있을 것이다. 두 사람 다 웃음은 필요하지 않았다.

"다다시…… 실종됐다고 들었어요."

요스케의 말을 듣고 기요미는 힘없이 고개를 끄덕였다.

요스케는 예상한 것처럼 탄식을 내쉬고 표정을 살짝 풀었다.

"저도 소식을 듣고 핸드폰에 전화해 봤는데 전혀 안 받더라고요."

"걱정해 줘서 고맙구나." 기요미는 조용히 대답했다.

"구라하시 일도 놀랍지만 다다시가 사건에 관련된 것 같다는 말을 듣고 무슨 일인지 알 것 같은 아이들에게 전화를 걸어 봤어요."

"너도 구라하시 요시히코를 아니?"

아이들의 관계가 어떤지 기요미는 알지 못했다.

"작년에 다다시와 함께 있을 때 우연히 만나서 같이 논 적이 있거든요. 축구팀에 재밌는 아이가 있다는 건 전부터 들어서 알고 있었고 실제로도 싹싹한 애라 금세 친해졌죠."

요스케는 대답하고 다시 얼굴에 그늘을 드리웠다.

"이번 사건 이야기를 들으니 다다시가 구라하시를 죽인 녀석 중 한 명이라는 소문이 돈다고 하는데 전 애당초 말도 안 된다고 생각했어요. 다다시는 그런 짓을 할 아이가 아니고 구라하시와도 정말 사이가 좋았으니까요."

요스케의 의견은 기요미가 지금 듣고 싶어 하는 이야기가 아니었지만 애써 반론하는 것도 이상하다고 생각해 그냥 흘려듣기로 했다.

"그럼 혹시 다다시와 함께 사라진 다른 아이에 대한 이야기는 못 들었니?"

"한 학년 위라는 시오야마라는 아이에 대해서는 말로만 들었어요. 축구팀은 학교 동아리와 달리 상하 관계가 그리 엄격하지 않지만 그 사람은 평소에 한번 화가 나면 가만히 안 있는 성격이라 성가시다고요. 승격 선발전에 떨어지자 금세 고등학교도 관두고 딱히 용건도 없는데 축구팀 연습에 얼굴을 비춘다고 했어요. 그리고 이건 그 아이들의 관계를 잘 아는 사람한테 들었는데, 시오야마는 외모가 험상궂고 몸에 문신 같은 것도 있어서 다다시가 속한 무리에서는 그 아이 이야기를 거스를 사람이 없었다고 해요. 특히 구라하시는 성격이 온순했고 늘 당하는 캐릭터였으니 좋은 표적이 됐을 거예요. 또 한 명인 와카무라라는 아이도 저는 잘 모르지만 시오야마의 심부름꾼 같은 느낌이었다고 해요."

인터넷에 'W무라'라고 적혀 있던 아이 이름이 와카무라인 듯하다. 구라하시 요시히코와 와카무라가 시오야마 앞에서는 꼼짝을 못 했고 괴롭힘의 표적이었다면 그런 행위가 점점 더 폭력적으로 변해 이번 사건으로 이어졌다고 추측해 볼 수 있다. 그러면 피해자가 그 두 아이여도 이상하지 않다.

"다다시도 요새 왜 그런 위험한 아이와 다시 친하게 지낼까 의아했어요. 애초에 다다시가 부상을 당해 동아리 활동을 쉬게 되면서 주로 자주 놀던 아이는 구라하시 같은 착한 아이들이었어요. 6월쯤이었나, 이 근처에서 그 애들을 만난 적이 있거든요. 다다시는 웃는 얼굴로 무릎을 다쳐서 축구를 못 하니 이렇게 시간을 때울 수밖에 없다고 하더군요. 허세를 부린 거였을지도 모르지만 다쳤을 때 그렇게 심각해 보이지 않아서 그 일로 동아리를 그만둘 줄은 몰랐어요. 그때 구라하시와 함께 있었고 주변에 두 명 정도 더 있었는데, 겉보기에는 그냥 평범한 아이들이었어요. 다다시와 구라하시 둘 다 전과 별로 다를 바 없네 하고 생각했을 정도예요. 아마 그 무리에 시오야마가 끼게 되면서 점점 나쁜 길로 빠져들었을 거라 생각해요.

이번 사건은 다다시가 동아리 활동을 하다가 선배 때문에 다쳤고 그 보복으로 시오야마를 비롯한 아이들이 움직인 것이 계기가 됐다고들 하는데, 애초에 다다시는 자기가 다쳤다고 상대에게 보복을 계획할 아이가 아니지 않나요? 다다시가 다쳤다는 이야기를 전해 들은 시오야마와 몇몇 아이들이 제멋대로 저지른 짓이 분명하고, 뒤늦게 알게 된 다다시는 자기가 부탁하지도 않았는데 대체 무슨 짓을 한 거냐고 속으로 생각했을 거예요. 그런 짓을 하면 상황이 더 악화될 게 뻔하니까요."

그럴지도 모른다. 기요미는 수긍하면서도 한편으로 다른 가능성을 찾았다. 요스케의 이야기는 기요미가 원하는 방향이 아니었다.

"어쨌든 전 인터넷 같은 데서 다다시를 거의 범인 취급하는 걸 용서할 수 없어요. 그런 글을 쓰는 녀석들은 시오야마에 대한 나쁜 소문은 알아도 다다시에 대해서는 잘 모를 게 분명해요. 다다시가 시오야마 뜻대로 움직이는 부하 같은 아이도 아니었고 그 아이의 지시로 구라하시를 집단 폭행하는 일에 가담했을 리 없다는 거예요. 다다시에 대해 모르는 녀석일수록 이상한 말로 둘러대기 마련이에요. 지금 저기 있는 아이들이 중학교 시절 친구인데 다카베는 도자와 상고에 다녀서 구라하시에 대해서도 알아요. 다다시 무리에 섞여서 같이 논 적도 있다고 해요. 쟤 역시 다다시가 범인일 리는 없다고 했어요. 그 외에도 이런저런 이야기를 들었고 이걸 전부 종합해서 경찰서를 한번 찾아가야 하나 하고 조금 전부터 둘이 같이 의논하고 있어요."

"그러면 어떻게 되는데?"

기요미는 친구의 명예를 지키고자 정의감에 불타는 눈빛의 소년에게 물었다.

"네······?"

요스케의 눈동자가 곤혹스럽게 흔들렸다.

"주변 이야기만 듣고 다다시가 그런 짓을 저지르지 않았다고 해도 억측에 불과하고, 그 얘기를 경찰서에 해 봐야 열심히 수사하는 경찰 분들께 방해만 될걸."

"하지만 그중에는 사건 전날 밤 다다시와 함께 놀았다는 아이도 있어요."

"그런 아이라면 진즉에 경찰이 찾아가 이야기를 들었겠지."

"제가 듣기로는 아직 경찰은 안 왔대요. 그 애는 다다시의 축구팀 후배인 중학교 3학년 아이인데 평소에도 같이 놀거나 한 건 아니래요. 그날은 우연히 오락실에서 놀고 있는데 와카무라를 만났고 그 뒤로 시오야마 무리와도 합류했대요. 그 뒤로 구라하시도 부르게 됐고 집에 가고 싶어도 못 가서 곤란해하고 있었는데 뒤늦게 다다시가 합류해 넌 이제는 집에 가라는 말을 듣고 돌아왔다고 해요."

"그런 아이가 뭘 알고 있다는 거니?"

"시오야마와 와카무라가 구라하시를 혼내 줘야겠다는 이야기를 한 것 같다고 했어요. 자세한 사정은 뭔가 복잡한 것 같은데, 조금 전에도 말씀드린 다다시를 다치게 한 선배에게 복수하는 일이 엮여 있고 거기에 지역 불량 서클이 관여하기 시작하면서 일을 제대로 매듭지으려면 돈이 필요하다는 이야기가 나온 것 같아요. 아마 그 선배도 다친 바람에 일이 꼬인 듯해요. 그래서 그 돈을 시오야마는 구라하시에게 마련하라고 시켰나 봐요. 하지만 구라하시는 다다시가 다쳤다는 소식을 듣고 화가 나서 복수 계획에 참가했을 뿐이고, 일이 그렇게 꼬인 건 다 시오야마 탓이에요.

아마 돈도 쉽게는 마련할 수 없는 액수였겠죠. 그런 큰돈을 구할 수 없고 구하고 싶지도 않아서 구라하시는 다다시를 찾아가 상담했어요. 그리고 다다시는 그런 계획에 대해서 몰랐고 그런 짓을 하기를 바라지도 않았으니 당연히 돈을 구하지 않아도 된다고 했어요. 그래서 시오야마, 와카무라 대 구라하시, 다다시라는 관계가 형성된 거예요. 그날도 시오야마는 구라하시만 불렀고 다다시를 부른 건 아니었다고 제게 이야기해 준 아이가 말했어요. 아마 구라하시가 도와 달라며 다다시를 부른 게 아닐까 싶어요."

다다시는 아무 잘못도 없다는 요스케의 이야기는 악의가 없는 탓에 더욱 매몰차게 흘려듣기가 어려워 기요미는 마치 천사가 상냥하게 목을 조여 오는 듯한 느낌을 받았다.

기요미는 생각을 떨쳐내려고 마음속 어딘가에서 부조리하다는 것을 인식하며 대답했다.

"그렇지만 그 뒤로 다다시와 아이들 사이에 무슨 일이 있었는지는 그 애도 모르지 않니?"

고의로 감정을 얼어 붙인 듯한 기요미의 반론에 요스케의 얼굴이 굳어졌다.

"하지만…… 다다시가 구라하시를 그렇게 하는 일에 가담했을 리 없어요."

"그런 건 아무도 모르는 거야. 그 시오야마한테 어떤 위협을 받았을지도 모르지. 원래 자기 목숨이 위험해지면 사람은 해서는 안 될 일도 저지를 수 있단다."

"하지만." 요스케는 어깨를 들썩이며 요란한 한숨을 내쉬고 대답했다. "어떤 위협을 받는다고 다다시가 그런 짓을 저지를 리 없잖아요."

"어떻게 그렇게 단언하니?" 기요미는 매몰차게 받아쳤다. "인간은 그리 단순한 동물이 아니야. 이건 옳고 나쁘고의 문제가 아니란다. 그런 상황에 내몰린 사람만이 알 수 있는 문제도 있는 거야. 너도 그럴 때 네가 어떤 행동을 보일지 너 자신도 모를걸."

"제가 어떡할지 정도는 알아요." 요스케의 목소리가 희미하게 떨렸다. "다다시도 그렇고요."

"요스케. 아줌마는 말이지. 네 그 올곧은 면이 참 좋구나." 기요미는 요스케의 눈을 바라보며 말했다. "예전부터 어른들한테 인사도 잘하고 이렇게 자기 의견을 숨기지 않고 말하는 것도 훌륭해. 다다시 친구로는 아까울 정도고 다다시를 끝까지 믿어 주려는 것도 정말 고마운 일이야.

하지만 말이지. 되도록 다다시한테까지 너의 그 올곧은 태도를 강요하지는 말아 줬으면 해. 그 애는 너처럼 그렇게 성숙하지 않거든. 아직 미숙하고, 이런저런 실수를 저지르기도 하는 것처럼 다다시는 다다시 나름의 삶의 방식이 있는 거야. 하나뿐인 목숨은 소중하니 도망쳐야 할 때는 도망쳐야지. 다다시는 그런 평범하고도 약한 아이니까 걔가 반드시 너처럼 그럴 거라고 단정 짓지 말아 주겠니?"

"……알겠어요."

요스케는 본심과 다른 말을 입에 담는 것처럼 입술을 일그러뜨리고 말했다.

"아주머니께서 무슨 말씀을 하시는지 알겠어요. 경찰서에도 가지 않을게요."

기요미는 가볍게 고개를 끄덕였다.

"웅, 미안하다. 아줌마는 그냥 네가 잠자코 지켜봐 줬으면 해. 그리고 다다시가 만약 네 신뢰를 저버릴 행동을 했다고 해도 웬만하면 용서해 주렴. 상황이 이런데 친하게 지내 달라고까지는 하지 않을게. 다만 인간은 원래 약한 존재고 누구든 실수를 저지를 수 있다는 걸 마음속 한곳에 받아들여 주기만 하면 그걸로 충분하다. 알겠지?"

요스케는 힘없이 "네……" 하고 이를 꾹 깨물고 침묵했다. 그리고 고개를 떨구고 발길을 돌리려다가 문득 다시 멈춰 섰다.

"하지만 전 역시 믿어요. 다다시는 그럴 아이가 아니니까요."

요스케는 기요미의 얼굴을 보지 않고 말한 뒤 친구들이 있는 테이블로 돌아갔다.

쇼핑 봉투를 자전거 바구니에 싣고 집으로 향하는 길을 달렸다. 페달을 밟는 다리에 힘이 들어가지 않아 앞바퀴가 불안하게 흔들렸다.

어른의 권위를 내세우며 튕겨 내기는 했지만 요스케의 이야기는 기요미의 마음에 작지 않은 타격을 안겼다. 중립적인 입장에서 들으면 일방적인 결론에 이르는 이야기였다. 요스케가 자신의 생각을 믿어 의심치 않는다는 게 절절히 전해져서 듣기가 괴로울 정도였다.

집에 돌아오고 나서도 어떤 길을 지나서 왔는지 기억나지 않았다. 기요미는 자전거를 세우고 무거운 쇼핑 봉투를 양손에 들고 집에 들어갔다. 그리고 문턱에 쇼핑 봉투를 내려놓고 그 자리에 주저앉았다.

친한 친구의 기대와 신뢰가 아무리 커도 아들이 배신해 주기를 바랐다. 꼭 착한 아이가 아니어도 상관없다.

정의나 우정 같은 것을 소중히 여기고 '걔는 그럴 아이가 아니다'라고 입을 모아 칭찬해도 목숨을 잃으면 그걸로 끝이다. 그런 겉만 번지르르한 것들을 목숨과 맞바꿔서까지 손에 넣을 필요는 없다. 볼썽사납고 사람들이 아무리 뒤에서 손가락질해도 필사적으로 지켜야 하는 것이 나 자신의 목숨이고 다른 건 모두 그다음이다. 타인의 신뢰와 자신의 존엄을 모조리 잃는다고 해도 목숨만 부지하면 얼마든지 되돌릴 수 있다. 그전과 똑같이 되지 않는다고 해도 조용히 살아가다 보면 또 새로운 만남과 삶의 보람을 얻을 수 있는 것이다.

냉장고 안이 신선한 식재료로 가득 채워졌다. 다다시를 찾았다는 소식이 들리면 당장에라도 정성 들인 도시락을 만들 수 있다. 밖에 기자가 떼로 몰려와도 꿰뚫고 전해 주러 갈 것이다.

그러나 몸을 움직이게 하는 그 마음이 분하게도 약해지고 말았다. 요스케의 이야기를 다 들은 지금, 내가 매달리고 있는 가능성이 현실적으로 예상보다 더 희박하다는 것을 깨달은 기분이었다. 도시락은커녕 저녁밥을 만들 마음도 들지 않아 기요미는 사 온 식재료를 냉장고에 집어넣고 쉴 수밖에 없었다.

힘은 나지 않지만 최악의 상황만 떠올려 봐야 소용없다……. 기요미는 그렇게 생각을 가다듬었다. 제아무리 작고 보잘것없어도 희망을 버려서는 안 된다. 지금 할 수 있는 일을 소화할 정도의 기력은 계속 가지고 있어야 한다.

식탁에 교정지를 펼치고 일을 다시 시작했다. 이제 얼마 안 남았다. 오늘 몇 시간 정도 더 하면 본문 확인은 얼추 마칠 수 있을 테고 표기 통일과 미뤄 둔 의문점 검토도 내일 중으로 마칠 수 있을 것이다.

한 페이지, 또 한 페이지. 산만한 생각을 종이 위에 옭아매듯 글자를 눈으로 좇고 사전을 펼치고 샤프를 들고 포스트잇을 붙인다. 신음 섞인 한숨을 연신 내쉬고 금방에라도 다시 바닥을 치려는 의욕을 속이고 또 속여 가며 눈앞에 놓인 일을 해치워 나간다.

가즈토는 사무실에 틀어박혀 있는 듯했다. 미야비도 자기 방에 있다가 잠시 후 내려왔다. 거실을 아무 의미 없이 어슬렁거리는 모습이 다른 사람과 대화를 나누고 싶은 거동으로 보이기도 하지만 입을 열지는 않았다. 떨떠름한 표정은 여전하지만 토라졌다기보다 자신의 진짜 마음이 어떤지를 찾는 듯한 공허함이 느껴졌다. 기요미가 "쿠키 산책 좀 다녀오렴" 하고 말해도 오늘은 고분고분히 고개를 끄덕이더니 쿠키에게 리드줄을 채우고 나갔다. 전화나 인터폰도 이상하리만큼 울리지 않았다. 교정지 글자에서 의식이 멀어지자마자 정적이 귀에 박혀 무섭게 느껴질 정도였다.

샤프를 내려놨다. 두 시간 정도 일했을 뿐인데 몹시 피곤했다. 밤을 새운 영향도 있을 것이다. 어깨에서 등까지 이르는 부분이 뻣뻣했다.

기지개를 켜고 몸을 일으켜 2층에 올라갔다. 텅 빈 발코니를 보며 요 며칠 세탁기를 돌리지 않았음을 깨달았다. 세탁실에 가서 세탁기를 돌리고 돌아오는 길에 별생각 없이 다다시의 방을 들여다봤다.

주인 없는 방이 그야말로 적적했다. 안에 들어가 침대에 앉았다. 시트와 베갯잇을 열흘에 한 번씩은 빨아 줬지만 미야비, 가즈토와는 또 다른 냄새가 이 방에는 있다. 불쾌한 냄새는 아니다. 최근에 시트를 세탁한 게 언제였을까. 벌써 2주 가까이 지난 듯하지만 지금 시트를 빨면 그만큼 이 방에서 다다시의 냄새가 사라져 버린다고 생각하니 마음이 동하지 않았다.

책상 위에는 교과서와 노트, 취미로 읽는 책 등이 아무렇게나 놓여 있다. 노트를 집어 들어 훌훌 펼쳐 봤지만 수업 내용 같은 평범한 글 뿐이다.

평소 취미로 읽는 책은 축구 관련 서적이 많았지만, 책상 위의 읽다 만 책 몇 권은 스포츠 재활 의학 관련 전문서였다. 어려워 보이는 도식이 잔뜩 그려져 있어서 이런 책을 과연 다다시가 이해할 수 있을까 싶은 책도 있다. 아들이 선수 생활을 재개하기 위해 이런저런 시행착오를 겪어 왔다고 생각하니 가슴이 쓰렸다.

책상 옆에 있는 쓰레기통을 내려다봤다. 그때 왜 칼 상자를 발견하고 말았을까. 그런 생각이 머리를 스쳤다. 압수하지 말았어야 한다는 후회의 감정도 밀려왔다.

그 칼은 다다시가 자신의 세계를 견디며 살아가기 위한 엄니였다. 필요하다고 생각해서 구한 것이다. 그런 물건을 아들이 어떤 냉혹한 세계에서 살아가는지도 모르고 빼앗아 버렸다.

칼을 빼앗지 않았다면 현실이 어떻게 바뀌었을까. 생각해 봐야 소용없는 일이지만 기요미는 떠올리지 않고서는 배길 수 없었다.

계단을 오르는 발소리가 들리나 싶더니 미야비가 얼굴을 보였다.

"산책 다녀왔어."

방에 들어온 미야비는 축구 관련 책과 만화책이 꽂힌 서가와 달력 등을 멍하니 보다가 의자에 앉았다.

"정말 한 명이 붙잡혔어?"

미야비는 침묵을 메우듯 질문을 던졌다.

"그런 것 같네."

"오빠는 아니지?"

기요미는 고개를 끄덕였다.

"대체 어디로 도망친 걸까…… 평생 도망 다닐 수도 없을 텐데."

기요미의 마음을 가늠한 듯한 말이었다. 그러나 요스케의 이야기를 들은 지금 미야비가 일부러 배려해서 입에 담았을 말이 마음에 와닿지는 않았다.

"그러게……."

기요미가 감정 없이 대답하자 미야비는 금세 할 말을 잃은 것처럼 입을 다물어 버렸다.

"오빠가 사건의 범인이면 너도 곤란하겠지." 기요미는 툭 내뱉었다.

"그야 당연하지." 미야비는 입술을 오므렸다. "하지만 이제 와서 그런 말 해 봐야 무슨 소용 있겠어."

미야비도 나름의 갈등을 거친 결론인지 예전과는 대답이 달랐다.

"그리고 오빠를 잃는 것도 곤란한 건 마찬가지고."

미야비는 농담으로라도 불길한 말은 할 수 없다는 것처럼 가볍게 말을 이었지만 기요미는 가볍게 받아들일 수 없었다.

"둘 다 곤란한 거면 양쪽 가능성에 다 대비해야지."

"응……?"

"생각하고 싶지는 않지만…… 이런 사건이 일어난 이상 다다시가 반드시 살아 있을 거라는 보장은 없으니까."

기요미는 거의 스스로 되뇌듯 말했다.

"아빠까지 그래서 역시 오빠가 붙잡히는 상황을 각오해야 하는 건
가 싶었는데." 미야비는 당황한 듯이 중얼거렸다. "이번에는 엄마가
정반대 말을 꺼내네."

가즈토는 경우에 따라 다다시가 범인 중 한 명일 수도 있다는 말을
미야비에게 한 걸까. 오빠가 대체 어디로 도망친 거냐는 말을 꺼낸 것
도 억지로 엄마를 배려해서가 아니라 아빠에게서 그런 이야기를 들어
서인 듯했다.

"아빠도 아빠 나름대로 이런저런 생각을 하겠지……. 아마도." 기요
미는 말했다.

"아빠랑 엄마는 사고방식이 완전 딴판인데 지금까지 잘도 부딪히지
않고 살아왔네……. 신기해."

미야비의 말에 기요미의 입꼬리가 아주 살짝 올라갔다.

"그러네……. 하지만 지금껏 이토록 사고방식이 다르다고 생각해
본 적이 없으니."

"참고 산 건 아니고?"

기요미는 고개를 흔들었다.

"아빠랑 살면서 '이건 너무 이상하지 않나?' 하고 생각한 적이 별로
없었어. 물론 융통성이 없고 이치만 앞세우는 면도 있지만 너희 문제
로 아빠가 무슨 말을 할 때는 내가 좀처럼 못 하는 말을 대신 해 줄 때
가 많았거든."

"그럼 엄마가 아빠 의견을 반박해서 아빠가 놀랐을 수도 있겠네."

"그럴지도 모르지." 기요미가 말했다. "내 아들을 못된 아이라고 한 거나 마찬가지니 놀랐겠지. 엄마도 비상식적이라는 건 알아. 내 아이가 차라리 범인인 게 낫다니. 하지만 세상 사람들의 시선 같은 건 신경 쓰지 않고 오롯이 내 마음만 주시하면 그게 정말로 엄마의 바람이었어. 이건 어떤 이치나 논리 같은 게 아니야."

"그렇게까지 말하면 난 아무 말 못 하겠어. 엄마한테는 못 당해." 미야비는 어깨를 축 늘어뜨리고 쓴웃음 지었다. "오빠는 나쁜 짓을 하고도 사랑받으니 부럽네."

"오빠랑 너 둘 중 누구를 더 사랑하느냐는 문제가 아니야."

"응, 알아." 미야비는 다 안다는 듯이 고개를 끄덕였다.

"둘 다 우리 착한 아들, 딸이지."

기요미가 그렇게 말하자 미야비는 "착한 건 아닌 것 같은데" 하고 농담이라도 들은 것처럼 말했다.

"아니. 좀 더 못된 아이로 키워야 했다고 생각했을 정도야." 기요미는 절반은 진심을 담아 말했다. "다다시가 차라리 남을 쉽게 배신하고 자기 혼자만 생각하는 아이였으면 이렇게 걱정하지도 않을 텐데."

"근데 오빠가 칼을 가지고 있다는 건 아빠 입장에서는 배신당했다고 느끼는 것 같아."

"응……? 뭐라고?"

기요미는 이맛살을 찌푸렸다. 순간 다다시가 가지고 있던 칼을 가즈토가 압수한 일을 말하는가 싶었지만 어감이 미묘하게 달랐다.

"어라……? 설마 엄마. 아빠한테 못 들은 거야?" 미야비가 눈치챈 것처럼 물었다. "아까부터 뭔가 대화가 맞물리지 않는 느낌은 들었는데."

"무슨 이야기?"

"아빠가 오빠한테서 압수했다는 칼. 사무실에 둔 걸 오빠가 어느새 다시 가져갔대."

"뭐?"

"엄마가 장 보러 갔을 때 들었어. 그러니까 오빠가 사건의 가해자일 수도 있어서 아빠도 충격이 꽤 큰 것 같아. 뭐 나도 마찬가지지만."

심장 고동이 살짝 빨라졌다. 마치 내 안에서 죽어 가던 다다시의 환영이 존재를 과시하듯 진동을 발산한 것처럼 느껴졌다. 나는 착한 아이가 아니라는 다다시의 외침이 들린 듯했다. 생명력이 넘치는 포효처럼 느껴졌다.

"그렇구나……."

조용히 맞장구친 목소리가 무심코 떨렸다.

멋지게 배신해 주었다.

이런 식으로 부모를 쉽게 배신하는 아이가 과연 친구의 신뢰를 배신하지 않으리라 단언할 수 있을까.

아직 모르는 일이다. 기요미는 그렇게 생각했다.

19

"연휴 마지막 날인 오늘 밤 도자와 장례식장에서 사고로 숨진 구라하시 요시히코 군의 경야 의식이 엄숙히 치러졌습니다. 식 전에는 유족이 보도진의 취재에 응해 범인들에 대한 솔직한 심정을 털어놓기도 했습니다.”

"사람을 죽이고 도망치다니. 그런 비겁하고 악랄한 놈들이 어딨습니까. 미성년자이니 뭐니 상관없습니다. 억울하게 죽은 저희 애도 미성년자인 건 마찬가지니까요. 앞으로 수십 년 이상 살아갈 미래를 일방적으로 강탈당했습니다. 제가 하고 싶은 말은 우리 아들 요시히코를 다시 살려 내라는 한마디뿐이에요.”

"또한 식에 모인 같은 반 학생들과 학교 관계자들에게서도 사건의 조기 해결을 바라는 목소리가 나왔습니다.”

"아직도 못 믿겠어요. 내일부터 새 학기가 시작되는데 이제 요시히코를 학교에서 볼 수 없다는 게 안 믿겨요.”

"아직 도주 중인 범인도 있다고 하는데 얼른 붙잡혔으면 좋겠어요. 제가 원하는 건 그뿐이에요.”

"한편 도자와 경찰서는 오늘 아침 무렵 신병을 확보한 소년을 현재 조사 중입니다. 사건 관여를 암시하는 발언이 나오고 있다는 이야기가 전해집니다만 본격적인 조사는 내일 이후 이뤄져서 사건에 관련된 것으로 추정되는 다른 소년의 행방 등 진상 규명은 내일 이후 소년의 진술이 열쇠가 될 전망입니다.”

밤에 방송된 뉴스에서는 도자와 사건 관련 보도로 구라하시 요시히코의 경야 의식 영상에 이어 오전에 경찰이 신병을 확보한 소년에 대한 보도가 나왔다.

경야 의식 현장에서는 구라하시 요시히코의 할아버지가 보도진의 취재에 응하는 모습이 나왔다. 검은 양복 차림으로 목부터 아래만 찍혔지만 말투 등으로 보건대 하나즈카 사장이 틀림없었다. 침통한 모습, 범인들에 대한 억누를 수 없는 분노는 다카야마 사장이 전에 말한 그대로였고 표정이 나오지 않음에도 가즈토는 중간부터 그 영상을 똑바로 보고 있을 수 없었다.

아마 다카야마 사장도 경야 의식에 참석했을 것이다. 원래라면 그에게서 연락이 와야 하고 그렇다면 가즈토도 참석했을 것이다. 그러나 현실에서는 연락이 오지 않았다. 부르지 않는 게 당연하다는 암묵의 규칙이 만들어진 것 같아서 가즈토는 참담했다.

인터넷에서 주범으로 지목하는 의견이 많았던 시오야마가 붙잡힌 덕에 경찰 수사는 사건 해결을 향해 크게 한 발자국 내디딘 것처럼 보였다.

내일 또는 모레처럼 머지않은 미래에 다른 소년의 행방이 밝혀지고 사건의 전모가 드러나는 순간이 온다. 그때까지 목을 빼고 가만히 기다리는 것은 마치 가시방석에 앉아 있는 것처럼 괴로운 일이었다.

도망친 아이들은 왜 중간에 따로 갈라졌을까. 단순히 나뉘어 도망치는 게 수사망에 걸려들기도 어려울 거라는 이유일지 모르지만 유심히 생각하니 그런 행동 하나하나에 모두 의미가 있지는 않을까 하는 의문이 점차 고개를 들었다.

인터넷 게시판 등지에서 도는 소문을 보면 다다시와 시오야마는 그리 사이가 좋았던 것 같지 않다. 적어도 이즈카 안나가 다다시의 입에서 직접 이름을 들었다는 구라하시 요시히코만큼 허물없는 사이는 아니었다고 봐야 하지 않을까.

그렇다면 도망친 두 아이가 중간부터 각자 단독 행동에 들어갔다는 사실이 그런 다다시와 시오야마의 관계에 오싹할 만큼 정확히 들어맞는 느낌이었다. 현장에서의 갈등 등이 엮여 다다시가 자신의 의지와 상관없이 가해자 중 한 명이 돼 버렸다면, 처음에는 분위기에 휩쓸려 행동했다고 해도 얼마 후 다시 갈라서는 것도 부자연스럽지는 않다.

다다시를 이런 흉악 사건의 가해자 중 한 명이라고 생각하는 것보다 피해자 중 한 명으로 생각하는 게 훨씬 그럴듯하다는 느낌은 지금껏 변하지 않았다.

그러나 인간이라는 존재는 원래 항상 이치에 맞게 행동하지는 않는다. 남이 아무리 믿어도 기대를 배신할 때도 있다. 다다시는 칼을 소지한 일 때문에 가즈토를 배신했다. 그런 상황에서 더는 다다시가 이렇다 저렇다 단정 지을 근거는 사라진 거나 마찬가지다.

"다다시가 압수한 칼을 다시 가져간 것 같아."

어제 밤을 새워서 수면 패턴이 망가진 듯한 기요미가 침실에 들어온 시간은 새벽 2시가 지날 무렵이었다. 가즈토는 11시가 지나 침대에 들어가 잠깐 눈을 붙인 느낌이었지만 시간이 짧았던 데다 얕게 잠든 탓에 기요미가 들어왔을 때는 잠기운이 남은 채로 소리를 들었다.

"미야비한테 들었어." 옆 침대에서 기요미가 나직이 대답했다.

"그렇군……." 가즈토가 중얼거렸지만 거의 들리지 않았다.

자신의 실망감을 아내에게 공감받을 수 없다는 것이 그야말로 허무했다.

그러나 그건 아내도 마찬가지일 것이다. 미야비에게 이야기를 들었다고 해도 별로 희망적인 얼굴은 아니다. 물론 그 사실이 다다시의 생존을 보장해 주지는 않고 아내도 나름 이런저런 생각으로 머릿속이 복잡할 것이다.

두 사람의 바람은 전혀 다른 방향을 향하고 있다. 그러나 따져 보면 둘 다 희망 없는 바람이다. 아슬아슬한 상황에서 서로 자신을 지키기 위해 그렇게 믿으려는 거고, 그 자체가 밝은 빛을 발산하는 것도 아니다. 그리고 서로가 무엇을 고집하든 상대를 비난하거나 전면 부정해야 하는 것도 아니다.

가즈토가 그렇게 생각하게 된 것은 이제는 다다시가 가해자일 가능성을 부정할 수 없어졌기 때문이다. 아울러 그런 상황을 대비한 마음가짐도 필요하다고 생각했다.

"이제는 될 대로 되라지……."

그런 중얼거림도 또렷하게 들리지는 않았지만 기요미에게서는 "응……" 하고 맞장구 같은 반응이 조용히 돌아왔다.

다음 날 아침 가즈토는 침대에서 일어나 매일 하던 현관 앞 청소를 했다.

오늘 아침에도 누가 현관문에 달걀을 던졌다. 같은 사람일까. 끈질기다고 생각했지만 희한하게도 어제, 그제처럼 화가 치밀지는 않았다. 조만간 이것을 훨씬 뛰어넘는 세상 사람들의 반응과 맞닥뜨릴 거라는 생각이 머릿속 한곳에 싹트기 시작했다. 전처럼 강경하게 경찰에 신고해야겠다고 생각하거나 사진을 찍지도 않고 가즈토는 그저 말없이 현관문을 닦았다.

신문을 집어 들고 거실로 돌아갔다.

'소년의 입에서 살인을 인정하는 진술', '또 한 명의 피해 소년의 생존 가능성'이라는 제목을 보고 순간 숨이 멎었다. 가능성 중 하나로 전부터 충분히 의식해 오기는 했지만 경찰에 붙잡힌 시오야마의 입에서 직접 그 말이 나왔다는 점에서 지금까지와 다른 긴박감을 줬다.

잠시 후 미야비가 엄마보다 먼저 일어나 거실에 내려왔다. 가즈토가 읽던 신문을 옆에서 훔쳐보더니 연휴가 끝나고 새 학기가 시작하는 아침과 어울리지 않는 한숨을 내쉬었다.

"빵이라도 구울까."

가즈토는 그렇게 말하며 부엌에 갔다.

"학교 가도 돼?" 미야비는 속을 떠보듯 물었다.

"당연하지. 평소처럼 가면 돼."

"무슨 일이라도 일어나면……?"

"무슨 일이라니?"

"오빠 일 때문에."

"그건 그때 가서 생각하자. 정말로 큰일이 생기면 학교에 전화를 걸겠지만 벌써부터 겁먹어 봐야 소용없으니."

"응……." 미야비는 힘없이 고개를 끄덕였다.

"학교에서 누가 뭐라 그러면 선생님께 상담해."

가즈토의 말을 미야비는 알아들었는지 못 알아들었는지 미묘하게 목만 살짝 움직였다.

토스트에 햄과 치즈를 얹고 두유와 함께 먹었다. 어제 기요미가 장을 보고 온 덕분에 냉장고에 식재료가 차 있었지만 요리할 의욕은 생기지 않았다.

아침밥을 먹은 미야비는 2층에 올라가 교복으로 갈아입고 가방을 손에 들고 내려왔다.

"잘 다녀와라."

미야비는 가즈토의 말에도 대답을 하는 둥 마는 둥 하고 집을 나간다. 그야말로 침울해 보였다.

다다시가 가해자일 가능성을 더는 무시할 수 없게 된 가즈토는 어제 미야비에게도 넌지시 알렸다. 미야비도 그런 가능성을 두려워할 것이기에 일단 마음의 준비를 시켜 두는 게 좋을 것 같았다.

물론 확정된 것은 아니라고도 이야기했지만 미야비는 역시 충격을 받은 듯했다. 자신의 미래에 큰 영향을 끼칠 수 있는 문제이니 당연할 것이다. 그러나 타고난 성격이 대범한 아이라 저녁 식사 무렵에는 이미 마음을 정리하고 각오한 것처럼 보이기도 했다.

학교에 가면 같은 반 아이들의 반응이나 여러 가지가 신경 쓰여 불안할 것이다. 딱하기는 해도 지금 할 수 있는 것은 없다. 만약 다다시가 경찰에 붙잡히고 미야비가 그 일 때문에 학교에 가고 싶지 않다고 할 때는 그러라고 할 수밖에 없겠다고 생각했다.

9시가 가까워지자 기요미가 일어났다. 탁자에 둔 신문을 집더니 사회면을 펼쳐 도자와 사건 속보를 눈여겨봤지만 별다른 감상을 입에 담지는 않았다.

"미야비는 학교 갔어?"

"어."

둘 사이의 대화는 그뿐이었다.

가즈토는 슬랙스와 버튼다운 셔츠로 갈아입고 사무실로 갔다. 얼마 안 돼 우메모토 가쓰히코도 출근했다.

"좋은 아침입니다."

"좋은 아침."

"칼은 찾으셨나요?"

우메모토는 책상 위의 만들다가 만 설계용 모형을 가져오며 가즈토에게 물었다.

"아……. 응. 고마워." 가즈토는 어정쩡하게 대답했다.

"역시 다다시가 가져갔나요?"

"그래……."

가즈토의 대답을 듣고 우메모토는 이해한 것처럼 고개를 끄덕이더니 늘 그렇듯 말없이 모형 제작에 들어갔다.

우메모토는 아무래도 지금 가즈토의 가족이 직면한 문제를 전혀 모르는 듯했다. 오늘은 집 밖에 기자도 없다. 도자와 사건 정도는 들었을 테지만 TV 뉴스를 유심히 보지 않는 한 가즈토 가족의 일인지는 눈치채지 못할 수도 있다.

그 뒤로는 평소대로 업무 시간이 흘렀다. 사무실을 둘러싼 침묵에 갑갑함을 느꼈지만 말없이 정교한 수작업에 몰두하는 우메모토와 함께 있을 때는 정적에 익숙하고 우메모토도 별 감흥이 없는 듯했다.

잠시 후 가즈토도 눈앞에 있는 일에 의식을 집중하게 됐다. 밖에서 무슨 일이 일어나는지 몰라도 지금 내가 있는 이 공간은 조용하고 평화롭다. 그럼 그 분위기에 맞춰서 나도 할 일을 차근차근 해 나갈 수밖에 없지 않을까.

다네무라 저택을 지을 땅을 촬영한 사진을 늘어놓고 러프 스케치를 그린 노트를 펼쳤다. 그 땅 앞에 있는 거리에서 올려다보면 저택의 외관이 어떻게 보일까. 부부가 함께 있으면서 안정감을 느낄 거실은 어떤 형태일까. 친척이나 친구를 불렀을 때 그들이 훌륭한 집이라고 생각할 현관은 어떻게 만들어야 할까. 가즈토는 스케치에 점차 세세한 부분을 더해 디자인 구상을 굳혀 갔다.

아직 젊은 부부이니 화려함도 중요하지만 오랫동안 살려면 안정감을 무시할 수 없다. 일본식과 양식을 혼합한 모던풍으로 짓고 싶지만 무난해서도 안 된다. 아키타 저택에서는 아쉽게 도입하지 못한 아이디어도 있다. 놀라움과 감탄을 자아낼 디자인을 제안하고 싶었다.

아이디어와 아이디어를 연결하자 조금씩 새집의 면모가 드러나기 시작했다.

디테일을 채우려면 아직 시간이 필요하지만 벌써부터 훌륭한 집이 만들어질 것 같다는 예감이 들었다.

건축 디자인 일을 하려면 영감으로 좋은 아이디어를 만들어 내는 생생한 감성이 필요한 동시에 경험이 뒷받침된 안정된 이론도 확립해야 한다.

가즈토는 현재 자신이 양쪽 다 과하거나 부족함 없이 균형 있는 상태라고 판단했다. 말하자면 궤도에 오른 시기인 것이다. 건축 일과 관련한 경험도 많이 쌓였지만, 특히 주문 주택에 관해서만큼은 특별히 희귀하거나 대단하지 않아도 마땅한 토지에 마땅한 예산을 들여 실용성과 디자인을 양립한 주택을 업계 다른 이들과 비교해서 절대 뒤지지 않게 지을 자신이 있었다. 이렇게 디자인 안을 좁히고 좋은 아이디어를 떠올리거나 할 때는 그런 생각이 더 강해졌다.

어느새 사건에 대한 생각은 머릿속 한구석으로 밀려나 있었다. 내가 지금 하는 일의 매력을 재확인하고 능력을 아낌없이 쏟아붓고 있다는 충족감에 휩싸여 시간이 흘렀다.

그때 전화가 울렸다. 우메모토가 수화기를 들더니 "다네무라 씨네요" 하고 가즈토에게 전화를 바꿔 줬다.

"네. 이시카와입니다." 가즈토는 책상에 있는 수화기를 집어 들었다.

"아, 선생님…… 다네무라입니다."

"다네무라 씨. 저번에는 감사했습니다."

"아뇨. 저야말로……. 지금 잠깐 밖에 나와 있어서 목소리가 잘 안 들릴 수 있을 텐데 죄송합니다."

"괜찮습니다." 가즈토는 말했다. "지금 마침 디자인 안을 좁히고 있었습니다. 다네무라 씨께 제안드릴 형태로 정리하기까지 시간이 좀 더 들겠지만 아무래도 느낌상 좋은 게 나올 것 같습니다."

"아, 그게 말인데요……."

다네무라에게서 묘한 반응이 돌아와서 가즈토는 무심코 이맛살을 찌푸렸다. 다네무라의 목소리는 그가 예고한 대로 알아듣기 어렵지는 않았지만 평소보다 침울하게 들렸다. 그리고 다네무라가 굳이 내게 전화를 걸어 왔다는 점이 가즈토는 뒤늦게 신경 쓰이기 시작했다.

"무슨 일이시죠?" 가즈토는 물었다.

"네……. 실은 말씀드리기 대단히 죄송하지만." 다네무라는 내키지 않는 목소리로 운을 뗐다. "아내와 저희 부모님과 이번에 지을 집에 대해 상의했는데, 다른 선생님께 설계를 부탁하는 선택지도 있지 않겠느냐는 의견이 나와서……."

"네?"

"충분한 상의를 거친 결과라 이번 의뢰는 보류하는 것으로 모쪼록 이해해 주십사 하고……."

다네무라와는 아직 계약서를 쓰지 않았으니 의뢰를 백지화하겠다고 하면 끝이다. 보통은 첫 번째 디자인 계획과 예산 견적을 제시한 다음 계약에 들어간다. 그 시점에 계약이 취소되는 경우도 가끔 있다.

그러나 계획이 나오지도 않은 상황에 의뢰를 거절하겠다는 것은 그야말로 석연치 않은 이야기였다.

"음, 대체 어떤 이유로 그러시죠?"

"뭐랄까. 저희 부모님께서…… 선생님의 디자인을 별로 마음에 들어 하시지 않는다고 할까요……." 다네무라는 어물거리며 대답했다.

"아직 계획이 나온 것도 아닌데요." 가즈토는 당연히 그렇게 말할 수밖에 없었다.

"그건 그러니까…… 홈페이지에서 작품 사례들을 보신 듯합니다……."

"구체적으로 어떤 걸 보셨는지요?"

홈페이지에 실린 시공 사례는 목조, 철근, 모던, 컨트리, 어센틱 등 다양한 타입의 건축 작품이 실려 있다. 한 가지 색을 전면에 내세우지 않아 의뢰의 다양성을 확보할 의도였다.

따라서 다네무라가 언급한 이유는 납득하기가 어려웠다.

"구체적이라고 말씀드리기 조금 그렇지만, 아버지께서 평소 친하게 지내는 건축가분이 있으시고 아버지께는 금전적으로 지원도 받는 상황이라 의견을 무시할 수도 없어서요. 이번에는 정말로 죄송하지만……."

이렇게까지 말하면 더는 할 말이 없어진다. 그러나 가즈토는 이면에 무엇이 있는지 확인해 두고 싶었다.

"솔직히 여쭙겠습니다만, 혹시 저와 관련된 일로 들으신 이야기라도 있습니까?"

"아뇨. 그런 건……." 다네무라는 말끝을 흐리고 정확히 답하지 않았다.

"언론에서 보도된 도자와 사건과 관련해 뭔가 들으셨죠?"

다네무라는 침묵했다.

그것이 대답임을 알았지만 가즈토는 바로 대화를 수습할 수 없었다.

"죄송합니다." 잠시 후 다네무라는 침묵을 깨고 어색하게 말했다. "하지만 저희 입장에서도 집이라는 건 일생이 걸린 물건이라서요. 그러니 뭐랄까…… 이상한 소동과 엮이고 싶지 않은 심정을 모쪼록 이해해 주셨으면 합니다."

집안에서 범죄자를 만들어 낸 건축가에게 가족을 지키는 소중한 공간인 집을 맡길 수는 없다는 걸까.

"하지만…… 저희 아들은 실종됐을 뿐이고 아직 사건과 어떻게 관련됐는지도 밝혀지지 않았습니다."

반론으로 입에 담은 말은 자신의 귀에도 멋쩍게 들렸다. 감정이 실리지 않은 형식뿐인 말투가 다다시가 가해자가 아니라고 믿을 때와는 달랐다. 사건의 진상이 아직 밝혀지지 않았으니 거짓말을 하는 건 아니라는 식의 억지 논리가 뒷받침돼 있을 뿐이다.

"죄송합니다. 아무튼 그렇게 알아주셨으면 합니다."

예상한 대로 다네무라에게 가즈토의 마음은 전혀 전해지지 않은 듯했다.

전화는 맥없이 끊겼다.

수화기를 내려놓을 때 깜짝 놀란 것처럼 가즈토를 바라보고 있는 우메모토와 눈이 마주쳤다.

"다네무라 씨가 다른 곳에 일을 의뢰하겠대."

가즈토가 설명해도 우메모토의 얼굴은 그대로 굳어 있었다.

"다다시…… 뭐가 어떻게 된 건가요?"

가즈토는 커다란 실망감을 미처 소화하지 못한 채 그에게서 시선을 피하듯 "실종 상태야"라고 힘없이 대답했다.

"조금 전 도자와 사건과 관련이 있느니 없느니 하는 이야기가……."

"관련은 있는 것 같지만 구체적으로 어떻게 관련됐는지는 아직 밝혀지지 않았어."

그렇게 설명해도 우메모토의 머릿속에는 공작용 칼이 즉시 떠올랐을 것이다.

"물론 그 애가 범인 중 한 명일 수도 있지." 가즈토는 어설프게 숨기지 않고 말했다. "그런 소문이 돌고 있으니 이렇게 떨어져 나가는 사람도 생기는 걸 테고. 사건의 진상이 밝혀져 정말로 우리 애가 그랬다는 게 밝혀지면 주변 반응이 더 노골적으로 변할 거야. 일에도 상당한 악영향을 미칠 테고 어쩌면 일을 계속해 나갈 수 없을 수도 있어. 그러면 자네는 어떡하겠나?"

"그렇게 물으셔도……."

우메모토를 보니 평소 거의 표정 변화가 없는 얼굴에 당혹스러워하는 기운이 가득 차 있다. 거짓말이어도 좋으니 무슨 일이 있어도 선생님과 함께하겠다는 말을 듣고 싶기는 했지만 우메모토는 그런 마음에도 없는 말을 하는 성격이 아니다. 좋든 싫든 정에 휩쓸리지 않고 담담히 일을 해 나가는 모습을 가즈토도 높이 샀던 만큼 이런 상황에 힘이 돼 주지 않는 것을 아쉬워해 봐야 소용없는 일이었다.

"앞으로 뭐가 어떻게 될지 모르겠지만 자네도 대비해 두는 게 좋을 거야." 가즈토는 대화를 매듭지었다. "조금 이르지만 점심 먹고 올게."

그런 말을 남기고 사무실을 나갔다.

오늘 하루 할 일이 사라져 버렸다.

아키타 저택의 진척 상황을 보러 갈까. 하지만 다카야마 사장과 얼굴을 마주하기가 꺼림칙하다. 그러고 보니 오늘은 구라하시 요시히코의 장례식이 열리는 날이다. 다카야마 사장도 그곳에 갔을지 모른다. 이런저런 생각이 머릿속을 어지럽게 오갔다. 그러나 두껍고 어두운 구름이 의식 대부분을 가로막고 있어 오가는 힘이 약하고 이내 속도가 떨어졌다. 그리고 무력감만이 쌓이고 또 쌓였다.

현관에는 미야비가 학교 갈 때 신는 신발이 놓여 있었다.

거실을 보니 기요미가 혼자 스마트폰을 들고 꼿꼿이 서 있다. 작업을 마쳤는지 교정지는 포스트잇이 잔뜩 붙은 채 부엌 식탁 위에 정리돼 있다. 기요미는 일이 끝나서 안도하는 모습이 아니고 왠지 묘하게 상기된 얼굴로 머리카락을 이따금 쓸어 올리고 있었다.

"미야비 집에 왔어?"

가즈토가 묻자 기요미는 한 박자 늦게 남편을 쳐다보고 고개를 한 번 끄덕였다.

아직 점심시간도 안 됐는데. 같은 반 아이들에게 무슨 말을 들었을
수도 있다. 가즈토는 나와 마찬가지군, 하고 자조 섞어 생각하고 위로
의 한마디라도 해 줄까 생각했다.

"경찰이 또 한 명의 신병을 확보했대."

계단을 올라가려는 가즈토의 귀에 기요미의 목소리가 닿았다.

"뭐……?"

"바로 조금 전 나이토 기자한테서 전화가 왔어."

가즈토는 숨을 삼켰다.

드디어 올 것이 왔구나. 그렇게 생각했다.

"다다시인지는 안 밝혀졌어?"

"그건 아직 모르겠대."

"그런가."

억지로 담담하게 대답했지만 계단을 밟는 다리에 힘이 들어가지 않
았다.

가즈토는 가슴속에서 싹트기 시작한 또 하나의 예감과 직면하고 말
로 표현할 수 없는 심정이 되었다.

경찰이 또 한 명의 신병을 확보했다는 말을 듣고 순간 떠오른 것은
다다시의 모습이었다. 도망치다가 지쳐 붙잡히고 만 다다시의 모습이
반사적으로 머릿속에 떠올랐다. 이런 예감과 직감이라는 것은 논리로
쌓아 올린 다양한 사고 위에 만들어진다. 다다시를 피해자라고 믿고
주변에도 그렇게 주장해 왔지만 이런저런 것들을 깨달은 지금은 다다
시가 가해자라는 생각이 더 강해졌음을 느꼈다.

"괜찮니?"

가즈토는 2층에 올라가 미야비의 방을 향해 말을 걸었다. 미야비는 등을 돌린 채 로프트 침대에 누워서 아무 대답도 하지 않았다.

가즈토도 그 뒤로는 말을 잇지 못했다. 무슨 말이라도 해 주려고 계단을 올라왔지만 우리 가족을 덮친 폭풍이 앞으로 더 거세질 거라고 생각하자 지금 해 줄 말은 아무 위로도 되지 않을 것 같았다.

결국 그냥 둘 수밖에 없다고 생각해 미야비의 방을 다시 나왔다. 아버지의 역할을 내팽개쳤다는 느낌이 들었지만 정말로 그런 것인지 나 자신의 내면과 마주할 기운도 없었다.

다다시의 방의 아코디언식 커튼이 열려 있었다. 가즈토는 방 안에 들어가 공부용 책상 의자에 걸터앉았다.

스포츠 재활에 관한 전문서가 책상 위에 있었다. 커버에 열심히 읽은 흔적이 남아 있다. 비싼 책으로 보이니 헌책 아니면 다른 사람에게 빌렸을 것이다.

자신에게 덮친 시련을 어떻게든 돌파하기 위해 다다시도 나름대로 발버둥을 쳤다. 그러나 그 끝에서 발을 헛디뎌 버리고 만 걸까.

이렇게 된 이상 이제는 그냥 받아들일 수밖에 없다. 가즈토는 점차 그런 경지에 도달했다. 영원히 믿지 못하겠다고 해도 소용없다. 그저 현실 도피일 뿐이다.

진실이 밝혀지면 인정하지 않을 수 없다.

가족이란 그야말로 특별하고도 까다로운 존재다.

나는 아니지만 그렇다고 타인도 아니다. 가즈토는 아이를 내 분신이라고 생각한 적 없고 아이들이 대체 무슨 생각을 하는지 모를 때가 많았지만 그래도 타인이라는 말은 들어맞지 않는다고 생각했다. 일단 한번 어떤 일이 일어나면 부모인 나와 기요미는 물론이거니와 미야비처럼 형제자매도 상관없는 일이라고 잘라 말할 수 없다.

물론 스스로도 충분히 알고 있을 터였다. 그러므로 다다시가 잘못된 길에 빠지지 않도록 주의해 왔다. 노는 모습이 눈에 거슬리면 잔소리를 했고 몰래 지니고 있던 칼도 압수했다.

부모로서 최소한의 역할은 해 왔다. 그래도 다다시가 나를 배신했다면 더는 아무 말도 할 수 없다. 아무 말도 할 수 없다는 게 포기한다는 뜻은 아니다. 묵묵히 모든 책임을 지고 사회적 제재를 달갑게 받아들인다는 것이다. 그것이 가족이자 부모 자식의 관계다.

어쩔 수 없다. 가즈토는 살짝 무리해서 결의를 다졌다. 의외로 마음이 가라앉아 안심했지만 역시 약간의 저항감은 남았다.

이러니저러니 시끄럽게 잔소리를 한 것도 결국 헛수고였나, 라는 생각.

조금 더 끈질기게 주의를 주는 게 나았을지도 모른다, 라는 생각.

허무함과 아쉬움이 간격을 두고 계속 고개를 들 때마다 어쩔 수 없다는 가슴속 중얼거림으로 흘려보내려 했다.

방 안에서 칼을 발견해 압수한 것도 쓸데없는 노력이었다.

가즈토는 허무함을 의식하며 그때 칼이 들어 있던 책상 서랍에 손을 갖다 댔다.

정말로 아무 생각 없이 서랍을 열었다.

그러나…….

서랍 안을 본 순간 소스라치게 놀랐다.

신경 회로가 쇼트를 일으킨 것처럼 몸이 움직이지 않았다.

연필꽂이 한쪽 구석에 텅 비어 있어야 할 공간.

그곳에 왜 공작용 칼이 있는지 이해할 수 없었다.

떨리는 손으로 칼을 집고, 곧장 다시 내려놨다.

절대로 잘못 본 게 아니다.

"바보 자식······."

무심코 입에서는 그런 말이 새어 나왔다.

가즈토는 1층에 뛰어 내려가 침실에 들어가서 옷장에서 양복을 꺼
냈다. 흰색 와이셔츠로 갈아입고 검은 넥타이를 맸다.

"조의금 봉투가 집에 있었나?"

웃옷에 팔을 집어넣으며 침실을 나가 기요미에게 물었다.

"왜 그래?"

기요미는 깜짝 놀란 것처럼 되물었다.

"구라하시의 장례식에 다녀올게."

"뭐······?"

캐비닛 서랍에 있던 조의금 봉투에 이름을 갈겨 적고 지폐를 넣은
다음 옆에서 아연실색한 얼굴로 쳐다보는 기요미를 거들떠보지도 않
고 집을 나갔다.

가즈토는 차에 올라타 경야 뉴스를 보고 예상한 변두리 장례식장으
로 향했다.

장례식장 주차장에는 '구라하시 요시히코 장례식' 안내판이 붙어
있었다. 몇 시에 식이 진행되는지 모르지만 거의 만차에 가까운 주차
장을 보니 제시간에 맞춘 듯했다.

차에서 내려 식장으로 발걸음을 서둘렀다. 정문 근처에 방송국 카메라가 여러 대 있었다. 가즈토의 모습을 확인하고 보도진들이 술렁거리는 듯했지만 신경 쓰지 않고 건물 안으로 들어갔다.

마침 장례식이 막 시작되려는 참인지 식장 입구에는 교복을 입은 고등학생들이 보였다. 학기가 시작돼 점심시간에 맞추려고 시작 시각을 앞당겼을지도 모른다. 자신이 이 장례식에 제시간에 왔다는 사실을 가즈토는 운명적으로 느꼈다. 와야 해서 왔다고 생각했다.

접수대에서 이름을 적었다. 접수대에 있는 남자가 미심쩍어하며 가즈토의 이름을 내려다보는 듯했지만 아랑곳하지 않고 고개를 한 번 숙이고 장례식장에 들어갔다.

자리는 이미 가득 차 있었다. 똑같은 교복을 입은 고등학생이 30~40명 정도 모여 있다. 같은 반 아이들이 다 함께 참석했을 수 있다. 다른 학교 교복도 드문드문 보였다. 학교 관계자인지 부모나 할아버지의 회사 관계자인지 아니면 그저 이웃 주민인지 전혀 구분되지 않지만 성인도 많았다.

서 있는 참석자도 많아서 가즈토는 자리에 앉기를 포기하고 벽 옆을 조금 지나 적당한 곳에 자리를 잡았다.

"실례합니다만……."

제단에 있는 구라하시 요시히코의 웃는 영정 사진을 미처 볼 새도 없이 뒤에서 목소리가 들려서 따라온 사람이 있음을 깨달았다. 접수대에 있던 남자였다.

"잠깐 확인을 좀 할 게 있어서 그런데 접수대로 다시 와 주실 수 있을까요?"

"무슨 일이죠?"

가즈토가 그렇게 되물으며 몸을 움직이지 않자 남자는 낮은 목소리로 "고인과 관계가 어떻게 되십니까?" 하고 물었다.

"제 아들이 구라하시의 친구였고 조부님과도 업무상 교류하고 있습니다."

"실례지만 아드님의 성함이?"

"이시카와 다다시입니다."

그 순간 남자의 눈빛이 험악해졌다.

"잠깐 이쪽으로."

"뭐죠?"

가즈토는 제자리에서 움직이지 않았다.

"스님이 들어오십니다. 참석자 여러분들께서는 합장으로 맞아 주십시오."

승려가 들어왔다. 숙연한 분위기 속에서 남자가 가즈토의 팔을 잡아당겼다.

"잠깐만 나와 주시죠."

"이거 놓으세요."

가즈토는 저항하며 염주를 쥐고 손을 모았다.

승려가 자리에 앉아서 모았던 손을 뗄 무렵에는 남자 두 명이 더 가즈토에게 다가왔다.

"잠깐만 나와 주시죠."

"왜 그러시죠?"

가즈토 주변이 살짝 술렁였다.

"왜라뇨. 아드님이 사건 관계자 아닌가요?"

"그냥 관계자일 뿐입니다. 구라하시와 똑같아요."

"어쨌든 일단 나와 주십쇼."

남자들이 가즈토의 어깨에 팔을 둘렀다.

"이거 놓으세요!"

무슨 일인가 하고 참석자들의 시선이 한곳에 모였다. 가족석에 앉은 하나즈카 사장과 눈이 마주쳤다. 가즈토는 목례를 했지만 하나즈카는 눈을 부릅뜨고 굳은 얼굴로 가즈토를 바라봤다.

그때 일반석 가장 앞줄에서 누군가 일어섰다. 다카야마 사장이었다.

"자네 지금 뭐 하는 건가!"

다카야마는 통로를 지나 가즈토에게 달려왔다.

"저도 참석하고 싶습니다. 다다시를 대신해 추모하게 해 주십시오."

"지금 제정신인가?" 다카야마는 가즈토의 멱살을 움켜쥐고 그대로 밖으로 끌고 나가려고 했다. "유족들의 입장을 생각해!"

"다다시는 하지 않았어! 다다시는 범인이 아니야!"

가즈토가 호소했지만 다카야마는 손에 넣은 힘을 빼지 않았다. 가즈토는 순식간에 장례식장 밖으로 끌려 나갔다.

"요시히코랑 똑같아! 그 애도 피해자야!" 가즈토는 계속해서 소리쳤다.

"무슨 증거로 그런 소리를 하지? 경찰이 그렇게 말하던가?"

다카야마는 가즈토의 멱살을 움켜쥔 채 호통치듯 물었다.

"경찰이 말하지 않아도 알아! 우리 아이 짓이 아니야!"

"이 자식이!"

건물 밖까지 끌려 나가고서야 다카야마가 멱살을 쥔 손을 풀었다. 그리고 다음 순간 그의 주먹이 가즈토의 볼에 통렬히 꽂혔다. 노인의 나이에 접어들었어도 오랜 세월 목공 일을 해 온 몸이 강골 자체고 주먹도 바위처럼 단단했다. 견디지 못한 가즈토는 보기 좋게 엉덩방아를 찧으며 아스팔트 위에 쓰러졌다.

"썩 사라져!"

다카야마는 등을 한 번 돌리고 "사람이 상식이 있어야지!" 하고 토해내듯 말하고 장례식장으로 돌아갔다.

가즈토는 얻어맞은 충격으로 바로는 몸을 움직이지 못했고 뭔가를 부르짖을 수도 없었다.

"다다시는 하지 않았다고……."

신음하듯 목소리를 쥐어짰지만 누구의 귀에도 들리지 않을 만큼 가냘팠다.

가즈토는 흐느껴 울면서 아스팔트에 손을 갖다 댔다.

볼이 욱신거리고 몸이 덜덜 떨렸다. 일어서려고 했지만 팔다리에 힘이 들어가지 않았다.

목을 뒤로 돌리자 장례식장 정문 앞에 있는 카메라맨이 투박한 렌즈를 내 쪽으로 향하고 있었다.

가즈토는 어떻게든 시간을 들여서 몸을 일으켰다.

돌아갈 수밖에 없다.

허리를 구부정하게 숙인 채 힘없이 주차장으로 향했다.

입속에서 비릿한 맛이 느껴져 손등으로 입가를 쓸어 보니 피가 묻었다. 아무래도 입가가 찢어진 듯했다.

손수건을 꺼내려고 웃옷 안주머니에 손을 집어넣자 스마트폰 진동이 느껴졌다. 떨리고 있던 것은 몸뿐만이 아니었다.

손수건과 함께 꺼낸 스마트폰 화면에는 발신자로 '집'이 표시돼 있었다.

가즈토는 통화 버튼을 누른 다음 두 번 정도 심호흡을 하고 "여보세요" 하고 전화를 받았다.

20

대체 무슨 일일까. 갑자기 구라하시 요시히코의 장례식에 간다는 말을 꺼내는 가즈토를 기요미는 어안이 벙벙해져서 그냥 보낼 수밖에 없었다.

아무 말도 못 한 것은 기세에 눌려서이기도 하다. 남편의 눈은 물기를 머금고 있었고 표정에서는 비장한 기운이 감돌았다.

구라하시 요시히코의 외할아버지가 하나즈카 도장의 사장이라고 해도 지금 같은 상황에 가즈토를 흔쾌히 장례식에 참석하게 해 줄 것 같지 않았다. 쫓겨나도 불만을 토로할 수 없을 테고 안면이 있는 사이라는 점도 역효과만 부를 것이다.

그래도 장례식에 가서 고개를 숙이고 싶어진 걸까.

다다시가 칼을 다시 가져간 것을 깨닫고 남편에게 뭔가 심경의 변화가 생겼음은 알 수 있다. 다른 한 명도 붙잡혔다는 소식을 듣고 감정이 달아올라 사죄하려면 지금 해야 한다는 결론에 도달했을지도 모른다. 기요미는 그렇게 해석했다.

그토록 다다시는 가해자가 아니라고 주장하던 사람이 그런 생각에 이르렀다면 그건 또 그것대로 애달픈 느낌이었다. 남편도 진심으로 아들이 죽는 게 낫다고 생각하지 않았을 테고 속에서 이런저런 갈등이 소용돌이쳤을 것은 상상하기 어렵지 않다.

하지만…….

정말로 그런 걸까.

가즈토는 생기를 잃은 멍한 얼굴로 2층에 올라갔는데 내려올 때는 눈이 충혈돼 있었다. 그런 변화와 갑작스러움을 미처 다 이해하지 못하고 남편의 행동에서 뭔가 이유를 찾으려고 해도 어중간하게 정리되는 기분이었다.

2층에서 무슨 일이라도 있었을까.

기요미는 뭔가에 홀린 사람처럼 계단을 올랐다.

미야비의 방에 가려다가 복도 중간에서 발걸음을 멈췄다.

다다시의 방을 얼핏 봤을 때 책상 오른쪽 위의 서랍이 활짝 열려 있는 모습이 눈에 들어왔기 때문이다.

내가 너무 무방비하게 이곳에 와 버린 느낌이 들었다.

뭔가를 알기에는 아직 마음의 준비가 되지 않았다.

그러나 몸은 무의식적으로 책상 쪽으로 향했다. 그것이 무엇인지 확인하고 싶은 본능에 저항할 수 없었다.

서랍 안.

연필꽂이 가장 안쪽 칸막이.

갈색 자루와 칼집.

공작용 칼.

있을 리 없는 것이 그곳에 있었다.

"아아……."

이게 왜.

"아아아아아아……."

기요미는 얼굴을 감싸고 무릎부터 힘없이 쓰러졌다.

불현듯 이 방의 호흡이 멈춘 느낌이었다.

맥동을 잃은 공간에서 기요미는 비탄의 목소리를 높였다.

"엄마……?"

미야비가 기요미를 불렀다. 기요미의 목소리를 듣고 무슨 일인지 살피러 온 듯했다.

그러나 그런 미야비도 방에 들어오자마자 서랍 안에 들어 있는 공작용 칼이 눈에 들어왔는지 "아" 하고 숨을 삼켰다.

"뭐야, 이게……."

미야비는 아연실색하며 그렇게 중얼거렸다.

아래층에서 전화벨 소리가 울렸다. 제법 오랫동안 울렸지만 기요미는 생각대로 몸이 움직이지 않았다. 그동안 미야비가 전화를 받으러 나갔지만 벨 소리가 멎어서 곧 다시 돌아왔다.

"끊겼어." 미야비는 혼잣말하듯 말했다.

기요미는 그제야 몸을 일으켜 1층으로 내려갔다. 미야비도 혼자 있고 싶지 않은지 슬쩍 뒤따라왔다. 아니면 엄마를 걱정해서인지도 모른다.

부엌 식탁 앞에 앉아 교정을 모두 마친 교정지로 시선을 떨궜다. 이제는 봉투에 집어넣어 택배 기사에게 건네기만 하면 된다. 그러나 연휴 중에 필사적으로 마친 작업에 그만한 의미가 있었는지 불분명해졌다. 만약 지금 열 쪽 정도 남아 있다고 해도 기요미는 해치워 낼 자신이 없었다.

잠시 후 식탁 구석에 둔 스마트폰이 울렸다. 액정에 나이토의 이름이 표시돼 있다. 또 무슨 움직임이라도 생긴 걸까. 그러나 그것이 어떤 움직임인지 알게 되는 건 기요미에게 이미 공포 그 자체였다.

망설이다가 기요미는 결국 전화를 받지 않았다.

이번에는 다시 집 전화가 울렸다.

엄마가 움직이지 않는 것을 보고 미야비가 전화를 받았다. 경계하는 듯이 작은 목소리로 "여보세요" 하고 상대 말을 듣는 것처럼 잠시 뜸을 들이더니 "잠깐만요" 하고 기요미에게 무선 전화기를 내밀었다.

"경찰이래."

불길한 두근거림이 느껴져서 기요미는 무심코 가슴을 손으로 꾹 눌렀다.

역시 뭔가 움직임이 생긴 것이다.

"여보세요……." 기요미는 받아든 무선 전화기를 귀에 갖다 대고 쉰 목소리로 말했다. "전화 받았습니다."

"여보세요. 도자와 경찰서의 노다라고 합니다." 지난번 이 집에 온 여성 형사의 목소리가 들렸다. "다다시 군의 어머님 되시나요?"

"네. 맞는데요."

"바쁘신 데 죄송합니다. 아드님 문제로 몇 가지 말씀드릴 사안이 있어서 가능하면 부모님이 두 분 다 이곳에 와 주셨으면 합니다만……."

차를 타고 데리러 오겠다고 한다. 자세한 건 만나서 이야기하자고 하고 그 이상의 설명은 없었다. 기요미도 굳이 묻지 않았다.

전화를 끊고 기요미는 가즈토의 스마트폰에 전화를 걸었다.

"경찰이 지금 좀 와 달라는데……."

"그래……? 알겠어. 지금 갈게."

목소리에 힘이 없다고는 자각했지만 가즈토의 목소리도 텅 빈 허물에서 나오는 것처럼 힘이 없었다. 장례식장에서 무슨 일이 벌어졌는지는 모른다. 집에 오겠다고 하니 기요미는 외출복으로 갈아입고 기다리기로 했다.

잠시 후 가즈토가 돌아왔다. 눈빛이 공허하고 부어오른 입가에서 피가 배어났다. 무슨 일이 있었던 것 같지만 예상이 안 되는 것은 아니라 굳이 묻지 않았다. 가즈토도 별말 하지 않았다. 다다시가 얼굴에 멍이 들어 왔을 때도 그랬지만 남자는 이럴 때 원래 말을 하지 않는구나 생각했다.

가즈토는 양복에서 평소 입는 슬랙스와 와이셔츠로 갈아입었다. 기요미는 기요미대로 최소한의 화장만 하고 옷매무시를 가다듬었다. 둘 다 말이 없었다.

택배 기사에게 전화를 걸어 교정지를 받으러 오게 했다. 기사가 오면 봉투를 주라고 미야비에게 부탁했다.

이로써 교정 일은 무사히 내 손을 떠났다. 이제는 다다시 일에 오롯이 집중할 수 있다.

아직 비관할 단계는 아니다. 기요미는 희미한 희망일 수 있지만 애써 의식하며 자신의 버팀목으로 삼았다. 오늘 경찰이 붙잡은 아이가 다다시라면 그 이야기를 하려고 불렀을 것이다.

어쨌든 두 아이의 신병이 확보됐으니 이로써 사건의 전모도 밝혀질 것이다. 그렇게 생각하자 기요미는 숨이 가빠질 만큼 긴장감에 휩싸였다.

벽시계가 정확히 1시를 가리켰을 때 인터폰이 울렸다. 도자와 경찰서의 노다가 "모시러 왔습니다" 하고 말했다.

가즈토와 함께 나가자 집 앞에 차가 세워져 있었다. 운전석에 앉은 데라누마가 기요미와 가즈토에게 인사했다.

노다의 안내로 기요미와 가즈토는 뒷좌석에 올라탔다.

차가 출발했다.

인사다운 인사도 나누지 못한 채 차 안은 곧장 무언의 세계가 되었다. 기요미와 가즈토 모두 입을 열지 않았다.

주택가에서 현도縣道로 나가 붉은 신호에서 멈춰 섰을 때 조수석에 앉은 노다가 가볍게 헛기침을 하더니 기요미와 가즈토에게 고개를 돌렸다.

"실은 어제부터 오늘 사이에 수사에 큰 진전이 생겼습니다."

딱딱한 말투에서 노다도 긴장했음을 알 수 있었다.

"어제 한 명, 그리고 오늘 아침에 또 한 명. 이번 사건에 관련된 것으로 보이는 소년들의 신병을 확보했습니다."

노다의 이야기는 일단 거기서 멈췄다.

"그리고……."

입을 열었지만 뒷말이 이어지지 않는다.

신호가 바뀌고 차가 다시 출발했다.

노다는 시선을 살짝 아래로 떨구고 두 사람 쪽을 보지 않았다. 그리고 그제야 간신히 다음 말을 입에 담았다.

"어제 신병을 확보한 소년의 진술을 근거로 조금 전 구라하시에 이어 또 다른 소년 한 명의 시신을 발견했습니다."

21 ∴

"지금부터 서로 향하겠습니다. 그곳에서 두 분께서 한 가지 확인해 주셨으면 하는 게 있습니다."

시신이 발견됐다.

우리 두 사람이 확인해 줬으면 한다.

노다는 그 말만을 입에 담고 가볍게 고개를 끄덕여 인사하고 다시 앞쪽을 봤다.

또다시 차내에 침묵이 흘렀다. 이야기가 시작 단계에서 멈춰 버린 느낌이지만 가즈토도 기요미도 뒷이야기를 재촉하지 않았다.

그들은 침묵으로 가즈토와 기요미에게 마음의 준비를 재촉하는 듯했다. 그러나 천적을 보고 겁을 집어먹어 도망치지도 맞서지도 못하는 힘없는 동물처럼 가즈토는 잔뜩 위축된 채 노다의 뒷이야기를 그저 멍하니 기다렸다.

잠시 후 차가 도자와 경찰서에 도착했다. 현관 앞에는 수많은 보도진이 있었다. 차는 건물 안쪽으로 돌아가 경찰차가 늘어선 조용한 구역에 멈춰 섰다.

시동이 꺼지자 이번에는 데라누마가 고개를 뒤로 향했다.

"저희는 현재 발견된 시신을 수사를 통해 다다시로 추정하고 있습니다. 그러니…… 몹시 괴롭고 힘드시겠지만 두 분께 확인을 부탁드리고 싶습니다."

가즈토는 그 가능성을 지금껏 충분히 떠올려 왔지만 현실에서 다른 사람의 입으로 들으니 무서울 정도로 현실과 괴리된 것처럼 느껴졌다. 어떤 반응을 보여도 거짓말이 될 것 같은 기분이 들어 아무 말도 할 수 없었다.

"그럼 오늘 붙잡았다는 소년은……?"

기요미가 목을 쥐어짜며 물었다. 있는지 없는지 불분명해진 희망조차 아직 완전히 버리지 못하는 심정이 질문에서 배어났다.

"다다시는 아닙니다." 데라누마가 대답했다.

그렇다면 이제는 어떤 가능성도 남아 있지 않다. 그러나 실감은 들지 않았다. 기요미도 마찬가지인지, 아니면 그래도 아직이라고 생각하는지 얕은 숨소리를 내기만 하고 꿈쩍도 하지 않았다.

"시신의 복장이 며칠 전 두 분께서 말씀하신 다다시의 복장과 일치합니다. 외모도 저희가 보기에 다다시와 차이가 없는 것 같습니다. 시신 발견까지의 경위를 말씀드리면 어제 신병을 확보한 소년의 진술을 바탕으로 아이가 지목한 장소를 수색하자 시신이 나왔습니다."

다시 말해 그 아이는 구라하시 요시히코에 더해 다다시도 살해했다고 진술했다는 뜻이리라.

"그럼 안내해 드리겠습니다."

데라누마와 노다가 차에서 내렸다. 가즈토와 기요미도 뒤따랐다. 자신의 의지보다는 꼭두각시 인형처럼 몸이 저절로 움직였다.

경찰서 뒷문으로 들어갔다. 살풍경하고 어스름한 통로가 나왔다. 조금 걸어가 엘리베이터에 올라탔다. 역시나 을씨년스럽고 투박한 공간이었다. 몸과 마음이 전혀 익숙해지지 않는다. 이런 살벌한 곳에 정말 다다시가 있는 걸까……. 현실감이 없었다.

시신 안치실은 지하에 있는 듯했다. 엘리베이터를 타고 내려가 통로를 지났다. 어느 문 앞에서 데라누마가 가즈토와 기요미에게 기다리라고 하고 안에 들어가더니 곧 다시 나왔다.

"검시가 진행 중이니 조금만 더 기다려 주십시오."

데라누마는 그렇게 말하고 틈새를 메우듯 말을 이었다.

"얼굴 쪽에는 비교적 상처가 덜하지만 머리는 단단한 봉 같은 것으로 여러 차례 구타당한 흔적이 남아 있습니다. 그리고 사망 시각이 일요일 새벽 경으로 추정되는데 그로부터 나흘이 지난 만큼 시신의 부패가 진행돼 부패취도 나는 상황입니다. 확인은 두 분 중 한 분만 하셔도 되고 만약 두 분 다 내키지 않으시면 지문 등으로 확인하는 방법도 있습니다."

가즈토는 기요미를 쳐다봤다. 언제 쓰러져도 이상하지 않을 만큼 창백한 얼굴이다. 그러나 기요미는 고개를 살짝 흔들고 "확인할게요"라고 했다.

데라누마가 가즈토를 봤다. 기요미가 망설였다면 혼자 들어가려고도 했지만 이렇게 된 이상 만류할 마음도 없었다. 가즈토가 고개를 끄덕이자 데라누마는 알았다는 듯이 고개를 끄덕였다.

통로에 있는 벤치에서 잠시 앉아 기다렸다. 옆에 노다가 섰고 데라누마는 안치실에 들어갔다.

잠시 후 데라누마가 나왔다.

"들어오시죠."

그의 지시를 듣고 가즈토와 기요미가 일어섰다. 기요미가 빈혈 증상을 느꼈는지 비틀거려서 가즈토는 아내의 어깨를 붙들었다.

"괜찮으십니까?" 노다가 걱정하듯 기요미의 안색을 살폈다.

고개를 잠시 숙이고 있었지만 곧 의식이 안정됐는지 고개를 든 기요미는 씩씩하게 "괜찮습니다" 하고 대답했다.

"어머님은 이곳에서 기다리시는 게 어떨까요?"

노다가 배려하듯 말을 걸었지만 기요미는 또다시 고개를 흔들고 "아들과 만나게 해 주세요"라고 했다. 그 말의 비장한 울림 앞에서 노다도 더 이상 말을 보태지는 않았다.

"갈 수 있겠어?"

가즈토가 어깨를 부축하며 묻자 기요미는 고개를 한 번 끄덕이고 발걸음을 뗐다.

데라누마가 안치실 문을 열고 두 사람을 안에 들였다.

칸막이 옆을 지나자 수사 관계자인 것 같은 남자 대여섯 명이 보였다. 그들은 가즈토와 기요미를 보더니 안치실 중앙에 있는 들것에서 떨어졌다.

들것 옆에 접이식 긴 탁자가 있고 낯익은 후드 점퍼와 티셔츠, 청바지 등이 놓여 있었다.

들것 위에는 시신.

운반용으로 보이는 시트에 덮여 있지만 가슴부터 위는 밖에 드러나 있다.

생명이 빠져 나갔고 상처 입은, 사뭇 변해 버린 모습이었다.

기요미가 갑자기 걸음 속도를 높이자 어깨가 가즈토의 손에서 떨어졌다.

"다다시……."

그렇게 부르는 아내의 목소리를 듣고 가즈토는 비로소 현실을 포착한 느낌이 들었다.

다다시가 죽었다.

"다다시! 다다시!"

기요미가 시신 옆에 달라붙어 비통한 목소리로 연신 아들의 이름을 외쳤다. 그리고 울음을 터뜨렸다.

온몸을 부들부들 떨며 온 힘을 쏟는 것처럼 그녀는 큰 소리로 흐느꼈다.

비현실감 앞에 머물러 있던 가즈토의 감정도 봇물 터진 듯이 움직였다. 눈물이 흐르고 목이 실룩거렸다.

다다시는 죽었다.

믿는다, 믿지 않는다로 나와 아내가 멋대로 단정하고 말다툼을 벌일 때 이미 이렇게 죽어 있었던 것이다.

믿는지 믿지 않는지는 상관없었다.

다다시는 아버지가 압수한 칼을 자기 의지로 돌려놓고 갔다.

그리고 죽었다.

가즈토와 기요미가 무엇을 후회하는지도 상관없었다.

이 시신은 다다시가 그 누구에게도 좌우되지 않고 자기 자신을 밀고 나간 끝에 만들어진 모습이라고 생각했다.

나는 나일 뿐이라고 고요하지만 용기 있게 주장하고 있다.

정말로…….

둘도 없이 소중한 아이를 잃고 말았다.

"다다시!"

가즈토도 오열을 터뜨리며 사랑하는 아들의 이름을 외쳤다.

다다시의 시신은 오늘 아침 신병을 확보한 소년의 할아버지가 경영하는 금속 가공 회사 자재 창고 안쪽에서 파란색 시트에 싸인 채 발견됐다고 한다.

인터넷에서 'W무라'라고 불리던 소년이 와카무라, 주범격 소년이 시오야마라는 이름이었다는 이야기는 나중에 기요미에게서 들었다. 경찰은 역시 그런 민감한 정보는 알려 주지 않았고 사건의 사실 관계에 대해서도 여전히 조사 중이라며 말을 아낄 때가 많았다.

그러나 그런 와중에도 기자 회견에서 발표하는 정도라면, 하고 데라누마가 가즈토와 기요미를 집에 보내기 전에 몇 가지 이야기를 들려주었다.

데라누마의 이야기와 기요미가 다다시의 친구, 기자에게서 들었다는 이야기, 그리고 그다음 나온 보도 등을 종합하니 아무래도 다음과 같은 복잡한 사정이 보이기 시작했다.

아이들 사이에서는 돈을 둘러싼 갈등이 있었다고 한다.

시오야마와 와카무라는 축구부 동아리의 청백전 시합에서 홋타라는 아이가 다다시를 다치게 했다는 이야기를 듣고 구라하시 요시히코를 설득해 함께 복수할 계획을 세웠다. 그에 대해 다다시는 전혀 아는 바가 없었다고 한다.

다다시와 사이가 좋았던 구라하시는 그저 불의에 대한 분노 때문에 제안에 응했다. 한편 시오야마는 복수의 의미를 담은 폭력을 상대에게 언뜻 보이고 최종적으로는 돈을 빼앗아 문제를 해결하는 형태를 노리고 있었다. 그러므로 다다시에게는 계획을 알리지 않았다. 그러나 여름방학 기간의 동아리 활동일이나 연습이 끝나는 시간 등을 파악해 둬야 해서 구라하시에게 그 임무를 맡겼다. 구라하시는 다다시에게 '네 여자 친구를 한 번 만나게 해 달라', '가능하면 그 애한테 친구를 소개해 달라고 부탁하고 싶다' 등의 말을 하며 부탁했고 결국 동아리 활동이 끝나고 비는 시간에 이즈카 안나를 함께 만나기로 했다. 그러나 그날 다다시가 잡은 약속 시각에 세 사람은 홋타를 습격하기 위해 떠났고, 구라하시는 다다시에게 약속을 취소하겠다고 통보했다고 한다.

세 사람은 계획대로 동아리 활동을 마치고 집에 가는 홋타를 몸을 숨기고 기다렸지만 계획에 차질이 생겼다. 시오야마는 홋타를 금속 배트로 다치지 않을 만큼만 때리고 위협한 다음 돈 이야기를 꺼내려고 했는데, 결과적으로 그의 다리뼈를 부러뜨리고 만 것이다. 진실은 알 수 없지만 시오야마가 경찰에 털어놓은 이야기에 따르면 시오야마와 와카무라는 적당히 배트를 휘두른 데 반해 친구를 다치게 한 분노 때문에 흥분한 구라하시가 힘 조절을 하지 않고 홋타의 다리를 때렸다고 한다.

그 결과 계획이 무산되며 일이 꼬이게 됐고 홋타가 평소 알고 지내는 지역 불량 서클에 사태 해결을 부탁한 것을 계기로 시오야마 무리는 단숨에 궁지에 몰렸다. 불량 서클은 시오야마에게 문제 해결책으로 시오야마가 요구한 액수의 갑절을 요구하며 협박했다. 금액으로 50~60만 엔 정도로 추정된다.

그런 와중에 시오야마가 책임을 전가할 표적으로 삼은 아이가 구라하시였다. '홋타가 다친 건 네가 때린 게 결정타였다', '네가 계획을 물거품으로 만들었다'라며 구라하시를 몰아붙이고 돈을 마련해 오라고 시킨 것이다.

날치기나 절도 같은 범죄를 저질러서라도 돈을 마련해 오라는 말에 구라하시는 어쩔 줄을 모르다가 결국 다다시를 찾아가 상담한 듯하다. 그제야 사태의 전모를 파악한 다다시는 구라하시에게 시오야마의 지시에 따르지 말고 시오야마와 연을 끊으라고 충고했다.

시오야마는 시오야마대로 불량 서클의 위협 때문에 매일 초조했다. 다다시를 끌어들여 구라하시와 함께 돈을 마련하려고도 했지만 이게 다 너 때문이라고 말해 봐야 다다시가 납득하지 않았고 우격다짐으로 지시에 따르게 해도 역효과만 불렀다. 그게 바로 다다시와 구라하시가 얼굴에 멍이 들어서 온 여름방학이 끝날 무렵의 일이었다.

그날 이후 시오야마는 다다시가 자신에게 강한 반발심을 품고 있다는 걸 느끼기 시작했다. 다음으로 또 자신이 실력 행사에 나서면 다다시도 가만히 있지는 않을 거라고 생각했다. 그래서 시오야마는 또다시 다다시를 따돌리고 구라하시만을 위협해 시키는 대로 하게 하는 작전에 돌입했다.

그러나 낌새를 알아챈 구라하시가 다다시를 또 찾아가서 상담했는지 시오야마가 구라하시를 불렀을 때는 부르지 않은 다다시도 함께 따라왔다. 사건 전날인 토요일 밤도 그랬다.

불량 서클에 돈을 상납해야 하는 날짜가 정해졌고 마침내 물러설 곳이 없어진 시오야마는 토요일 밤에 함께 놀자고 속이고 구라하시를 불렀다. 그리고 그곳에는 다다시도 나타났다. 평소 어울리는 친구 일고여덟 명과 함께 오락실과 패밀리 레스토랑 등 장소를 바꿔 가며 놀다가 시오야마는 구라하시와 둘이서 차분히 대화할 순간만을 기다렸다. 어느덧 밤이 깊어지면서 한 명, 두 명 집에 돌아갔지만 다다시는 집에 돌아갈 기색이 없었다. 구라하시만 남기고 다다시를 돌려보내려고 했지만 뜻대로 되지 않았다. 결국 자정 이후에는 시오야마, 와카무라, 구라하시, 다다시 네 명이 남았다.

네 명은 장소를 와카무라의 할아버지 회사로 옮겼다. 와카무라의 할아버지 회사는 도자와 변두리의 구릉지에 있었고 시오야마 일행이 구라하시의 시신을 옮기다가 사고를 내고 차를 버린 현장과도 가까웠다. 주변에는 수풀과 밭이 눈에 띄고 도심지에 비하면 민가도 드물었다. 연휴 기간이라 날이 새도 회사에 사람은 오지 않았다. 전에도 주말에 아이들이 밤을 새워서 놀 때는 그 회사 창고에 틀어박힐 때가 종종 있었다고 한다.

그곳에서 시오야마는 돈 이야기를 꺼냈다. 자신도 조금은 변통해 보겠다며 제안했고 시오야마에게 붙은 와카무라도 그의 편을 들었다.

단기로 돈을 마련하기 위한 범죄 계획도 제시했다고 한다. 그러나 큰
부담을 지게 된 구라하시는 제안을 받아들이려 하지 않았고 더 이상
범죄에도 관련되고 싶지 않다는 태도로 일관했다. 다다시도 옆에 있
어서 더 의지가 되는 듯했다.

구라하시와 다다시는 불량 서클의 요구 따위 그냥 무시해도 된다는
의견이었다. 홋타가 자기 입으로 직접 다다시를 혼내 줬다고 주변에
도 떠들고 다녔으니 그쪽에서 뭐라고 하면 홋타가 다친 건 자업자득
이라고 되받아치면 그만이라고 했다.

그리고 홋타에게서 돈을 갈취하려고 한 것은 시오야마 혼자 떠올린
계획이었고, 불량 서클이 개입한 것도 그런 시오야마의 계획이 역이
용된 결과이니 수습의 책임은 시오야마에게 있다고 했다.

돈 문제를 어떻게 하느냐는 이야기에 애초에 누구에게 책임이 있는
가 하는 이야기가 뒤섞여 날이 밝아져도 언쟁은 끝나지 않았다.

그리고 일요일 아침, 출구가 보이지 않는 대화에 짜증이 나고 지친
와카무라가 구라하시와 가벼운 몸싸움을 벌였다. 시오야마는 그것이
발단이었다고 진술했다고 한다. 두 사람은 같은 학년이기도 해서 감
정적으로 변하면 서로 한 치도 양보하지 않았다. 구라하시가 그때 언
뜻 칼을 꺼내 보이자 자리의 분위기가 단숨에 얼어붙었다.

시오야마도 처음에는 모두를 진정시키려고 했다고 한다. 그러는 한
편 구라하시가 칼을 보여 주자 두려움을 느끼고 혹시 다다시도 칼을
가져오지 않았을까, 먼저 손을 쓰지 않으면 내가 당하는 게 아닐까 하
는 의심과 불안에 휩싸였다고 했다.

'어쨌든 그 자리에서는 우위에 서야 한다고 생각했다.'

경찰 발표에서는 시오야마가 그렇게 진술했다고 돼 있었다. 시오야마는 근처에 있던 쇠파이프를 집어 들고 무기를 갖고 있지 않을까 의심한 다다시의 머리를 수차례 가격했다. 살의는 없었다고 하지만 다다시가 쓰러지고 난 뒤에도 공격을 멈추지 않았다고 한다.

이후 그 광경을 보고 겁을 집어먹은 구라하시에게서 칼을 빼앗고 와카무라와 함께 빼앗은 칼과 쇠파이프를 써서 린치 같은 끔찍한 사태에 이르렀다고 한다.

결국 돌이킬 수 없는 결과를 만들고 만 두 아이는 말을 맞춰 시신을 산속에 있는 숲에 묻기로 하고 준비를 시작했다. 시신을 파란색 시트에 감싸고 회사 뒤편에 있는 자재 창고로 옮긴 다음 창고 바닥에 흐른 피를 씻어내느라 낮 시간을 보냈다. 시신을 유기하려면 교통수단이 필요하니 전화를 걸어 차를 빌려줄 지인을 찾았다. 둘 다 운전 경험이 없었지만 취미로 차에 대해 조금 공부한 적이 있는 와카무라가 자진해서 운전을 맡았다. 또 한 번에 두 구의 시신을 처리하기에는 부담이 크다고 판단해 한 구씩 옮기기로 했다.

그즈음까지는 두 아이도 도주 생활을 할 생각은 없었던 듯하다. 그러나 되도록 사건의 발각을 늦추기 위해서 결국 움직였다. 기요미가 다다시에게 보낸 문자에 답신한 것도 두 사람의 범행 은폐 공작의 일환이었던 것으로 보인다.

그러나 구라하시의 시신을 옮길 때부터 사고를 내 버린 탓에 열심히 세운 계획은 대번에 산산조각 났다. 도주 중 경찰이 미세 전파를 추적할 수 있다고 걱정한 둘 중 누군가가 자기 것을 포함해 핸드폰

SIM 카드를 전부 뽑아 버렸다고 한다.

두 사람은 이후 전철 등을 갈아타고 도쿄로 도망쳤다. 시부야 부근에 시오야마의 지인이 있어서 시오야마는 그곳에 몸을 숨겼지만 둘은 어렵다고 해서 와카무라와 도중에 갈라서게 됐다. 와카무라는 번화가 PC방을 전전했다고 한다.

사건의 개요를 대략 전해 듣고 가장 먼저 머릿속에 떠오른 것은 다다시에게는 아무 잘못도 없다는 사실이었다. 처음부터 다다시를 믿어 마땅한 사건이었다.

그러나 시오야마와 와카무라가 붙잡히고 다다시의 시신이 발견될 때까지 그조차도 안개에 휩싸여 진실은 전혀 보이지 않았다.

경찰은 다다시와 구라하시가 얼굴에 멍이 들어서 집에 온 것과 이후 두 아이가 지역 대형 마트에서 공작용 칼을 산 사실도 일찍이 포착한 듯했다. 그러나 칼을 산 목적 등에 대해 수사 관계자들 사이에서 갑론을박이 생겼고 두 사람이 싸우기로 약속했을 가능성 등도 부정할 수 없다는 의견이 나왔다고 한다.

신병을 확보한 소년들의 자백과 다다시의 시신 등 결정적 증거가 나오기 전까지 경찰의 수사는 지극히 신중했다. 수사에 대한 정보는 가즈토를 비롯한 가족들에게까지 전해지지 않았다. 소년 범죄라는 사건의 성격상 어쩔 수 없었는지도 모른다. 그러나 관계자 가족으로서 사건에 휘말려 버린 가즈토 일가는 그동안 자신들 속에서 피어오른 다양한 감정과 싸우고 주변 분위기에 끊임없이 휘둘려야 했다.

다다시가 시신으로 발견된 날로부터 사흘 뒤 사법 해부를 거친 다다시의 시신이 관에 담긴 채 집에 돌아왔다.

가즈토는 집을 설계할 때 가족 누군가가 시신이 돼 버리는 상황은 전혀 고려하지 않았다. 자신이 조금 더 나이를 먹으면 거실 일부를 보수해 다다미를 깔아야겠다고 생각했지만 이미 늦었다. 다다시의 관은 거실 소파 앞에 그대로 놓였다.

머리에 붕대를 감은 다다시는 평온한 표정으로 눈을 감고 있었다. 그러나 시신 부패가 진행되는 것만은 틀림없어 그날 바로 경야 의식을 치르게 됐다. 시신으로 돌아온 지 채 다섯 시간도 되지 않아 다시 집을 나가야 했고 그동안 시신의 머리맡에서 독경을 외웠다.

가즈토와 기요미 모두 이제는 흐트러진 모습을 보일 만큼 울지는 않았다. 겨우 집에 돌아올 수 있게 된 아들을 부모로서 자상하게 맞아줘야 한다는 마음뿐이었다.

가스카베에서 달려온 기요미의 어머니 후미코와 언니 사토미는 눈물이 멈추지 않는 듯했다. 쿠키도 쓸쓸한 것처럼 컹컹 울음소리를 냈다.

다다시의 관 앞에 쓰러져서 가장 크게 운 사람은 미야비였다.

"미안…… 오빠, 미안해……."

미야비는 계속 사과하며 울음을 그치지 않았다.

다다시가 범인이면 곤란하다. 그런 결과가 나오면 내 미래가 불투명해진다. 범인으로 나타나기보다 차라리 피해자가 돼 주는 게 낫다. 사건이 발각되고서 어느 시기에 미야비가 그런 마음을 품었던 것은 가즈토도 미야비가 문득 입에 담은 말을 통해 알고 있다.

그게 다 본심은 아니겠지만 그런 이기적인 생각이 강했던 것만은 사실일 것이다. 그러나 다다시가 정말로 시신이 되어 집에 돌아오자 현실로 받아들이지 못하게 된 것이다. 미야비의 마음은 공교롭게도 다다시가 가해자로 붙잡힐 때만 정당성이 보증되는 것이었다.

울면서 참회하는 미야비를 기요미는 너그럽게 감싸 줬다. 다다시의 시신과 대면한 이후 표독스러워 보일 만큼 잔뜩 얼어붙은 기운은 기요미에게서 떨어져 나갔다. 할머니와 이모도 미야비를 위로했다. 가즈토도 물론 미야비를 탓하는 말은 하지 않았다.

미야비의 미래는 구제받았다. 다다시 덕분에 구제받았다고 해도 좋을 것이다.

가즈토도 비슷한 심정이었다. 경야 의식이 열리는 곳에는 다카야마 사장과 하나즈카 사장이 참석했다. 다카야마 사장은 당장에라도 무릎을 꿇을 것처럼 고개를 숙였고, 구라하시 요시히코의 장례식장에서 보인 무례한 행동에 대한 사죄와 애도의 말을 괴로운 듯이 입에 담았다. 하나즈카 사장은 자네의 원통함을 내가 가슴 아플 만큼 잘 안다면서 눈물짓고 가즈토의 손을 잡아 주었다. 그 밖에도 많은 업무 관계자들이 참석해 애도와 격려의 말을 해 주었다. 기후에 사는 가즈토의 형도 달려와 무뚝뚝한 얼굴로 자리를 지켰다.

가즈토의 미래는 구제받았다. 그리고 그 역시 다다시 덕분이었다.

그러므로 더욱 쓸쓸함이 남았다. 미야비의 참회가 가즈토의 가슴에도 꽂혔다.

칼을 압수한 게 과연 정답이었을지 더 고민해야 할 터였다.

구라하시가 칼을 꺼냈을 때 다다시도 가져온 칼을 꺼냈다면 이런 결과가 생기지 않았을 거라고도 생각했다.

아니, 애초에 두 아이가 함께 칼을 사지 않았다면 구라하시가 칼에 의지해 상황을 돌파하려고 하지 않았을 것이고, 그럼 시오야마와 와카무라를 쓸데없이 자극하지도 않았을 테니 이토록 비참한 결과에 이르지 않았을 거라는 생각도 들었다.

하지만 그것은 너무 객관적인 견해다. 두 아이는 명백한 신변의 위험을 느꼈다. 다다시는 일련의 소동에 강하게 대처한 듯하면서도 여자 친구인 이즈카 안나에게 당분간 자신에게 가까이 다가오지 말라고 했다. 선배인 홋타와의 문제를 포함해 나와는 상관없다는 식의 태도는 통하지 않을 거라는 불안과 공포를 품었을 것이 분명하다. 그런 사정을 전혀 고려하지 않고 칼을 사려고 한 행위 자체가 잘못됐다고 하는 것은 공정하지 않다.

아무리 생각해도 그때 어떻게 해야 좋았을지에 대한 올바른 해답은 나오지 않았다.

이렇게 고민하는 것도 실은 다다시에게 구제받은 것이다. 원래는 더 괴로워해야 했다.

다다시는 압수당한 칼을 다시 가져감으로써 부모의 개입을 차단한 동시에 자신의 선택으로 칼을 도로 두고 갔다.

무슨 일이 있어도 엄마 아빠 때문이 아니야, 다 내 책임이야……. 다다시는 칼을 자신의 책상 서랍에 돌려놓음으로써 그런 메시지를 가즈토와 기요미에게 남기고 간 것이다.

경야 의식에는 다다시의 친구들도 많이 참석했다.

며칠 전 가즈토에게 다다시가 다쳤을 당시 상황 등에 대해 알려 준 이즈카 안나는 동성 친구를 부둥켜안고 울음을 터뜨렸다.

중학교 시절 집에 자주 놀러 온 나카자토 요스케의 모습도 보였다. 잠시 만나지 못한 사이에 더 어른스러워진 요스케는 절대 울지 않으려는 것처럼 입을 꾹 다문 채 가즈토와 기요미에게 고개를 깊숙이 숙였다. 요스케가 다다시를 걱정했다는 이야기는 기요미에게 들었다. 다다시를 범인 취급하는 의견이 나오는 데 분노했다고 하지만 그 말은 곧 사건 내내 가즈토와 비슷한 심정이었다는 뜻이 되니 다다시의 죽음을 복잡하게 받아들일 것이다.

경야 의식이 끝난 뒤에는 청년 한 명이 가즈토와 기요미에게 다가와 인사했다.

"안녕하세요. 미야자키라고 합니다."

쓸쓸해 보이는 얼굴로 그는 자신을 소개했다. 도자와역 근처에 있는 접골원에서 부상 이후 복귀를 앞둔 스포츠 선수나 신체 기능 장애에 시달리는 사람들의 재활을 맡고 있다고 했다. 다다시가 동아리 활동에서 무릎을 다치고 재활을 위해 접골원에 다닌 것은 가즈토도 알고 있었다.

"이런 일이 일어나 진심으로 놀랐고 안타깝게 생각합니다. 다다시와는 바로 얼마 전에 건강한 얼굴로 만났는데……."

여름방학에 접어든 이후 거의 모습을 보이지 않던 다다시가 사건 일주일쯤 전에 불현듯 접골원을 찾아왔다고 한다.

"재활은 앞으로도 하겠지만 선수 생활은 포기했다더군요. 전 끈기 있게 재활을 이어 가다 보면 반드시 복귀할 수 있을 거라고 했지만 다다시는 아무리 전처럼 돌아가도 지금 축구부가 자신을 흔쾌히 다시 받아 줄 상황이 아니라고……. 비관적인 생각을 하지 않기를 바랐지만 정작 본인은 왠지 마음을 이미 정리했다고 할까요, 후련한 느낌이었습니다.

그리고 다다시는 제게 그러더군요. 자기는 결국 인간관계 같은 문제 때문에 축구를 그만두게 됐지만 선생님의 지도를 받으며 재활 훈련에 힘쓸 때는 꼭 복귀할 거라는 희망을 가질 수 있었다고……. 앞으로도 그런 체험을 살려 미래에는 부상당한 선수들을 지원하는 재활 전문가가 되고 싶고 공부도 해 나갈 거라고 하더군요.

다다시의 이야기를 듣고 저는 제가 가진 책을 몇 권 빌려줬습니다. 읽고 이해하기 어려울 수도 있지만 어떤 세계인지 조금이라도 느껴졌으면 하는 마음으로……."

거기까지 말하고 미야자키는 입술을 깨물며 침묵했다.

"책은 다다시의 책상 위에 있었습니다." 가즈토와 함께 이야기를 듣고 있던 기요미가 입을 열었다. "고맙습니다. 곧 다시 돌려 드리겠습니다."

그 말을 듣고 미야자키는 고개를 흔들더니 "아뇨. 신경 쓰지 않으셔도 됩니다"라고 했다.

그의 볼을 타고 눈물이 흘렀다.

"저는 그저 바로 얼마 전에 그렇게 자신의 꿈을 당당히 이야기하던 다다시가 이렇게 된 게 참으로 비통하고 안타깝기 그지없어서……."

그는 입술을 떨며 목소리를 짜냈다.

그의 이야기를 들으며 가즈토는 아무 말도 하지 못했다.

하고 싶은 일을 찾아라. 좀 더 노력해라. 가즈토는 다다시가 평소 아무 목적도 없이 지낸다고 생각해 아들이 싫어하는 것을 알면서도 그런 말을 몇 번인가 입에 담았다.

"이런 이야기를 듣기 싫어서 흘려들을지 아니면 정말로 그럴 수도 있겠네 하고 진지하게 받아들일지에 따라 미래는 바뀌는 거지."

그때도 그랬다. 미래에 대해 아무 생각 없어 보이는 얼굴로 묵묵히 저녁밥을 먹던 다다시에게 가즈토는 그렇게 설교했다.

"어른이 되면 자연스럽게 무엇이든 할 수 있게 될 거라고 생각하면 큰 오산이다. 아무것도 하지 않으면 아무것도 할 수 없는 사람이 될 뿐이야."

가즈토는 마음을 담아 말했지만 다다시는 이렇다 할 반응을 보이지 않았다. 그냥 잔소리로 흘려듣는 것처럼 느껴지기도 했다.

이렇게나 잘 전해졌을 줄은 예상도 못 했다.

이렇게나 진지하게 받아들였을 줄은 예상도 못 했다.

가즈토는 또다시 눈물을 참을 수 없었다.

피를 나눠 받고 이 세상에 태어나 애지중지 키워 온 소중한 아들이었다. 세상 어떤 말로도 다 표현할 수 없는 아이였다.

말이 통하고 마음이 전해져 함께 미래를 향해 걸어갈 상대였다.

다다시의 선량함, 건강함, 티 없이 맑고 깨끗한 마음……. 아들을 잃고서야 비로소 깨달았다. 그곳에 기쁨은 없다. 깨달을 때마다 슬픔이 깊어질 뿐이다.

살아 있어 주기를 바랐다.

다다시는 범인이 아니다. 그 믿음은 틀리지 않았다.

그러나 뒷맛은 터무니없이 씁쓸했다.

믿었다고 하면 듣기에는 그럴싸하지만 정말로 순수하게 내 아이를 믿었느냐고 물으면 통증과 비슷한 감각이 느껴졌다. 미야비처럼 나 자신의 사정을 고려하지 않았나 스스로에게 묻고 싶어진다.

고려하지 않았다고는 할 수 없다.

다다시 덕분에 내 미래는 구제받았다.

그러나 그 구제받은 미래는 원래 존재한 미래와는 별개의 것이 돼 버렸다.

다다시가 가족 구성원에서 빠짐으로써 미래의 이시카와 집 안의 거실은 어두워지고 텅 빈 공간이 눈에 띄는 데다 온도도 오르지 않는 곳이 돼 버렸다.

그 틈은 다른 누구로도 메울 수 없다. 앞으로의 삶에서 남게 된 가족들이 진심으로 웃음 짓는 일은 이제 없을지 모른다. 웃음과 같은 몫의 씁쓸함이 늘 고개를 들 것이 분명하다.

나는 그런 미래라도 좋으니 지키고 싶다고 생각했을까.

그런 미래 따위 아무래도 좋으니 어쨌든 살아 있어 주기만을 바랐어야 했던 게 아닐까. 아내처럼.

다다시를 믿고 싶다는 허울 좋은 말만 늘어놓으며 내 마음이 흔들린 적도 있었다. 믿는다, 믿지 않는다고 하는 것은 고작 그 정도였던 것이다.

결국 지금 내가 가진 것들을 최대한 부수고 싶지 않은 마음, 부서져 가는 것을 인정하고 싶지 않은 마음이 강했을 뿐 아닐까.

다만 한 가지 내 안에서 그나마 위안이라고 할 만한 것은 다다시가 범인일 수 있다고 점차 생각하게 됐을 때 그렇다면 받아들일 수밖에 없다는 마음도 싹텄다는 점이다.

각오해야 한다고 생각했고, 아내의 심경에 다가간 느낌이 들었다.

다다시가 가져간 칼이 책상 서랍에서 도로 발견됐을 때는 아연실색했다. 기쁨 같은 것은 그 안에 없었다. 애써 각오까지 했는데, 바보 자식이라고 생각했다.

다다시가 범인일 수 있다.

다다시가 죽었을 수 있다.

두 가지 가능성, 희망 없는 바람 사이에서 가즈토의 마음은 끊임없이 흔들렸다.

진실이 밝혀져도 수습됐다는 느낌은 들지 않았다.

그러나 지금은 눈앞의 현실을 있는 그대로 받아들일 수밖에 없다.

이런저런 생각을 거쳐 그런 결론에 이르렀다.

경야 의식이 끝나자 많은 참석자가 조용히 장례식장을 떠났고 잠시 머물러 있던 이들도 가즈토와 유족에게 인사하고 한 명 또 한 명 돌아갔다.

거의 일가친척만 남고 그들 사이의 대화도 점차 없어질 무렵 가즈토는 홀을 나가 로비에 설치된 접수대로 갔다.

접수대 앞에는 우메모토가 뒤늦게 방문하는 조문객을 위해 자리를 지키고 있었다.

"혹시 왔나?"

가즈토는 우메모토에게 물었다.

"아뇨. 안 왔습니다."

우메모토는 고개를 흔들었다.

"그렇군……."

만약 시오야마나 와카무라의 부모가 이 장례식장에 모습을 드러낸다면…….

가장 뒷자리도 괜찮다고 하면 그들을 안에 들이라고 가즈토는 우메모토에게 미리 전달해 두었다.

오지 않으리라고는 예상했다.

그러나 만약에 온다면 그때는 그대로 받아들이자고 생각했다.

22

일렬로 늘어선 많은 참석자가 아무리 우울한 눈빛으로 바라봐도 영정 사진 속 다다시는 그대로 웃고 있다.

사진은 기요미의 스마트폰에 저장된 사진을 썼다. 고등학생이 되고서 찍은 사진 중에는 웃는 사진이 드물었다. 부모가 사진을 찍을 때 미소를 보이거나 손가락으로 브이를 그려 줄 나이는 지났다.

그만큼 회심의 미소를 지은 한 장을 선택하는 데는 망설일 필요도 없었다.

고등학교 입학식 날 집 앞에서 찍은 사진이었다.

고등학생이 됐다는 기쁨이 있었겠지만 그 이상 쑥스러움이 컸는지 가족들과 나란히 있어도 다다시는 마지못해 찍는다는 식으로 무뚝뚝하게 굴었다. 한 장 정도는 웃는 얼굴을 찍고 싶었던 기요미는 집 안에서 쿠키를 데려와 "자, 쿠키도 같이 찍고 싶대" 하고 다다시에게 안겼다.

"왜 쿠키까지……. 앗, 교복에 털 묻잖아."

다다시는 귀찮아하면서도 쿠키가 가슴팍에 엉겨 붙자 이내 포기했는지 간지러운 것처럼 미소 지었다. 계획대로 끌어낸 찰나의 표정을 기요미는 스마트폰 카메라에 담았다.

그때는 물론 이 사진이 반년 뒤에 이런 일에 쓰이게 될 줄은 꿈에도 생각하지 못했다.

한순간이 영원이 돼 버렸다.

더는 다다시의 새로운 미소를 볼 수 없다.

참석자들이 아쉬워하며 떠난 뒤에도 액자 속 다다시는 여전히 웃는 얼굴 그대로다.

다다시의 시간은 멈춰 버렸다.

마찬가지로 기요미도 자신의 시간이 멈춰 버린 것처럼 느꼈다.

그러나 그것은 착각에 불과했다.

다다시의 영정을 지그시 바라보는 것만으로 구멍에서 공기가 새어 나오는 것처럼 조용히 눈물이 흘렀다. 그 감정이 점차 거세져 잠시 후 다음 파도가 밀려오는 듯이 또다시 아들의 웃는 얼굴이 번져 보이기 시작했다.

나 자신의 시간은 그렇게 움직이고 있었다.

멈춰 버린 것처럼 느끼는 것은 다다시의 존재가 내 안에서 그만큼 컸기 때문이다. 기요미의 마음은 다다시의 시신이 잠들어 있는 관 자체이고, 웃는 얼굴의 영정 사진을 담은 액자 자체였다.

"엄마. 좀 쉬는 게 어때?"

참석자들이 돌아간 뒤에도 잠시 유족석에 멍하니 있던 기요미에게 미야비가 말을 걸었다. 어머니와 언니는 한발 앞서 가족 대기실에서 쉬고 있다.

"응, 고마워."

대답은 했지만 몸이 바로 움직이지 않았다. 쉬고 싶은 건지 아닌지 내 의사를 확인하는 데도 시간이 걸렸다. 그만큼 지쳐 있는 걸까.

뒤늦게 찾아오는 조문객도 더는 없을 듯했다.

좀 쉴까……. 간신히 그렇게 마음먹고 핸드백에 손을 넣었다. 그때 마침 핸드백 안에 있는 스마트폰에 전화가 걸려 왔다.

프리랜서 기자 나이토 시게히코였다.

"아드님을 추모하러 저도 찾아 봬도 될까요?"

나이토는 전화를 받은 기요미를 위로하는 말을 건네며 요청해 왔다. 지금 가까운 곳에 있다고 했다.

나이토와는 그저께 전화 통화를 하며 앞으로 피해자 가족으로 마주하게 될 이런저런 문제에 대비해 실력 있는 변호사가 있으면 소개해 달라고 했다.

나이토가 소개해 준 변호사는 오늘부터 곧장 언론 대응에 나섰고 가즈토가 현재 심경을 짧은 코멘트로 미리 전달해 둔 덕에 가족들은 엄청난 취재 공세로부터 거리를 둘 수 있게 됐다. 덕분에 경야 의식도 무사히 치를 수 있었다.

순수한 조문만이 목적이 아닐 수 있지만 어쨌든 나이토에게는 사건의 사실 관계가 밝혀졌을 때 취재에 응하겠다고 약속했으므로 기요미는 수락했다.

나이토는 한산해진 장례식장에 들어와 다다시의 영정 앞에 말없이 향을 피우고 두 손을 모았다.

그리고 두 사람은 함께 로비로 나갔다. 접수처 앞에 가즈토가 있어서 기요미는 나이토를 짧게 소개했다. 나이토는 애도의 말을 건넸고 가즈토는 변호사를 소개해 준 것에 대한 감사 인사를 했다.

대화를 마치고 기요미는 로비에 있는 벤치에 나이토와 함께 나란히 앉았다.

"피곤하실 텐데 죄송합니다."

"아뇨. 괜찮아요."

다다시가 피해자인지 가해자인지 아직 밝혀지지 않았을 때는 나이토도 일부러 이쪽과 거리를 두고 상대를 가늠하는 듯한 냉정함이 엿보였지만 지금 그에게서 그런 기운은 찾아볼 수 없다. 차분한 목소리에서는 오고 싶다고 해서 왔지만 기요미를 어떻게 대해야 좋을지 잘 모르는 듯한 당혹감이 배어났다.

"정보를 제공하는 대신 나중에 인터뷰를 해 주셨으면 한다고 전에 말씀드렸습니다만." 나이토는 홀 입구에서 보이는 제단으로 고개를 돌린 채 운을 뗐다. "정말로 괜찮을까 싶기도 합니다."

"그런 목적으로 오셨을 거라 예상했어요." 기요미는 말했다.

나이토는 힘없이 고개를 가로저었다.

"아이러니하게도 전 다다시가 가해자였으면 좋았을 텐데 하는 생각이 계속 듭니다. 전에 부디 그렇게 되기를 기원한다고까지는 하지 않겠다고 말씀드린 적 있지만, 어머님도 왠지 그렇게 바라는 것처럼 느껴졌고…….."

그 말이 맞아서 기요미는 대답하지 않았다.

다다시가 가해자인 것이 살아 있다는 뜻과 이어진다면 그 전제를 받아들이지 않을 도리가 없었다. 물론 그것이 세상으로부터 얼마나 냉혹하게 지탄받을 일인지, 얼마나 커다란 속죄를 치러야 할 일인지를 떠올리면 두려웠다. 그래도 내 아들이 흉악 범죄자일 것을 각오하고 부디 살아 있기를 바라는 쪽을 택했다.

내가 나인 이상 또다시 같은 상황이 펼쳐져도 역시 같은 선택을 할 것이다.

"그랬다면 뭐든 더 거리낌 없이 여쭐 수 있었을 겁니다. 떠올리기만 해도 좀이 쑤실 정도죠. 내 아들이 사람을 죽였다는 사실에 대한 고통, 그런 아들이 그래도 살아 있는 상황에 대한 안도감……. 상반된 그 복잡한 감정을 사건 전문 기자로서 냉정한 시선으로 기록하고 싶었을 겁니다."

나이토는 작게 탄식을 한 번 내쉬었다.

"하지만 결국 그런 일은 벌어지지 않았군요…….."

공허함이 담긴 말은 기자인 나이토 나름의 애도 표시일 거라고 기요미는 짐작했다.

"물론 피해자 가족이라면 또 피해자 가족대로 여쭙고 싶은 건 있습니다. 하지만 이럴 때 저는 그 대답 안에서 자연스럽게 가해자를 향한 노여움과 분노라는 것을 원하게 됩니다."

노여움, 분노……. 나이토가 입에 담은 단어가 기요미의 가슴속을 떠돌기 시작했다.

"사건 보도에 종사하는 제가 제 일에서 굳이 하나의 가치를 꼽자면, 이런 가슴 아픈 사건의 진상을 사회에 전달함으로써 앞으로 일어날지 모르는 유사 범죄의 싹을 하나라도 더 잘라 내는 데 도움이 될 것을 기대할 수 있다는 점입니다. 그러나 그게 성립하려면 그 안에 노여움 과 분노 같은 감정이 필요합니다. 흉악 사건을 일으킨 가해자를 용서 할 수 없다는 감정 말이죠. 그런 감정이 많은 이들에게 공유될수록 그 보도도 사회에서 일정한 가치를 지닐 수 있습니다. 어쩌면 싸구려 정 의감 같은 것일지도 모르겠네요. 하지만 이 세상은 의외로 그런 것들 위에서 성립되고 있지 않나 하는 생각이 듭니다. 저 자신도 그런 생각 으로 지금껏 여러 사건을 보도해 왔고요."

나이토는 스스로 확인하듯 살짝 고개를 끄덕이다가 다시 입을 열 었다.

"그래서 이번에는 먼저 확인하고 싶었습니다. 어머님 안에 가해자 를 향한 노여움과 분노라는 게 과연 있는지를요."

묻는 것 자체가 별로 내키지 않는 듯한 말투였다. 기요미의 대답을 거의 예상하고 있는 것처럼 느껴지기도 했다.

"없습니다." 기요미는 가슴속에서 정처 없이 떠도는 뭔가를 그를 향 해 툭 내뱉듯이 말했다. "무서울 만큼 없어요."

"가해자를 용서하는 마음이 있는 건가요?"

"그런 건 아니에요."

"다른 사람을 미워하고 싶지 않다는 마음이 있다거나……?"

"아뇨……. 용서하거나 다른 사람을 미워하고 싶지 않은, 그런 뚜렷한 생각 같은 게 있는 게 아니에요."

"다다시를 돌려 달라고 말하고 싶은 마음은?"

나이토는 기요미 안에서 어떻게든 뾰족한 것을 끌어내리려고 연이어 질문했다.

"그렇게 말해서 다다시를 돌려받을 수 있다면 물론 그러고 싶어요. 하지만 다다시는 이제 무슨 일이 있어도 돌아오지 못하죠." 기요미는 대답을 하고 짧게 숨을 내쉬었다. "죄송해요……. 정말로 마음속에 아무리 물어봐도 노여움이나 분노 같은 감정은 제게 대답을 해 주지 않네요."

"아뇨." 나이토는 황송해하며 입을 다물더니 잠시 후 그래도 이것만은 꼭 물어야겠다는 듯이 다시 말했다. "거기에는 역시 아드님이 가해자이기를 바라던 감정이 영향을 미쳤을까요?"

"모르겠네요." 기요미는 대답했다. "말씀하신 대로 저는 아들이 사건의 가해자여도 좋으니 어쨌든 살아 있어 주기만을 바랐어요. 그러는 동안 저는 완전히 가해자 측에 속해 있었죠. 그래서 지금도 가해자들을 향한 분노의 감정이 생기지 않는 건지…… 아니면 단순히 마음이 동하지 않는 건지…… 저 자신도 잘 모르겠어요."

"지금은 그저 다다시의 죽음을 받아들이는 것만으로 벅차다는……?"

"네." 기요미는 맞장구를 치고 조금 생각하고서 말했다. "하지만 아무리 시간이 흘러도 역시 그런 감정이 생기지는 않을 것 같네요."

"그런가요⋯⋯." 나이토는 왠지 슬픈 듯이 말했다.

"다다시가 들으면 화를 낼지도 모르겠어요." 기요미는 자조하듯 말했다. "처음부터 그 아이가 범인일 리는 없었죠. 현실이 그랬으니 그 아이는 저희가 그렇게 믿어 주길 바랐을 테고, 전 그렇게 믿어야 했을지 몰라요. 하지만 그러지 못했어요."

불합리한 처지에 내몰려도 다다시는 끝까지 자기 자신을 놓지 않고 동료와 친구의 힘이 되어 주려고 했다. 다다시처럼 언뜻 보기에 무뚝뚝한 아이야말로 근본은 상냥하고 나중에 훌륭한 남자가 될 거라고 기요미가 기대하던 그대로의 모습이기도 했다.

그런 다다시를 자신은 믿어 주지 못했다. 가즈토를 비롯한 아들을 믿고 싶어 하는 이들에게 차갑게 굴기까지 했다.

왜 믿어 주지 않았을까. 그렇게 질책해 봐야 소용없다. 기요미는 회개의 마음을 가슴에 새기며 홀 안쪽에 있는 아들의 영정 사진을 바라봤다.

벤치에서는 그 얼굴도 희미하게 보였다.

그러나 제아무리 상상력을 발휘해도 다다시는 여전히 그저 묵묵히 미소 짓고 있는 것처럼만 느껴졌다.

"어렵네요⋯⋯. 저는 그런 입장이 돼 보지 못해서 아무 말도 할 수 없겠습니다." 나이토는 생각하다 지친 것처럼 말했다. "다만 누군가에게 분노의 감정을 품지 않고 오로지 자기 자신을 질책하는 마음만 있다면 그것은 참으로 불행할 거라는 생각은 듭니다. 지금껏 여러 사건의 피해자를 봐 왔지만 그렇게 생각합니다. 그러므로 저는 어떻게든 그 안에서 분노의 감정을 찾으려는지도 모르겠네요."

불행……. 그 단어는 미처 머무를 새도 없이 곧장 기요미의 가슴에 녹아들었다.

"이런 사건의 다른 피해자 유족들과 제가 어떻게 다른지는 모르겠네요." 기요미는 말했다. "하지만 과연 이런 사건을 겪고 불행하지 않을 사람이 있을까요? 피해자뿐만이 아니라 저는 가해자, 그리고 가해자 가족도 모두들 엄청나게 불행할 거라고 생각해요. 그것만은 알 것 같아요. 그게 바로 사건이라는 거예요."

나이토에게서는 숨을 삼키는 기운만이 전해졌다.

"저는 다다시가 가해자 중 한 명이라고 믿었지만 그때도 실제로는 괴로웠답니다. 시커먼 암흑 같은 물속에서 어쨌든 저쪽에 바위가 있을 거라는 근거 없는 믿음만 지닌 채 영원히 허우적거리는 느낌이었죠. 정말로 괴롭고 견디기 힘들었습니다……. 만약 다다시가 가해자였다면 살아 있다고 알게 된 순간만은 안도했을 수 있겠네요. 하지만 그로부터 또다시 괴로운 나날이 찾아와 저희를 괴롭혔겠죠."

마음 밑바닥에 남아 있는 그 괴로움의 감정을 기요미는 지그시 응시했다. 그러자 얼마 안 돼 다다시도 자신과 함께 그것을 바라보는 기분이 들었다.

다다시는 알고 있을 거라고 생각했다.

영정 사진은 역시 미소 짓고 있다.

알고 있으니 나를 질책하지 않는 것이다.

기요미는 떨리는 입술을 살짝 깨물고 다시 말을 이었다.

"다다시가…… 다다시가 저를 살렸습니다."

그렇게 생각해 버리는 것도 불행한 걸까.

기요미는 알 수 없었다.

나이토는 더는 아무 말도 하지 않았다.

침묵만이 어른거렸다.

옮긴이의 말

꿈꿀수록
쓰라린 염원이 있다면

어느 날 갑자기 내 아이가 실종된다. 경찰은 내 아이가 살인 사건에 관련됐다고 한다. 내 아이는 과연 사건의 가해자일까, 피해자일까. 그리고 나는 내 아이가 사건의 가해자로 나타나기를 바라는가. 아니면 피해자로 나타나기를 바라는가.

『염원』은 그런 삶의 가장 고통스러운 상황과 잔인한 선택에 내몰린 어느 가족의 일주일을 그린 작품입니다. 남부럽지 않은 환경에서 평온한 일상을 영위하며 살아온 가족에게 어느 날 갑자기 비극이 덮칩니다. 자취를 감춘 집안의 고등학생 아들이 살인 사건에 연루되었다는 소식이 들리기 시작한 겁니다. 하물며 정보 공개에 민감한 청소년 범죄 사건인 만큼 가족에게조차 어떠한 정보도 들어오지 않는 상황에서 집에는 언론 관계자가 하나둘 들이닥치기 시작하고, 세간의 날카로운 시선이 점차 가족에게 쏠립니다. 이런 처지에 내몰린 부모와 가족의 심정은 어떨까요. 자고 일어나면 새로운 사건 뉴스가 터져 나올 만큼 흉흉한 요즘 같은 세태에서는 상상만으로도 무섭고 앞이 캄캄해지는 이야기라고 할 수 있습니다. 이 작품은 그런 무시무시한 상황의 한복판에 선 부모와 가족, 주변 인물의 심정과 변화를 치밀하고 섬세하게 그려 낸 장편 소설인 동시에 과감한 심리 실험극이라 할 수 있습

望み

니다.

작품 속에서 아버지는 아들이 무고하기를 바라고, 어머니는 아들이 무사하기를 바랍니다. 아들이 무고하다는 것은 아들의 죽음을 의미하며, 아들이 무사하다는 것은 아들이 살인 사건의 가해자인 것을 의미합니다. 무고와 무사, 단 한 글자의 차이가 만들어 낼 상반된 미래 앞에서 가족은 세상에서 가장 잔인한 양자택일의 선택지에 놓이고 각기 다른 염원을 가슴에 품습니다. 참담하게도 그 염원의 끝에 희망이라는 것은 존재하지 않습니다. 어느 쪽이 진실로 밝혀져도 가족들에게는 고통스러운 현실이 찾아오게 됩니다. 그런 꿈꿀수록 쓰라린 두 가지 염원 사이에서 가족은 절망에 빠지고, 갈등을 겪고, 각오를 다지고, 끝내 성장합니다. 독자들은 책을 읽으며 작품 속 가족이 겪는 변화와 성장을 담담하게 좇으면서 이들이 맞이할 미래를 함께 목도할 수 있습니다. 이 희망 없는 염원이 얽히고설킨 곳 끝에는 과연 어떤 결말이 가족을 기다리고 있을까요?

『염원』을 쓴 시즈쿠이 슈스케는 일본 현지는 물론 국내에도 작품이 다수 출간되어 이미 능숙한 이야기꾼으로 이름이 알려진 베스트셀러 작가입니다. 대학 졸업 후 출판사 등에서 근무하며 평범한 회사원으로 살아가던 작가는 1999년에 쓴 『영광일도』라는 작품으로 신초 미스터리클럽상을 수상하며 본격적인 작가 활동을 시작하게 됩니다. 데뷔 이후 20년 동안 열여섯 작품을 출간하며 성실하게 집필 활동을 이어 온 작가는 독자의 흥미를 불러일으키는 기발한 설정, 상세하고도 정확한 취재, 공들인 캐릭터 심리 묘사, 한 자 한 자 공들여 짜낸 듯한 문장으로 명성을 얻었습니다. 다른 작가에 비해 출간 작품이 특출하게 많지는 않지만 한 권이 출간될 때마다 늘 독자의 높은 관심과 언론의 주목을 받는 동시에 호평까지 거머쥘 때가 많은 능력 있는 작가이기도 합니다. 작가가 데뷔 이후 네 번째로 쓴 작품인 『불티(2003)』는 '오래전 무죄 판결을 내린 살인자가 내 옆집에 이사를 온다면?'이라는 독특한 설정으로 출간 이후 꾸준한 입소문을 타며 일본에서 두 번이나 드라마로 제작된 바 있고 현재까지 출간 누계 65만 부라는 성과를 올렸습니다. 또한 작가의 대표작이자 '매스미디어를 이용한 극장형 범죄 수사'를 소재로 다룬 『범인에게 고한다(2004)』는 출간 이후부터 급격한 관심을 불러 모으는 동시에 제7회 오야부 하루히코상 수상작으로 선정됐고 그해 연말 주간문춘 미스터리 베스트 랭킹에 1위에 오르는 기염을 토하게 됩니다. 이후 유명 배우가 출연하는 영화로도 제

望み

작되면서 꾸준히 인기를 끌다가 현재까지 출간 부수 누계 135만 부 이상의 명실상부한 스테디셀러로 자리 잡았고 2015년에는 속편까지 출간되었습니다. 이 두 작품을 비롯해『클로즈드 노트』, 『검찰 측 죄인』 등 작가의 여타 대표작들은 국내에도 전부 출간되어 국내 독자들의 뇌리에도 시즈쿠이 슈스케라는 작가의 이름을 새기는 데 성공한 바 있습니다.

시즈쿠이 슈스케의 작품이 다른 작가들의 작품과 비교해 크게 호평 받는 두 가지 요소로 시종일관 독자의 손에 땀을 쥐게 하고 마음을 쥐락펴락하는 서스펜스 묘사와 등장인물이 겪는 심리 묘사가 강박적으로 느껴질 만큼 촘촘하고 치밀하다는 점이 항상 꼽힙니다. 특히 작가는 이번 작품『염원』에서 여러 개의 작은 사건을 발생시켜 독자의 눈을 잡아끄는 방법을 취하기보다 하나의 큰 사건의 토대 속에서 이야기의 결말을 끊임없이 궁금하게 만드는 전개와 등장인물들의 심리 묘사에 유독 공을 들였습니다. 실제로 작가는 출간 후 이뤄진 인터뷰에서 이번 작품의 집필 방향과 성격에 대해 다음과 같이 언급한 바 있습니다.

"저를 일컫는 말 중에 '심리 묘사가 탁월한 작가'라는 평가가 있는데, 그런 말을 들을 때마다 저는 항상 속으로 '내가 정말 그럴까?' 하는 의문이 있었습니다. 『염원』은 그런 저 자신의 의문도 해소할 겸 철저하게 그쪽으로 승부해 보자는 마음가짐으로 쓴 작품입니다. 백팔십도 다른 정반대의 두 가지 가치관을 충돌시키고 그곳에서 피어나는 갈등으로 이야기를 끌고 가면 수월하고 흥미롭겠다고 생각했지만 막상 집필을 시작하니 절대 만만하지 않더군요. 『염원』은 '이걸로는 부족해', '좀 더 생각해 보라고', '아마도 이런 심정일 거야', '그럼 그 심정을 어떻게 문장으로 표현해야 할까' 같은 생각이 끊임없이 머릿속을 오가는 지난한 과정을 겪으며 탄생한 결과물입니다."

우리는 종종 '어려울수록 현실을 직시해야 한다'라는 말을 듣고는 합니다. 그러나 직시할수록 고통뿐인 현실 속에서 과연 우리는 과연 어떤 선택을 내리고 어떤 바람을 품을까요. 현실 세계를 다룬 거의 모든 소설을 읽을 때 마찬가지지만 일종의 대리 체험을 하는 기분으로 『염원』을 읽고 번역한 저는, 이것이 소설 속 이야기라 새삼 다행이라는 생각을 하면서도 한편으로 소설 속 상황이 실제 내 눈 앞에 펼쳐진

望み

다면 나 자신이 어떤 갈등을 겪고 어떤 염원을 품게 될지를 곰곰이 떠올려 보기도 했습니다. 지금 이 책을 읽고, 읽게 될 보다 많은 독자 여러분과 세상에서 가장 이루기 어렵고 쓰라린 염원이 가져올 여운과 결말의 이야기를 함께 나누고 즐길 수 있게 되기를 조용히 기원해 봅니다.

2019년 봄
이연승